JACK VANCE

DE PLEASANT GROVE MOORDEN

De Pleasant Grove Moorden

Jack Vance

verzameld werk 22

Jhn Holbrook Vance

Uitgegeven door Spatterlight, Amstelveen 2018
Oorspronkelijk verschenen als *The Pleasant Grove Murders*, Bobbs-Merrill,
Indianapolis 1967
Deze vertaling is conform de gerestaureerde tekst van de
Vance Integral Edition © 2018 Karin Langeveld

ISBN 978-1-61947-252-5

www.spatterlight.nl

Jack Vance
De Pleasant Grove Moorden

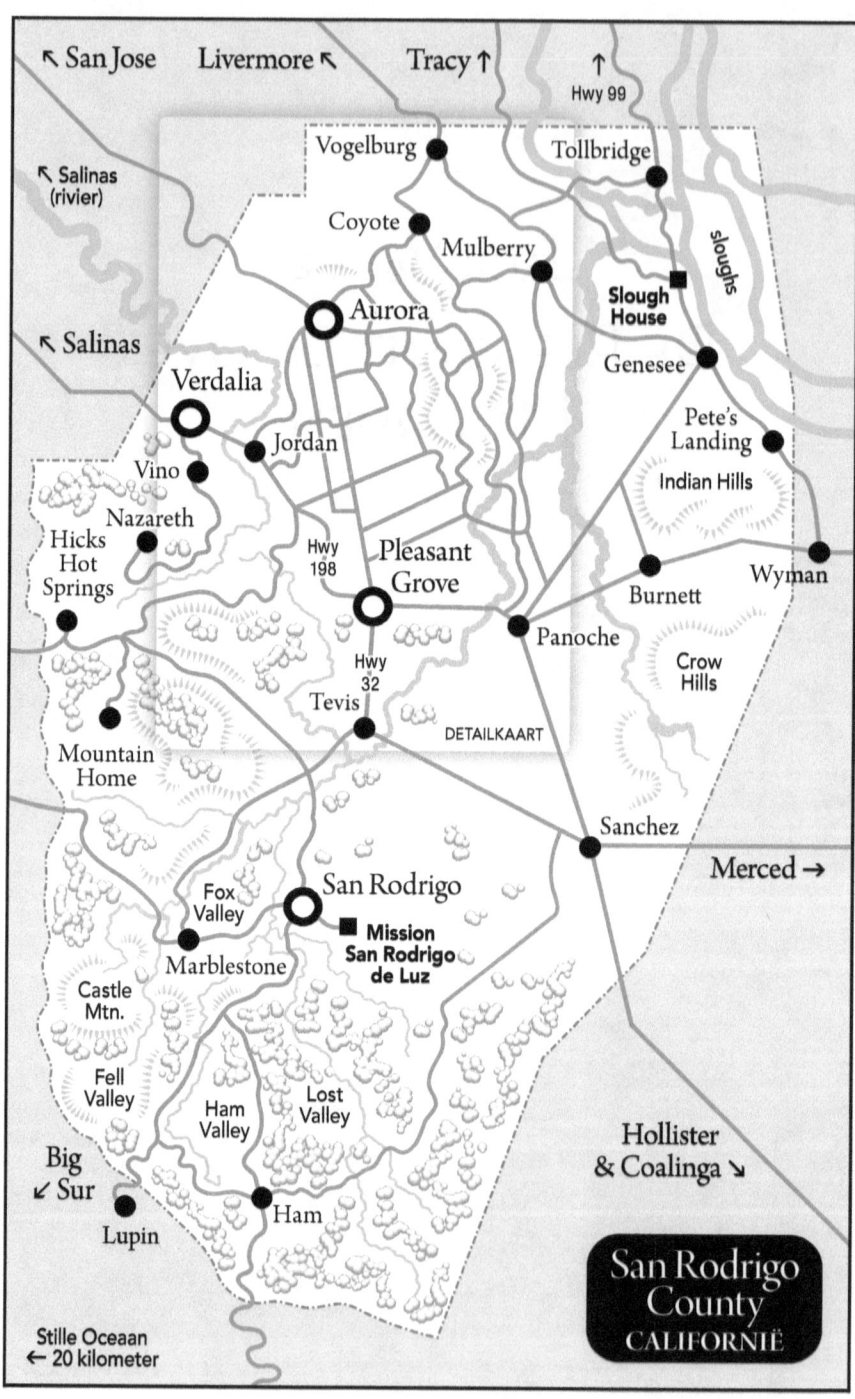

← San Jose   Livermore ↖   Tracy ↑   ↑ Hwy 99

↖ Salinas (rivier)

↖ Salinas

Vogelburg   Tollbridge

Coyote   Mulberry   **Slough House**   sloughs

Aurora   Genesee

Verdalia   Pete's Landing

Jordan   Indian Hills

Vino   Wyman

Nazareth   Burnett

Hicks Hot Springs   Hwy 198   Pleasant Grove   Panoche   Crow Hills

Mountain Home   Hwy 32   Tevis   DETAILKAART

Sanchez   Merced →

Fox Valley   San Rodrigo

Marblestone   ■ **Mission San Rodrigo de Luz**

Castle Mtn.   Hollister & Coalinga ↘

Fell Valley   Lost Valley

Ham Valley

Big ↙ Sur   Lupin   Ham

Stille Oceaan ← 20 kilometer

San Rodrigo County CALIFORNIË

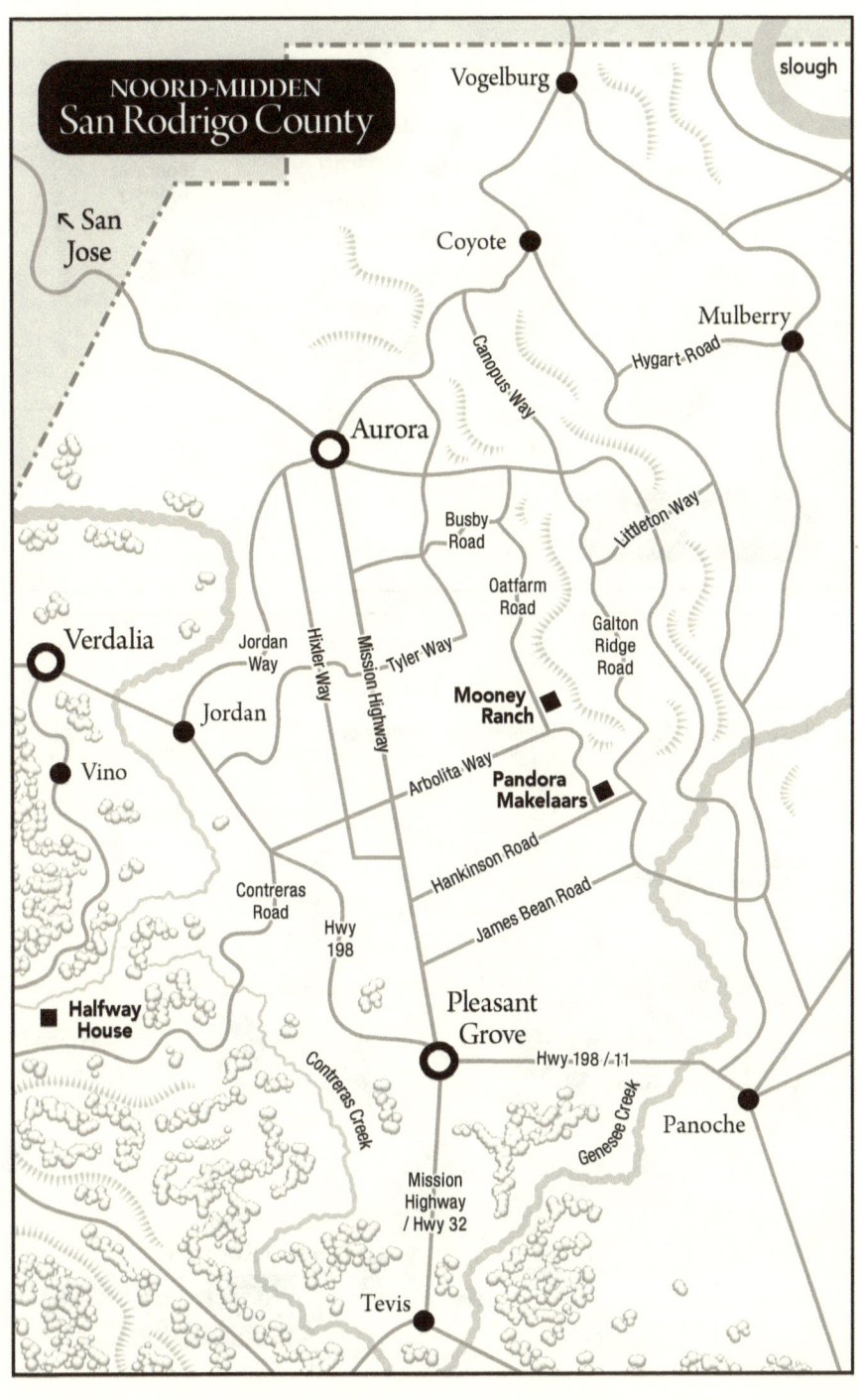

NOORD-MIDDEN
San Rodrigo County

↖ San Jose

slough

Vogelburg

Coyote

Mulberry

Hygart Road

Aurora

Canopus Way

Littleton Way

Busby Road

Oatfarm Road

Galton Ridge Road

Verdalia

Jordan Way

Hixler Way

Mission Highway

Tyler Way

Mooney Ranch

Jordan

Vino

Arbolita Way

Pandora Makelaars

Hankinson Road

Contreras Road

James Bean Road

Hwy 198

Halfway House

Contreras Creek

Pleasant Grove

Hwy 198 / -11

Genesee Creek

Panoche

Mission Highway / Hwy 32

Tevis

begraaf-
plaats
MADRONE WAY
golfbaan
muur
Bazzarini
Mortimer
Hubman
Gentry
Whipple
Wagner
Benjamin
Taylor
Shortridge
Don Luis
Montalvo
Country
Club
McClellan Ave.
Spanish
Hill
Montalvo Ave.
Courthouse Ave.
Paicines St.
1st St.
2nd St.
3rd St.
Spanish Hill

Aurora
& San
Jose
Madrone Way
DETAILKAART
Don Luis
Montalvo
Country
Club
McClellan Ave.
Jefferson St.
Roosevelt St.
Paicines St.
Mariposa St.
Spanish
Hill
Courthouse Ave.
Hardin St.
Vine St.
Margaret St.
Woolsey St.
Carlson St.
huis van
Bain
Peach St.
Plum St.
Cherry St.
W. Valley Blvd.
Montalvo Avenue
Paicines St.
1st St.
2nd St.
3rd St.
4th St.
5th St.
6th St.
7th St.
Valley Blvd. / Hwy 11
Madera St.
Main St.
Gerechtshof
W. Madera St.
Aanbouw
Montalvo
Square
Garage
Oak St.
Wilson Blvd.
Panoche
&Merced
High
School
Verdalia
&
Salinas
W. Main St.
W. Oak St.
Mission Highway / Hwy 32
Hwy 198
Tevis &
San Rodrigo
Walnut St.
Poplar Ave.
Evenemententerrein
Pleasant Grove

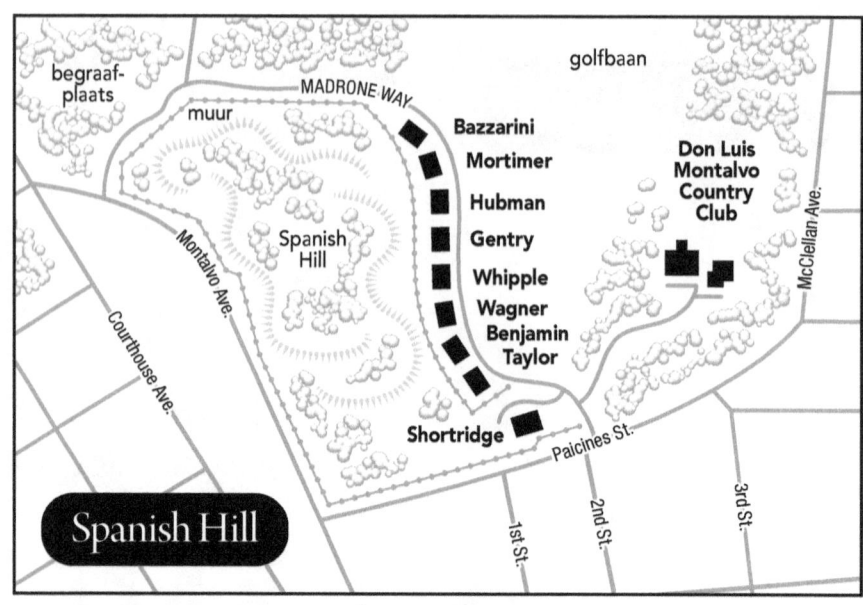

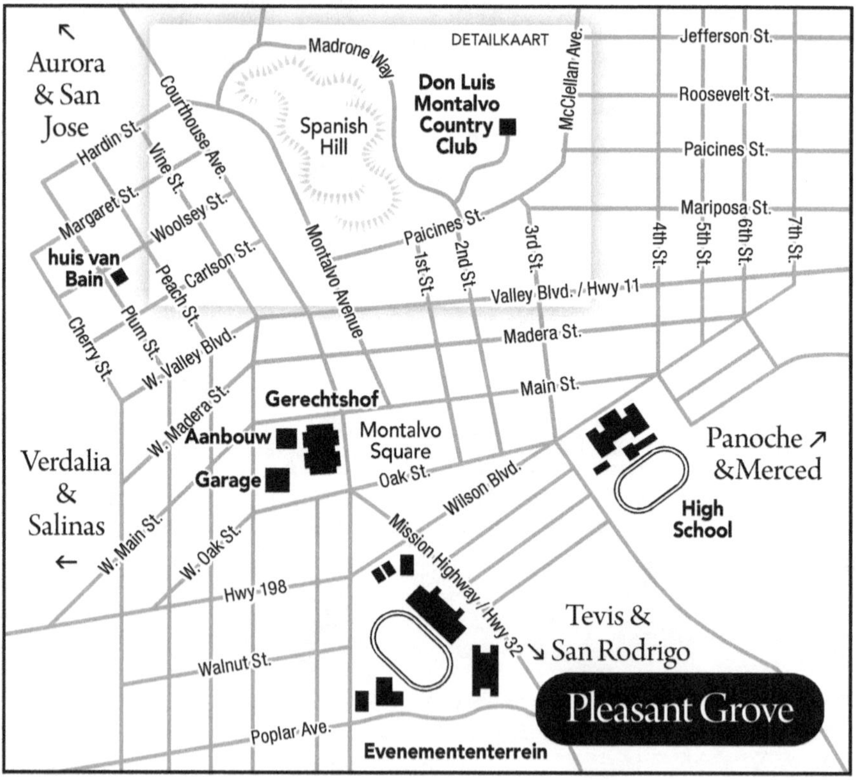

HOOFDSTUK I

1

STARR SHORTRIDGE WAS EEN MEISJE dat, al zolang iedereen zich kon heugen, berucht was om haar hooghartigheid. De verklaring voor haar gedrag was simpel: Starr had zichzelf vergeleken met de rest van de mensheid, en de mensheid was op de tweede plaats geëindigd.

Op de leeftijd van twaalf jaar werd Starr al beschouwd als een onuitstaanbaar kind, door iedereen behalve haar vader Sam Shortridge. En als Sam Shortridge al mocht twijfelen, dan hoefde hij alleen maar een blik te werpen op zijn zoon Marsh, zes jaar ouder dan Starr: een jongen met een plat, rond gezicht, voorzichtig met zijn geld, zorgvuldig gekleed en een plichtsgetrouwe leerling van de zondagsschool; kortom, een echte betweter.

De twee kinderen leken in niets op elkaar. Marsh ontwapende volwassenen met zijn vroegwijze, gladde manier van spreken. Starrs criticasters vonden het, ondanks hun bereidwilligheid en welbespraaktheid, lastig om haar tekortkomingen te duiden. Koppigheid? Dat impliceerde een soort van ezelachtige domheid die zeker niet aan Starr kon worden toegeschreven. Hebzucht? Starr deelde haar eigendommen uit met een neerbuigende, bijna beledigende vrijgevigheid. Ongemanierdheid? Als Starr zich losmaakte uit een gezelschap dat haar verveelde verontschuldigde zij zich altijd uitermate beleefd; als ze om wat voor reden dan ook gedwongen was te blijven, dan bleef ze lijdzaam en zonder commentaar. IJdelheid? Starr was een knap meisje, ietwat lang voor haar leeftijd, met lange, goedgevormde armen en benen, nobele gelaatstrekken, glanzend bruin haar en verrassend heldere grijsgroene ogen. Ze was schoon op zichzelf maar gaf niets om kleding en toonde maar weinig interesse in jongens. Feitelijk waren de tekortkomingen van Starr dus niet onder woorden te brengen. Ze was extreem intelligent, had een extravagante verbeelding; ze vond alle andere mensen glansloos en irrelevant, en dit was de reden waarom haar critici zich aan haar ergerden: omdat ze bang waren dat ze misschien weleens gelijk zou kunnen hebben. De familie Shortridge, eigenaars van het grootste warenhuis van Pleasant Grove, maakte deel uit van de elite van Pleasant Grove; het was dus veel makkelijker om Starrs arrogantie te wijten aan de rijkdom en sociale positie van de familie.

De grootvader van Starr, die Shortridge's had opgericht, had ook Spanish Hill aan de noordelijke rand van Pleasant Grove aangeschaft. In 1910 had hij een groot huis in de stijl van een Normandisch herenhuis laten bouwen, en om zijn privacy te waarborgen had hij het hele terrein omringd met een twee meter hoge stenen muur. Hij was een enthousiast tuinier die de gifsumak en bramen op Spanish Hill had uitgeroeid, de inheemse eiken en madrona's had verzorgd en cipressen, olmen, kastanjes, essen, walnootbomen en ahorns had geplant, alsmede een aantal zeldzame exotische soorten.

Een halve eeuw later was de aanplant volgroeid, de bomen hoog en de grond onder het bladerdak vochtig en donker. Op een zonnige zondagochtend maakte Starr Shortridge een wandeling met waakhond Henry. Ze klom omhoog via een gravelpad, liep heen en weer door het plezierige park op de heuvel, onder de rododendrons, Spaanse kurkeiken, parasoldennen, Agrigento-cipressen. Het pad eindigde bij een groep rotsblokken met uitzicht over heel Pleasant Grove en de omringende velden en boomgaarden. Recht onder haar bevond zich het oude huis, met een mansardedak en dubbele vleugels. In het westen rees het Kustgebergte op; in het oosten lag de weidse vlakte van de San Joaquin Valley.

Henry ging achter een eekhoorn aan. Starr riep hem terug en liep verder langs de richel. De eiken waren hier hoog en het zonlicht werd gefilterd door de hoge, fluisterende groene vlokken. Pleasant Grove leek nu heel ver weg: de wereld bestond uit niets dan bomen met hier en daar een met korstmossen begroeid rotsblok; Starr kon zich makkelijk voorstellen dat ze ergens ver weg was, lang geleden, in een oeroud Keltisch woud...

Ze bleef abrupt staan. Er lag rommel op de grond: stukjes hout, verkreukelde papieren zakken, een zaag, een oude hamer met een houten steel en een afgebroken klauw. Ze keek omhoog langs de stam van een eikenboom met brede takken en zag daar een boomhut die bijzonder grootschalig, ingewikkeld en vernuftig in elkaar gezet leek te zijn.

De ogen van Starr vonkten van woede. Ze voelde zich door deze onbevoegde indringer niet alleen aangetast in haar eer als mede-eigenaresse van het terrein, maar ze was vooral boos omdat de illusie van een wild oerbos was vervlogen. Ze beende naar voren, pakte de oude hamer op, klom omhoog naar het eerste platform en begon de steunen van de boomhut weg te slaan.

Direct kwam een jongen van een jaar of vijftien om de deur kijken. "He daar! Waar ben jij verdomme mee bezig? Scheer je weg!"

Starr herkende de jongen als Bill Whipple, een jongen van lage komaf en met een twijfelachtige reputatie, wiens vader een garage en autosloperij had aan Courthouse Avenue.

Bill kwam de boomhut uit en stond op de kleine veranda voor de deur. Starr liet zich omlaag zakken, en Bill zwierde omlaag naar het onderste platform, waar hij wijdbeens bleef staan en haar wantrouwend aankeek met zijn hoofd naar voren gestoken en een scherpe, bijna wilde blik in zijn ogen. Hij was een knaap met een opvallend uiterlijk: lang en mager, met een smal, hard gezicht, ruw, zandkleurig haar en een grote haakneus. Als hij zich al bewust was van zijn lage sociale status of het feit dat hij zich op verboden terrein bevond, dan liet hij daar weinig van merken: integendeel, hij gedroeg zich met een aanmatigende arrogantie, alsof Starr de indringer was. Hij nam haar met een indringende blik van top tot teen op: het zwarte lint in haar haren, haar blouse en rok, blote benen, sokken en witte schoenen. Zijn mondhoeken trilden; hij sprong omlaag en trok de hamer uit haar handen, en zei quasi-verbolgen: "Je hebt de klauw gebroken!"

"Niet waar," zei Starr. "Hij was al kapot toen ik hem opraapte."

"Ach verdraaid, waarom zou ik me daar druk om maken." Bill grinnikte. "Kan het jou wat schelen?"

"Nee."

"Als het jou niets kan schelen, dan maakt het mij ook niets uit." Bill gooide de hamer opzij en kwam op haar af. Starr struikelde een halve stap naar achteren. Ze was nog te jong om opgewonden te raken van andere dingen dan paarden, honden en droomhelden; toch voelde ze dat de nabijheid van Bill haar huid op een primitieve manier aan het tintelen maakte.

Bill leek haar aanwezigheid niet echt vervelend te vinden. Hij grinnikte nogmaals. "Kom naar boven, dan laat ik je mijn huis zien."

Starr schudde haar hoofd en deinsde verder naar achteren. Bill haakte zijn vinger in de kraag van haar blouse. "Heel even maar. Weet je wel wat er gebeurt als meisjes zomaar met hamers gaan tikken waar ze niets te zoeken hebben?"

Starr keek over haar schouder. "Henry!" Henry draafde naar voren. "Pak hem." Henry uitte een diepe grom en viel aan. Bill sprong de ladder op en Henry achtervolgde hem tot op het platform.

Met een koele glimlach pakte Starr de halsband van Henry en trok hem terug naar de grond. Ze riep omhoog naar Bill: "Je kunt maar beter vertrekken. Dit is privéterrein. We willen hier geen rotzooi. Jou niet, en je hut ook niet. En waag het niet om terug te komen."

Bill overdacht de situatie. Langzaam kwam hij weer van de ladder af. Henry gromde en probeerde zich los te rukken uit de greep van Starr. Bill grijnsde grimmig. Hij bleef enkele seconden staan en keek naar Starr, die onbevreesd terugstaarde. Bill draaide zich om en vertrok, zonder haast, zonder schaamte, zelfs met een zekere vering in zijn tred.

Starr keek hoe hij tussen de bomen verdween. Met een frons draaide ze zich om en liep terug in de richting vanwaar ze gekomen was. Haar wandeling was bedorven, haar stemming verpest. Misschien, dacht ze, zou de illusie nooit meer terugkomen, zou het bos nooit meer op een betoverd woud lijken. Starr zuchtte diep. "Ik ben waarschijnlijk te oud voor dat soort dromen... Ik ben geen kind meer."

Op zondag aten de Shortridges om twee uur altijd een groots, ouderwets middagmaal waarbij ze meestal gasten hadden omdat Sam Shortridge een gastvrij man was die enorm genoot van het gezelschap van anderen. De gasten van die dag waren de nieuwe buren die het oude huis van de familie Roberts aan Madrone Way hadden gekocht: Guy en Grace Benjamin, met hun dochter Alice, een buitengewoon knap meisje van Starrs leeftijd. Starr was gereserveerd als altijd, keek en luisterde, en besloot uiteindelijk dat ze Alice wel mocht, aangezien ze, ondanks haar zijdeachtige blonde haren, haar blauwe ogen en knappe gezicht, vrij timide leek en zeker niet 'ordinair', het woord dat Starr gebruikte voor meisjes die al te duidelijk interesse toonden in jongens of al te nadrukkelijk de aandacht op zichzelf vestigden. Komende herfst, als de school weer begon, zouden Starr en Alice samen naar de zesde klas gaan.

Toen het gesprek even stil viel maakte Starr een opmerking over de boomhut. Sam Shortridge fronste en maakte aanstalten om iets te zeggen, maar Marsh was hem voor en verklaarde op opgeblazen toon: "Hoe haalt hij het in zijn hoofd! Zo'n ding bouwen op onze grond! Als je het mij vraagt moeten we daar meteen iets aan doen!"

"Goed idee," reageerde zijn vader. "Ik stel voor dat je er vanmiddag heen gaat om dat bouwwerk te slopen."

Marsh deed zijn mond open om te protesteren, maar klapte hem meteen weer dicht. Blijkbaar had hij zijn vader geïrriteerd, hoewel hij geen idee had waarom.

Na het eten marcheerde Marsh, in gezelschap van Starr en Alice, Spanish Hill op om de boomhut te slopen. Nu zijn vader er niet bij was om hem in te dammen was Marsh bombastischer dan ooit. Hij verklaarde dat de boomhut een schandaal was, temeer daar hij gebouwd was door Bill Whipple, een jongen die hij niet mocht en al evenmin vertrouwde. Starr luisterde niet naar hem, en Marsh richtte zich vooral tot Alice, die met beleefde charme reageerde. Starr bedacht dat Alice aan de ene kant erg jong leek, maar tegelijk ook heel volwassen — onschuldig, maar tegelijkertijd heel evenwichtig. En ze observeerde met sardonisch genoegen hoe Marsh probeerde indruk te maken op Alice met de diepgang van zijn levenservaring. Het bleek dat de Benjamins katholiek waren. Marsh, die zelf episcopaal was, analyseerde en vergeleek beide geloven en deed zijn uiterste best om Alice te overtuigen dat zijn visie het pad was dat naar waarheid en verlichting zou leiden. Alice schudde haar hoofd met een zijdelingse glimlach naar Starr.

Toen ze bij de boomhut kwamen begon Marsh zich weer hardop te verbazen over de brutaliteit van Bill Whipple. "Waarom denkt hij dat wij een hek om ons terrein gezet hebben? Als we Jan en alleman op ons grondgebied wilden hebben dan hadden we er wel een openbaar park van gemaakt!"

"Het is een mooie boomhut," zei Alice. "Hij heeft er veel werk van gemaakt."

Nu kwam Marsh echt op dreef; dit was niet het goede ding om te zeggen. Alice leek de heiligheid van privébezit niet te begrijpen, of de enormiteit van Bill Whipple's vergrijp. Met veel vertoon begon hij de trap en het onderste platform te slopen. Starr bleef aan de kant staan en zei op een tergend kalme toon: "Als je eerst de trap sloopt, kun je straks niet meer bij het huis."

Marsh deed alsof hij haar niet hoorde, maar klom daarna omhoog naar het eigenlijke huis. Hij mepte, wrikte, zuchtte, steunde; de boomhut tuimelde omlaag naar de grond, waar ze bleef liggen als een soort groteske karikatuur van zichzelf. De beide meisjes bekeken de ravage ongemakkelijk, alsof dit een soort symbolische betekenis had.

Marsh bekeek de stapel gebroken latten. "Dat is het dan. Morgen stuur ik Manuel hiernaartoe om het ding te verbranden, of te verslepen... Als de jonge Whipple verstandig is, dan laat hij zich hier niet meer zien."

Alice hoorde hem pruilend aan. "Wij wonen hier vlakbij, heuvelafwaarts, weet je," zei ze aarzelend. "Vind je het vervelend als ik hier zo af en toe zou komen?"

Marsh klopte Alice met een toegeeflijk gebaar op het hoofd. "Hemeltje, nee. Kom zo vaak je maar wilt. Als je maar geen boomhutten bouwt of een heleboel troep achterlaat."

Alice ving de blik van Starr op en had de grootste moeite om niet te giechelen. Starr glimlachte op haar gebruikelijke koele manier. Ondanks de ernst van Alice, en het feit dat ze katholiek was, hetgeen voor Starr net zoiets was als dat episcopale gedoe van Marsh, mocht ze het ander meisje wel.

Toen het drietal weer terug was in hun huis bekeek Starr de ouders van Alice met hernieuwde interesse. Guy Benjamin was ingenieur civiele techniek in dienst van de Staatsdienst van het Wegverkeer. Grace Benjamin was een humorloze vrouw met afgemeten goede manieren en knap om te zien ondanks haar air van preutsheid. Ze deed Starr denken aan de Puriteinse vrouwen in haar Amerikaanse geschiedenisboek. Guy Benjamin zag er meer uit als een kapitein in het Zuidelijke leger: een elegante man met een zachte stem, glanzend, bronskleurig haar, een zwierige snor en een neiging tot droge, subtiele humor. Grace Benjamin daarentegen was noch subtiel, noch overdreven. Ze zei gewoon waar het op stond. Guy Benjamin maakte af en toe een wrange grimas waardoor zijn snor leek te gaan hangen. Het katholicisme van Alice kwam van haar moeder; Guy Benjamin gaf toe dat hij nooit naar de kerk ging, hetgeen hem een verwijtende blik van Grace opleverde.

Uiteindelijk namen de Benjamins afscheid. Sam Shortridge liep terug naar de huiskamer en merkte op dat het aardige mensen leken die een aanwinst waren voor de buurt.

"Alice is zeer zeker een heel mooi kind," merkte Miriam Shortridge op. "Net een porseleinen beeldje!"

Sam gromde instemmend. Marsh zei opgewekt: "Ja, ze is heel knap, nietwaar?"

Sam Shortridge glimlachte grimmig. "Wat heb je met de boomhut gedaan?"

"Ik heb hem uit de boom gemept. Ik had bedacht dat ik Manuel de restanten zou laten verbranden."

Sam Shortridge stak daar meteen een stokje voor. "Hij zou de hele heuvel in de fik kunnen steken. Jullie moeten er samen maar heen om de rotzooi bij elkaar te binden en naar beneden te sjouwen."

"Jemig, pa! Er ligt een ton aan troep daarboven!"

"Kom op, zeg. Als Bill Whipple alles naar boven heeft kunnen slepen, dan moeten jij en Manuel het ook weer naar beneden kunnen krijgen!"

"We zouden Bill Whipple moeten dwingen om alles op te ruimen," mopperde Marsh. "Hij heeft de rommel gemaakt."

"Waarom zouden we er zoveel ophef over maken?" vroeg Miriam ietwat ongeduldig. "Het is maar een boomhut. Hoe minder we te doen hebben met lui als de Whipples, hoe liever het me is."

Sam Shortridge leunde achterover in zijn stoel. Hij had niet zo'n duidelijk idee van rangen en standen als zijn vrouw, en was meer pragmatisch ingesteld. Niettemin vond hij het hele gedoe van gelijke rechten een schadelijke ontwikkeling, en dat vertelde hij dan ook regelmatig aan zijn kinderen — die, hoe verschillend ze ook waren, het geen van beiden nodig hadden om hierop gewezen te worden.

2

Twee deuren verder, ten noorden van het huis van de Benjamins, stond
het huis van de heer en mevrouw John Roberts, die lang geleden de
eigenaren waren geweest van het terrein waar nu de countryclub stond.
Meneer Roberts was overleden; mevrouw Roberts had het huis te koop
gezet en was naar San Jose vertrokken om bij haar zoon te gaan wonen.
En wie anders dan Fred en Sheila Whipple, eigenaars van Whipple's
Garagebedrijf, kochten het pand. Niet lang hierna nam Fred Whipple
het dealerschap van Chevrolet over, en vanaf dat moment ging hij naar
zijn werk gekleed in een wit overhemd met een vlinderdasje.

Er ging een lange, ijzige tijd overheen voordat men toegaf dat
de Whipples nu officieel bewoners waren van Madrone Way. De
Benjamins daarentegen werden onmiddellijk geaccepteerd, hoewel
men wist dat ze verre van rijk waren. Bij tijd en wijle werden ze ietwat
neerbuigend bejegend: een situatie waar Guy Benjamin zich absoluut
niet druk om maakte, aangezien hij zelden thuis was. Grace Benjamin
incasseerde de subtiele steken onder water die zo af en toe werden uitgedeeld zonder er uiterlijk iets van te laten merken. Alice, die al even
charmant als mooi was, en nauwelijks enig spoor van ijdelheid bezat,
merkte ze niet eens op.

HOOFDSTUK II

1

SAN RODRIGO COUNTY, een paar uur rijden ten zuidwesten van San Francisco, had het geluk om buiten de zones van hectische ontwikkeling te liggen die grote delen van het platteland van Californië aan het verwoesten waren. De snelwegen tussen San Francisco en Los Angeles liepen langs de oostelijke en westelijke grenzen; de vakantieoorden en pittoreske gebieden — Monterey, Carmel, Pebble Beach, Big Sur, San Simeon — lagen langs de Stille Oceaan aan de andere kant van het Kustgebergte. De enige toeristische attractie in San Rodrigo County was de afbrokkelende Mission San Rodrigo de Luz, hoewel het oude gerechtsgebouw vermeld werd in *Op Weg naar een Nieuwe Eeuw*, het boek van Werner Neubarth, als 's lands meest extreme voorbeeld van de architectuurstijl die bekend stond als 'vismarkt Gotiek'.

Ten noorden en ten oosten van Pleasant Grove bevond zich een rij van lage, ronde heuvels, een vertakking van de Diablo Range. Tussen deze heuvels, op een verweerde oude ranch, was Ken Mooney geboren.

Zolang iedereen zich kon herinneren hadden er Mooneys in San Rodrigo County gewoond. Oorspronkelijk waren ze belangrijke burgers geweest: rechter Mooney had de eerste zitting in het gerechtsgebouw voorgezeten; Herman Mooney was de eigenaar van het oude Valley Hotel in Aurora dat in 1882 tot de grond toe was afgebrand, waarna hij Halfway House aan Contreras Road had gebouwd.

Na de Eerste Wereldoorlog was de familie aan lagerwal geraakt, en vandaag de dag konden nog slechts enkele oudgedienden zich de verdiensten van de vroegere Mooneys herinneren.

Ken, een grote, rustige knaap, zat op de middelbare school in

Pleasant Grove, waar hij vooral uitblonk in American football. Dit was de beste tijd in Ken Mooney's leven; iedereen mocht hem en zijn vriendelijkheid kon zelfs de meest chagrijnige mensen ontwapenen. Met uitzondering van zijn vader, die wilde dat Ken thuis harder werkte en minder 'rondklooide na schooltijd'.

Kens grootste zwakte was meisjes. Hij hield van hun gezichten, hun stemmen, de manier waarop ze liepen, gingen zitten, hoe ze roken en hoe ze aanvoelden. Hij vond sommige meisjes leuker dan andere, maar hij was niet kieskeurig. Een meisje was een meisje, en als de een niet met Ken uit wilde, dan probeerde hij de volgende, en de volgende, en de volgende, tot hij uiteindelijk beethad, zelfs al was dat dan de treurigste vogelverschrikker van allemaal.

Tijdens Kens laatste jaar op Pleasant Grove High deed een prachtig blond meisje met de naam Alice Benjamin haar intrede in de brugklas. Net als bij elke andere jongen in de school, sloeg ook Kens hart een paar slagen over en kon hij niets anders meer denken dan: 'Alice, Alice, Alice'.

Het had weinig nut. Alice woonde aan Madrone Way, tegenover de countryclub. De moeder van Alice was super-godsdienstig, super-streng, super-kieskeurig. Ken Mooney, de vriendelijke, maar niet zo bijzondere jongen die op een ranch in de heuvels woonde, had geen schijn van kans.

In dezelfde klas als Alice zat Starr Shortridge. Haar moeder had Starr naar de school van Miss Hamlin in San Francisco willen sturen, maar Starr had dat botweg geweigerd. Nog even trots, afstandelijk, onredelijk en onaanspreekbaar als ooit tevoren trad Starr dus de Pleasant Grove High School binnen, waar haar wispelturigheid het onderwijzend personeel al evenzeer tot wanhoop dreef als haar eigen familie. Alice Benjamin vond Starr geweldig. Alice bewonderde Starrs onafhankelijkheid, haar koele uitstraling en haar levendigheid. Starr mocht Alice omdat Alice haar bewonderde. Alice had altijd goede cijfers: achten en negens. Starr weigerde te studeren en kwam zonder enige schaamte thuis met zesjes, vijfjes en vieren. Sam Shortridge tierde; Miriam Shortridge legde straffen op; Marsh sneerde. Afkeuring, overreding en dreigementen haalden niets uit. Zelfs Alice voelde zich geroepen om er iets van te zeggen.

"Poeh," antwoordde Starr. "Het is allemaal onzin. 'Silas Marner' is prut, 'Hamlet' is niet te volgen. Latijn is zo dood dat het stinkt. En wat heb ik nou aan binomiale theorie? Ik was niet van plan om ingenieur te worden."

"En als je nou straks wilt doorstuderen?"

"Ik wil helemaal niet doorstuderen."

"Maar wat wil je dan wel?"

"Zodra ik van huis weg kan, ga ik naar Europa, koop ik een scooter en ga ik naar Roemenië, op zoek naar spookkastelen en misschien wel weerwolven. Dat soort dingen."

"Dat klinkt geweldig," zei Alice verlangend. "Ik zou best met je mee willen." Ze zuchtte. "Mijn moeder zou het nooit goedkeuren."

Starr snoof oneerbiedig. Haar mening over Grace Benjamin was niet bepaald vleiend. In de eerste plaats vond Starr mevrouw Benjamin een religieuze fanatiekeling. "Als je iets wilt doen," zei Starr, "dan moet je het gewoon doen. Als je dat niet doet, dan is het je eigen schuld."

Alice glimlachte zwakjes. "Misschien heb je wel gelijk. Maar —"

"Maar wat?"

"Ik hou er niet van om anderen te kwetsen."

"Ik ook niet," zei Starr, "en daarom praat ik ook niet veel met andere mensen."

"Starr, je bent onmogelijk... Maar ik zou ook best wel naar Europa willen. En op een dag ga ik ook! Misschien kunnen we wel samen gaan!"

"Dat zou leuk zijn," zei Starr. "Wie weet kan het wel."

Bill Whipple kwam naast hen zitten. "Wat is het grote geheim?"

Starr zei niets. Alice schaamde zich voor hun stilzwijgen. Ze zei: "We praten over een reis naar Europa."

"Leuk," zei Bill. "Ik wil naar Parijs. Olala! En naar de Riviera, op jacht naar de wilde bikini!"

Alice lachte beleefd, Starr keek Bill met een frons aan en vroeg zich af waarom ze toch zo'n hekel aan hem had. Hij veroorzaakte weerzinwekkende kleine rillingen in haar zenuwstelsel. Hij was niet echt lelijk, of liever gezegd, hij was lelijk op een markante manier.

Ken Mooney ging tegenover hen staan, tegen beter weten in hopend dat hij indruk kon maken op Alice. Starr was zich nauwelijks bewust van de aanwezigheid van Ken. Ze wist hoe hij heette; ze besefte vaag dat hij football speelde en een vriend was van Bill Whipple; maar verder betekende Ken Mooney niets voor haar, op welke manier dan ook.

De bel ging; ze gingen terug naar hun klaslokalen.

Ongeveer een week later, na lang aandringen van Alice, ging Starr mee naar een picknick van de Hi-Y, de jeugdafdeling van de YMCA, in Beulah Creek Camp, in de bergen ten westen van Jordan.

Ken Mooney en Bill Whipple gingen ook. De kofferbak van Bills auto lag vol bier. Mevrouw Tremons, de mentor van de school, droeg hen op te vertrekken, maar de beide jongens bleven in de buurt van het picknickterrein hangen.

"Kijk," zei Bill terwijl hij met een halfleeg blikje bier gebaarde. "Daar heb je Starr. Slimme jonge ——————" en hij gebruikte een zelfstandig naamwoord dat niet zomaar afgedrukt kan worden.

Ken keek schaapachtig in de richting van het gebaar. Starr was een meisje, en dus een meisje. En dus had Ken belangstelling voor haar.

"Weet je wat we kunnen doen?" zei Bill, en hij begon een plan uit de doeken te doen dat Ken verbaasde en shockeerde. "Verrek," zei Ken. "Dat zou ik niet kunnen. Dat weet je best. Starr is een fatsoenlijk kind. Ik schaam me voor je."

"Ze is zo verdomd arrogant. Ze vraagt erom. Het zou haar goed doen."

"Dan doe jij het maar. Hou mij erbuiten. En ik denk niet dat ze arrogant is. Ze leeft gewoon in haar eigen droomwereld."

"Maak jezelf niets wijs, kerel. Die meid is arrogant. Ik weet het zeker."

"Prima. Dan weet je dat. Trek eens een biertje open, hou het niet allemaal voor jezelf."

Maar nu kwam meneer Beasley, de onderdirecteur, in hun richting en beval hen om de picknick te verlaten. Ken verontschuldigde zich voor de overlast en meneer Beasley gaf hem een vriendelijke klap op de schouder. "We willen niet dat de dames zich ongemakkelijk voelen. Rij voorzichtig, jongens. Ik weet dat jullie gedronken hebben, en ik zou niet willen dat jullie jezelf doodrijden."

Het schooljaar verstreek. Ken en Bill deden eindexamen. Bills cijfers waren goed; hij kon goed leren, had geen moeite met woorden en cijfers, en kreeg een beurs aangeboden van San Jose State als hij lid zou worden van hun footballteam, wat hij dus ook deed. Ken ging meteen vanuit school het leger in, diende iets meer dan twee jaar en werd toen om medische redenen ontslagen.

Toen Ken terugkwam in Pleasant Grove besloot hij dat hij geen zin had om veehouder te worden. De uren waren te lang, de zon was te heet, de heuvels waren te eenzaam. En hij zou onder zijn vader moeten werken, ook geen pretje. Clarence Mooney was een prima vent, dat moest Ken toegeven, maar te moeilijk in de omgang en bovendien behoorlijk zuinig met zijn centen.

Ken ging in het postkantoor werken, waar de uren redelijk waren, het werk eenvoudig, het salaris altijd op tijd.

Rond die tijd overleed Kens oom, Charles Mooney. Zijn broer Clarence, Kens vader, was de enige erfgenaam en erfde dus Halfway House.

Clarence Mooney nodigde Ken uit voor een bespreking. "Ik zit ineens met een wegrestaurant. Jij weet hoe het eraan toe is; je bent er weleens geweest."

"Mooi oud gebouw," zei Ken behoedzaam. "Maar er moet wel een en ander aan gebeuren."

"Ik heb een voorstel. Als jij de boel daar nou eens moderniseert. Dingen repareert, zaken opknapt, de boel runnen zoals het hoort. Er is een bar met tapvergunning, een restaurant — en zelfs een hotel als je dat weer zou willen opstarten. Als je het goed doet, kun je er goed geld mee verdienen. Ik krijg de helft van de winst. Als ik dood ben, is het van jou. Wat zeg je ervan? Het kost je geen cent, behalve dan wat je gebruikt om het op te knappen — en die kosten haal je er wel weer uit."

Ken wreef over zijn kin en vroeg zich af waar het addertje onder het gras zat. Zijn vader gaf zelden iets gratis weg.

"Als het je niet bevalt," zei Clarence Mooney, "dan zet ik de boel te koop. Geen idee hoeveel ik ervoor ga krijgen, maar er is vast wel iemand die het wil kopen. En er zullen zeker toeristen deze kant op gaan komen. Ik stel voor dat we daar zo veel aan verdienen als we kunnen."

Ken besloot dat zijn vader geen verborgen agenda had, dat het voorstel precies was wat hij zei. "Goed. Afgesproken. Ik knap het gebouw op, jij krijgt de helft van de nettowinst. Maar over één ding moeten we het eens zijn: ik krijg de vrije hand om de zaak te runnen zoals ik dat wil. Ik wil niet dat jij elke keer dat ik iets doe komt zeuren dat ik het niet goed aanpak. Ik bedoel, ik heb gewoon geen zin in inmenging."

Clarence Mooney was niet blij met deze voorwaarde, maar hij stemde toe. Vader en zoon schudden elkaar de hand; de overeenkomst was gesloten.

Toen Ken Halfway House voor het eerst grondig inspecteerde zag hij dat het een grotere bouwval was dan hij had ingeschat. Er moest van alles tegelijk gebeuren. Toch was hij blij met zijn aanwinst. Het etablissement lag op een schitterende locatie onder een ongerepte groep sequoia's; de oude veranda, de oude ramen, het oude hout, alles ademde een ouderwets goed humeur. De bar hing vol met curiosa en oude foto's en er was zelfs een kleine dansvloer. Een fantastische plek om een feest te geven, bedacht Ken. En een prima plek om met een meisje heen te gaan, met het hotel in hetzelfde gebouw. Hij huurde een oude man met de naam Wilbur Baker om de bar open te houden. De zaken gingen goed genoeg om de belastingen en de rekeningen voor de elektriciteit te betalen en genoeg over te houden om Wilbur Baker een paar dollar te betalen.

Ieder weekend werkte Ken aan het gebouw. Hij verving glas, repareerde de veranda, wreef de houten panelen van de bar in met was. Maar na verloop van tijd zakte zijn enthousiasme weg. Zijn werk viel nauwelijks op in een gebouw waar nog zo veel dingen te doen waren. En zijn vader werd ondertussen chagrijnig en klaagde erover dat Ken niet genoeg tijd en geld in de renovatie stak. "Ik doe wat ik kan," gromde Ken. "Meer kan ik niet betalen; ik verdien niet zo veel geld."

"Leen het dan! Knap het gebouw helemaal op! Dat is de manier om geld te verdienen."

"Goed. Ik vind het niet erg om te lenen. Maar als ik dat doe, dan wil ik eerst de lening afbetalen voordat we de winst berekenen."

"Absoluut niet. De lening wordt betaald uit jouw helft. Waarom niet? De hele zaak is van jou als ik dood ben. Misgun je mij, je moeder en de meiden dat kleine beetje extra comfort?"

Ken haalde zijn schouders op. "Dan moet het maar. Ik wil jullie niets ontzeggen."

Maar toen Ken een lening aanvroeg stonden de bankmedewerkers erop dat zijn vader, als wettelijke eigenaar van Halfway House, mede-ondertekende, hetgeen Clarence Mooney ronduit weigerde te doen. Dus bleef alles bij het oude.

2

Het eerste huwelijk van Marsh Shortridge vond plaats gedurende zijn laatste jaar op Stanford, en hield anderhalve maand stand. Het meisje heette Beverley Bancock; ze was heel lang, zo mager en druk als een nerveuze hazewind, en ze speelde klarinet in de blaaskapel. Ze ontmoetten elkaar op een blind date. Beverley liet Marsh een paar judogrepen zien en gooide hem lachend neer op een berenvel. Marsh toonde haar zijn repertoire door haar vast te houden en om te rollen tot ze in de slaapkamer belandden. Iemand trapte de deur dicht. Twee dagen later reden ze met hoge snelheid naar Carson City en trouwden daar.

Iedereen in Pleasant Grove was verbijsterd over deze gebeurtenis, behalve Starr, en misschien Alice. Alice was enige tijd eerder twee keer met Marsh uitgegaan, met de minzame toestemming van haar moeder. Op de eerste date was Marsh nogal intens geworden, de tweede keer was hij ronduit bezitterig. De derde keer dat hij belde stamelde Alice een paar lamme smoezen, die Marsh in ijzige stilte aanhoorde. Een maand later trouwde hij met Beverley Bancock, om vrijwel onmiddellijk daarna te scheiden. Alice voelde zich gedeprimeerd en schuldig, alsof het huwelijk op een of andere manier haar schuld was. Starr vond de hele toestand hilarisch en vertelde Alice dat Beverley haar klarinet had meegenomen op de huwelijksreis en elke dag trouw twee uur gerepeteerd had.

Gedurende het eerste jaar na zijn scheiding ging Marsh Alice uit de weg. Maar toen stond hij zichzelf toe om stukje bij beetje bij te trekken: eerst was hij koel en beleefd, toen afstandelijk vriendelijk; hierna kwam de kameraadschap, tennisafspraken; toen volgde een dag op het Monterey Jazz Festival. En uiteindelijk, toen Alice afstudeerde van Pleasant Grove High School, verklaarde Marsh dat hij haar naar de diploma-uitreiking zou begeleiden. Alice stemde zonder veel enthousiasme toe en Marsh maakte een diepe buiging en kuste haar hand. Alles was vergeven.

Ook Starr kreeg haar diploma, het onderwijzend personeel kon niet wachten tot ze van haar af waren. Ze maakte geen plannen om haar diploma zelf op te halen, en gaf pas op het allerlaatste moment toe aan de smeekbeden van haar beide ouders. Ze stemde toe om het gebruikelijke hoofddeksel op te zetten en de mantel om te doen en ontving haar diploma zonder enig enthousiasme. Gedurende de diverse toespraken keek ze naar de gezichten van haar klasgenoten en speculeerde over de toekomst van ieder van hen. En die van haarzelf. Alice, gehuld in een witte mantel en met een witte kap op haar haar goudblonde haar, en met expressieve ogen, puntige kin en pruilende, verlangende mond, was betoverend. Om de een of andere ondefinieerbare reden had Starr medelijden met Alice. Ze zag er zo gevoelig uit, zo kwetsbaar; met haar schoonheid zouden anderen zeer zeker hun emoties op haar richten. En Starr dacht na over Grace Benjamin, die oplettend in de derde rij zat. Guy Benjamin, die aan het werk was aan een dam in Peru, was niet aanwezig; de roddel ging dat hij ervoor gekozen had in het buitenland te werken zodat hij kon ontsnappen aan het keurslijf van Madrone Way nummer 23.

Uiteindelijk was de ceremonie afgelopen. Starr ontving een paar halfslachtige felicitaties en liep weg om op haar ouders te wachten, die met Caspar Hubman, de rector, en zijn vrouw Laura stonden te praten. De Hubmans woonden aan het eind van Madrone Way en werden algemeen beschouwd als intelligent en een klein beetje bohémien. Starr vermoedde dat zijzelf het onderwerp van hun gesprek was. Laat ze maar praten.

Starr liep naar de lobby om daar te wachten. Daar stond Alice, omringd door vrienden, onder wie ook Marsh. Starr keek onbewogen toe.

Een jonge man in een bruine broek en een bruin-wit *pied-de-poule* jasje draaide zich om en keek haar aan: Bill Whipple, nu een student op San Jose State, waar hij bedrijfskunde studeerde. Starr voelde weer het tintelen van haar zenuwen. Was het een instinctieve reactie op zijn mannelijkheid? Gewone antipathie? Het was geen lust, en ook geen aantrekkingskracht, daar was Starr zeker van.

Bill kwam op haar af met de lange, elastische pas die karakteristiek was voor zijn manier van lopen. Toen hij Starrs blik ontmoette probeerde hij beleefd te glimlachen. Starr knikte vaagjes.

Bill feliciteerde haar.

"Dank je," zei Starr.

Bill aarzelde en zei: "Ga je nog ergens heen als dit allemaal achter de rug is? Ik bedoel, een feestje of zo?"

"Nee."

"Mooi. Laten we dan ergens heengaan om te ontspannen. Misschien een martini of twee. Of waarom geen champagne? Dat is wel toepasselijk! Champagne!"

Starr schudde langzaam haar hoofd. "Nee, dankjewel."

Bills mondhoeken trokken naar achteren en hij keek haar met een schuin hoofd aan. Zijn neus en kin staken naar voor. "Ik geloof dat je mij niet mag."

"Dat klopt," zei Starr.

"Maar waarom?" vroeg Bill, en zijn stem werd van verontwaardiging minstens twee tonen hoger. "Ben ik dan zo onaantrekkelijk? Stinkt mijn adem? Ben ik sociaal onaanvaardbaar?"

"Ik mag niemand echt graag."

"Maar mij nog minder."

Starr haalde uitdrukkingsloos haar schouders op. Ondanks de spanning en de uitdaging die hij bood, verveelde Bill haar. Zijn ideeën leken oppervlakkig, zijn ambities banaal. Starr wilde iets anders: iemand die intens was, broeierig intelligent, misschien een klein beetje onpraktisch, maar vrijgevig en vrolijk in het algemeen. En dan zou ze zoveel te bieden hebben! Misschien, of eigenlijk hoogstwaarschijnlijk, zou het liefde op het eerste gezicht zijn. Starr durfde dat risico wel aan.

"Starr," zei Bill aarzelend, "laten we trouwen."

Starr was oprecht geschokt. "Waarom zou je met mij willen trouwen?"

"De gebruikelijke redenen."

Ze staarde de ruimte in. "Als ik ooit zou trouwen, dan is het om ongebruikelijke redenen, en met een ongewone man."

"Wat is er zo gewoon aan mij?" vroeg Bill.

"Waarom zou ik in details treden?"

"Bah!" mompelde Bill. "Het spijt me dat ik erover begonnen ben. En als ik geen heer was —"

Op dat moment verscheen Marsh, samen met de stralende Alice

Benjamin. Bills aandacht was afgeleid van Starr, hetgeen niet meer dan logisch was. Zijn lippen trilden, zijn ogen vernauwden zich. Starr grijnsde met grimmige spot.

"Hallo, Bill," zei Marsh op de effen, beleefde toon waarmee men een buurman nu eenmaal dient te begroeten. "Starr, ben je klaar om te gaan?"

"Ja, ik ben zover."

Marsh merkte Bills interesse in Alice op. Koeltjes, en met een geoefend gebaar, leidde hij de beide meisjes weg.

Bill keek het drietal nijdig na. In feite had Starr de situatie verkeerd uitgelegd: Bill was niet afgeleid geweest door Alice. Hij beschouwde de twee meisjes als hemelsbreed verschillend, en had hen, als hij dat gekund had, op heel uiteenlopende manieren willen behandelen. Wat hij van Alice wilde was simpel en behoefde geen verdere uitleg; maar Starr! Die brutale, bedillerige, spottende Starr! O, wat hij wel niet met haar zou willen doen als hij de kans kreeg! Hij was zelfs bereid om met haar te trouwen. Hij zou haar temmen zoals een man een paard temt! Ze zou zich overgeven, ze zou nerveus en bleek worden, ze zou hem smeken om zijn liefde. De trotse Starr, vernederd! En met een diepe zucht verliet Bill de lobby.

3

De zomer ging voorbij. Sam Shortridge nam zijn gezin mee op een ontspannen rondreis door Canada. Starr was liever door Europa gereisd, en dan het liefst alleen, en ze had het onderwerp zelfs aangesneden. Sam en Miriam verklaarden zich tegen het idee en Starr legde zich neer bij de serene trekpleisters van Banff, Quebec, het Gaspé schiereiland, Maine, Cape Cod, New York. Het was hier dat Marsh ongedurig werd, de groep verliet en terugvloog naar Californië. Zijn smoes was dat er iemand thuis moest zijn om de zaken in de gaten te houden. Iedereen wist dat hij een oogje wilde houden op Alice.

Begin oktober keerden de Shortridges terug naar Pleasant Grove, via Florida, New Orleans en de Grand Canyon.

Starr had geen idee hoe het nu verder moest. Zelfs al had ze willen doorstuderen, haar cijferlijst was niet goed genoeg. Ze stelde voor naar

San Francisco te gaan en daar een baan te zoeken. "Wat voor baan?" vroeg Sam Shortridge vernietigend. "Je hebt geen commercieel talent. Je kunt niet typen, je kent geen steno: je kunt nauwelijks optellen. Wil je in een conservenfabriek werken? Of als serveerster?"

"Nee. Maar er zijn meer banen. Ik zou receptioniste kunnen worden. Of journaliste. Of dingen verkopen."

Ze ruzieden door totdat Sam Shortridge op het punt stond om zijn handen ten hemel te heffen en alles goed te vinden, maar nu was het Miriam Shortridge die heftig begon te protesteren. Uiteindelijk nam Sam een krachtig besluit. "Je bent te jong om zomaar doelloos rond te hangen. Je bent nog maar net van school! Als je wilt werken, dan is dat geen probleem. Ik zoek wel een baantje voor je in de winkel. Je kunt de sportafdeling voor dames overnemen. Ik geef je de volledige verantwoordelijkheid. Daarmee zul je je handen vol hebben."

"Nee, bedankt. Echt niet, papa."

"Nou, je mag niet naar San Francisco, en je gaat ook niet naar die jeugdherbergen in Europa. Ik zie zó voor me wat daar allemaal gebeurt."

Starr trok een wenkbrauw op, maakte een grimas en keek haar vader van opzij aan met een blik vol minachting. "Als ik in de problemen wil komen dan kan ik dat hier net zo goed als elders."

"Misschien wel. Maar in ieder geval ben ik dan niet medeverantwoordelijk. Eerlijk gezegd heb ik geen idee wat ik met je aan moet."

Starr glimlachte treurig, maar kwam niet meer met nieuwe voorstellen. Ze begon veel tijd door te brengen in de countryclub, tenniste, speelde golf en zwom. Af en toe ging ze met iemand uit, en Sam en Miriam hielden dan hun adem in, hopend dat ze verliefd zou worden op een geschikte jonge vent en zou trouwen. Niet dat ze haar zo graag het huis uit wilden hebben, maar in ieder geval gaf een huwelijk vastigheid. Als Starr eenmaal getrouwd was zouden ze zich kunnen ontspannen. Maar Starr ging nooit twee keer met dezelfde man uit.

Het werd Kerstmis. Guy Benjamin kwam terug uit Peru; Alice kwam thuis van Mills College, met het trieste nieuws dat het niet goed ging en dat ze het waarschijnlijk niet zou halen. Marsh ging naar haar toe om haar te troosten, en op een mooie avond kwam hij thuis met het nieuws dat Alice had toegestemd met hem te trouwen. Sam en Miriam waren in de wolken. Ze mochten Alice graag, al vonden ze haar ouders wat moeilijk in de omgang. Starr had medelijden met Alice, die, om de waarheid te zeggen, niet bepaald buiten zichzelf van geluk leek te zijn over haar verloving. "Welnu, wat had je dan verwacht?" snoof Sally Wagner, de grootste kletskous van Madrone Way. "Ze kennen elkaar al jaren en dat kan niet echt opwindend voor haar zijn. Arme kleine Alice... Maar ze had het slechter kunnen treffen. Zoals mevrouw Malaprop altijd al zei: 'Liefde en tegenzin slijten allebei in de loop van een huwelijk, dus je kunt net zo goed met een beetje tegenzin beginnen.' " En mevrouw Wagner lachte luid en hees.

Eind februari werd Guy Benjamin naar India gestuurd om toezicht te houden op de bouw van een dam in de rivier de Chabna. In april nam Alice het vliegtuig naar Europa om de lente en zomer met vrienden van de familie door te brengen, hetgeen Starr ertoe bracht om verwijtend tegen haar vader te zeggen: "Als Alice alleen naar Europa kan, waarom mag ik dan niet?"

"Ten eerste," zei Sam ernstig, "staat ze op het punt om te trouwen, en jij niet. Ten tweede is ze niet mijn dochter. Eerlijk gezegd verbaast het mij dat mevrouw Benjamin haar zo vrij laat. Ten derde zijn jij en Alice twee heel verschillende diersoorten. Alice doet wat haar gevraagd wordt. En jij bent precies het tegenovergestelde: zo dwars en pervers als een meisje maar zijn kan."

"Mijn allerliefste vadertje! Ik ben al negentien!"

"Dat weet ik. Over twee jaar ben je eenentwintig. Wat je dan met jezelf uitspookt is je eigen verantwoordelijkheid. Maar in de tussentijd blijf je nog altijd mijn kleine meisje."

"Maar waarom kan ik niet mee naar Parijs met Alice?"

"Omdat ze bij mensen is die haar hebben uitgenodigd. Niemand heeft jou uitgenodigd."

"Ik snap het."

4

Grace Benjamin en Sally Wagner spraken niet met elkaar, al woonden ze al jaren naast elkaar. Het incident dat ten grondslag lag aan deze kille verhouding was triviaal, maar gezien Sally Wagners luidruchtige gedrag en Grace Benjamins ijzige gereserveerdheid was het onvermijdelijk geweest. Het incident, hoewel niet de directe aanleiding van Sally Wagners dood, was wel een duidelijke schakel in de hele keten van gebeurtenissen. Als Sally Wagner haar mond gehouden had — en dus nog contact had gehad met haar buurvrouw — dan zou haar schedel misschien nooit zijn ingeslagen.

Sally Wagner en Grace Benjamin deden normaal gesproken allebei boodschappen bij Levison's Drogisterij aan Courthouse Avenue. Maar op een ochtend begin maart, niet lang nadat Guy Benjamin naar India vertrokken was, was Sally Wagner heel toevallig in Aurora, dertig kilometer ten noorden van Pleasant Grove. Daar had ze in de Payless Drogisterij mevrouw Benjamin gezien, die op een onmiskenbaar stiekeme manier diverse flesjes medicamenten aan het kopen was. Voordat Sally Wagner mevrouw Benjamin begroette keek ze naar de bruine plastic flesjes, die het label *Stuarts Pre-Natale Capsules* droegen. Toen Grace Benjamin Sally Wagner opmerkte maakte ze een gebaar alsof ze de flesjes snel wilde verbergen. Het leek erop dat ze had overwogen of het beter was om een, twee of drie van de flesjes, ieder met honderd capsules, aan te schaffen. Sally Wagner, die Grace Benjamin altijd nogal stijfjes vond, kon het niet laten om zogenaamd-vriendelijk met haar te spotten. Ze riep uit met haar hese, schorre stem: "Grace Benjamin! Je gaat met toch niet vertellen dat je weer in verwachting bent! En dat op jouw leeftijd!"

Roze blosjes verschenen op de wangen van Grace Benjamin. Ze was inmiddels een lange, magere vrouw van veertig die zelfs binnen haar eigen kerkgemeenschap bekend stond om haar nietsontziende vroomheid. Het vulgaire geblaat van Sally Wagner deed diverse omstanders geamuseerd omkijken. Grace Benjamin wist niet wat ze zeggen moest. Ze deed haar mond open om Sally van repliek te dienen: eenmaal, tweemaal, driemaal, en toen, op een veel fellere toon dan men onder deze omstandigheden zou verwachten, snauwde ze: "Niet dat het je iets aangaat, maar dat is inderdaad het geval, ja." En ze keerde de ander haar rug toe.

"Krijg nou wat!" snoof Sally Wagner, die nu ook nijdig was en op hoge poten de winkel verliet. Toen ze het incident later doorvertelde aan haar vriendinnen slaagde ze erin om mevrouw Benjamin en haar zwangerschap buitengewoon belachelijk te maken, wat uiteraard mevrouw Benjamin ook ter ore kwam.

En zo ontstond er een verwijdering tussen de beide buurvrouwen — met als uiteindelijke consequentie dat Sally Wagner op een akelige manier aan haar eind kwam.

Maar eerst waren er andere moorden.

Rond tien uur in de ochtend van dinsdag 18 juni reed Ken Mooney met zijn bestelwagen vol post Madrone Way in. Korte tijd later sloeg iemand hem dood met een hamer.

Wat hierna gebeurde verbijsterde iedereen. Ken Mooney, zijn auto en de niet-bezorgde post verdwenen tot de volgende ochtend, toen de auto, met Ken en de post, werd teruggevonden aan het eind van Madrone Way.

De post bleek niet te zijn aangeraakt; de diverse bundels, gesorteerd en bijeengebonden met ruw touw, waren nog intact; alle nog niet afgeleverde aangetekende stukken waren nog aanwezig.

De posterijen vonden geen enkel spoor van een overtreding van de posterij-wetten, en dus droegen ze de zaak over aan sheriff Joe Bain.

HOOFDSTUK III

1

OP DE OCHTEND VAN WOENSDAG 19 JUNI kwam Joe het hoofdbureau binnen, maakte een korte inspectieronde in de gevangenis, sprak met Ace Wardell, die zowel de meldkamer als de balie bemande, en ging toen zijn kantoor binnen om de post na te kijken. Er lagen officiële mededelingen en memo's, advertenties, protestbrieven, beschuldigende brieven, verzoeken om hulp, bescherming, advies. Mevrouw Wilson, woonachtig aan Hygart Road, bij Mulberry, beklaagde zich over een onbekende die haar bestookte met kluiten aarde als ze in de tuin werkte. Bill C. Mazaretto uit Tevis deed aangifte van een gestolen kalf. Tony Silveira aan Blue Hill Road buiten Verdalia meldde een inbraak in zijn gereedschapsschuur, compleet met een schets van de kapotte scharnieren waarvan hij hoopte dat deze zou helpen bij het onderzoek. Burt Rank, voorzitter van het Anti-Muskieten Offensief was langsgekomen met een memorandum over een vrouw met de naam 'Luna', met de volgende inhoud:

> DEZE VROUW IS GESTOORD. DAT MAAKT
> VERDER NIET UIT, MAAR DAARNAAST KWEEKT
> ZE MUGGEN. NIET EXPRES. IK HOOP NIET DAT ZE
> OOIT PROBEERT OM HET EXPRES TE DOEN. ZE
> VOERT EXPERIMENTEN MET INTER-PLANETAIRE
> COMMUNICATIE UIT MET GROTE BAKKEN
> WATER, OM DE GEDACHTENSTRALEN MEE TE
> BUNDELEN. ZE WORDT NIET LASTIGGEVALLEN
> DOOR DE MUGGEN, DIE ALLEEN STINKENDE

ROTZAKKEN ALS IKZELF AANVALLEN. LUNA
DENKT DAT IK EEN LOMPE BOURGEOIS BEN
EN ZE LUISTERT NIET ALS IK HAAR OPDRAAG
OM OP TE HOUDEN MUGGEN TE KWEKEN.
KOM ALSTUBLIEFT LANGS EN LAAT HAAR
GEDACHTENSTRALEN-TANKS LEEGLOPEN. ZE
WOONT ACHTER HET MAKELAARSKANTOOR
PANDORA, AAN HANKINSON ROAD.

Joe was mager, iets langer dan gemiddeld, met netjes geborsteld zwart haar, een donkere, olijfkleurige huid en een gezichtsuitdrukking die soms ironisch, soms zorgelijk was. Hij sorteerde de brieven en bracht enkele hiervan naar Ace Wardell, die de patrouillerende agenten zou inseinen. En toen, met een zucht en een kreun, ging hij zitten om de rest af te handelen. Tijdens de ambtstermijn van zijn voorganger, sheriff Ernest Cucchinello, had een zekere mevrouw Rostvolt dit soort zaken gladjes afgehandeld. De nieuwe vrouwelijke medewerkster, juffrouw Irene Curdy, voorheen werkzaam bij de Tehachapi Staatsgevangenis voor Vrouwen, zag de dingen meer zwart-wit. Mevrouw Rostvolt was handig en diplomatiek geweest; juffrouw Curdy zei waar het op stond, op een manier die Joe stemmen zou gaan kosten. Het zag ernaar uit dat juffrouw Curdy, die nog maar pas in dienst was, weer vervangen zou moeten worden, en snel ook. Maar door wie? En hoe moest hij juffrouw Curdy vertellen dat haar diensten niet langer nodig waren? Joe trok een gezicht… De telefoon rinkelde. Joe nam op en hoorde de stem van Frank Hardinger, de hoofdagent van de Pleasant Grove Politie. "Sheriff, er is een moord gepleegd. Een jonge postbode met de naam Ken Mooney. Ik denk dat je aan de bak moet."

Joe leunde voorover in zijn stoel. "Wat is er gebeurd?"

"Zo te zien heeft iemand hem de hersens ingeslagen."

"Al aanwijzingen wie het gedaan heeft?"

"Ik weet net zo veel als jij. Het lijk bevindt zich in een bestelwagen van de posterijen, aan het eind van Madrone Way."

Joe belde de lijkschouwer, riep Rex Kelly, een van zijn nieuwe hulpsheriffs, en vertrok richting plaats delict.

2

Joe reed over Courthouse Avenue, door het oude Northside district, en draaide tussen twee bewerkte granieten pilasters Madrone Way in. Madrone Way maakte eerst een S-bocht en ging vervolgens verder in noordelijke richting, langs een aantal dure, moderne woningen die stuk voor stuk ver van de weg lagen, omringd door bomen en tuinen. Hier woonde de aristocratie van Pleasant Grove, aangevoerd door de families Shortridge, Mortimer en Gentry, en met de Whipples duidelijk volledig onderaan.

Aan het eind van Madrone Way, tegenover het huis van mevrouw Mary Bazzarini, stond de postwagen. Het lijk was ontdekt door ene mejuffrouw Locke, de verpleegkundige die overdag voor mevrouw Bazzarini zorgde. Toen ze op haar werk aankwam, had ze een blik geworpen in de ogenschijnlijk lege bestelwagen en had het lijk van Ken Mooney zien liggen, omringd door bundeltjes post die uit een canvasmand waren gevallen.

De lijkschouwer, dokter William Hesketh, stelde het tijdstip van overlijden op ongeveer vierentwintig uur daarvoor, rond een uur of tien, elf. Ken Mooney was van achteren venijnig op de rechterkant van zijn hoofd geslagen. Er waren minstens drie klappen uitgedeeld, vlak boven zijn oor en daarboven. Hij had niet veel bloed verloren; het blauwgrijze uniform van Ken Mooney zag er nog redelijk schoon uit. Met groteske precisie was de nieuwste editie van het tijdschrift *Life*, waar het adres vanaf gescheurd was, onder het gehavende hoofd van Ken geschoven. Totdat het lichaam van Ken naar de ambulance was overgebracht spraken twee inspecteurs van de posterijen van San Jose op gedempte toon met Henry Deardorf, de postmeester, die zijn boek met registraties had meegenomen. Daarna namen ze de post mee naar het trottoir, waar ze alles bundel voor bundel nakeken.

Hulpsheriff Rex Kelly werkte binnen- en buitenkant van de wagen af met een blaasbalgje, her en der vingerafdrukpoeder rondblazend. Honderden vegen en vlekken kwamen tevoorschijn, alsmede een aantal afdrukken waarvan later zou blijken dat ze allemaal toebehoorden aan Ken Mooney.

De eerste officiële handeling van Joe was het voelen aan de radiator en de motor van de auto. Die waren koud. De wagen stond hier al minstens een paar uur, misschien al het grootste deel van de nacht. Hij onderzocht de banden, het interieur en de buitenkant van de wagen, maar vond niets dat hem van enig belang leek — behalve dan het exemplaar van *Life* onder Kens hoofd. Waar het adreslabel was weggescheurd was de pagina vies en gekreukt. In de niet-bezorgde post bevonden zich nog meer exemplaren van *Life*.

Joe besloot om juffrouw Locke te ondervragen, die de verrichtingen vanachter het raam van mevrouw Bazzarini stond te bestuderen. Ze vertelde hem niet meer dan ze al tegen kapitein Hardinger gezegd had: dat ze was aangekomen om haar werk te beginnen, een blik geworpen had in de bestelwagen, het lijk had opgemerkt en meteen het huis van mevrouw Bazzarini ingegaan was en de politie had gebeld.

Vervolgens ondervroeg Joe ook mevrouw Bazzarini, de weduwe van Salvador Bazzarini, de grondlegger van de Monteverde Wijngaarden in de heuvels ten westen van Pleasant Grove. Mevrouw Bazzarini was ongeveer vijfenzeventig jaar oud, had een wasachtige huid, pluizig wit haar, bolle wangen. Ze leek behoorlijk van streek door de gebeurtenissen en haar ogen waren roodomrand alsof ze gehuild had. "Wat een afschuwelijke toestand! Zo verschrikkelijk!" zei ze tegen Joe.

"Dat is het zeker," antwoordde Joe. "Heeft u misschien gemerkt hoe laat de bestelbus aan is komen rijden?"

"Nee, ik heb niets gemerkt. Ik was diep in slaap. Ik had een hele goede nacht. Het kan elk willekeurig tijdstip geweest zijn. Het was zo'n leuke jongen, zo attent! Wie doet er nou zoiets?"

"Ik ga mijn best doen daarachter te komen," sprak Joe. "U kende Ken Mooney?"

"Jazeker. Hij kwam vaak even binnen om een praatje te maken."

"Heeft hij u ooit iets verteld dat wellicht iets met zijn dood te maken zou kunnen hebben?"

"Nee, helemaal niets. Het is een verschrikkelijke, verschrikkelijke toestand."

Joe liep weer naar buiten om de zaak te overdenken terwijl Rex Kelly en de onderzoekers van de posterijen hun werk afmaakten. Er waren twee dingen die het overwegen waard waren: het exemplaar van

Life onder Kens hoofd en het feit dat het lichaam pas bijna een volle dag na de moord was ontdekt.

Iedere afwijking van de norm kan helpen om een misdaad op te lossen: dit had Joe geleerd op het Chapman Institute of Criminology in Noord-Hollywood. In dit geval, dacht hij, leek de moord op Ken Mooney niet al te ingewikkeld. Hij liep naar de postmeester, Henry Deardorf, een man met afhangende schouders en een klein rond buikje, wiens ronde bruine ogen nog ronder en bruiner leken door zijn bril. In de ogen van Henry Deardorf was deze moord een schandaal dat niet alleen Ken Mooney en de Posterijen van de Verenigde Staten was overkomen, maar ook hemzelf: "— al eenendertig jaar werk ik op het postkantoor, op alle afdelingen, zomer en winter. Ik heb heel veel gezien, maar nog nooit zoiets als dit." Hij wierp een nijdige blik op de bestelbus.

"Wat denkt u dat er gebeurd is?" vroeg Joe.

"Ik heb geen idee. Er is overal misdaad en er zijn overal jeugdige criminelen."

"U had problemen met Ken?"

"Dat zou ik niet willen zeggen. Nee, geen echt probleem."

"Wat was het voor kerel?"

Deardorf knipperde met zijn ogen, verward omdat hij ineens moest nadenken. "Wel, het is lastig onder woorden te brengen. Ik vond hem een beetje gemakzuchtig, maar er zijn nooit klachten geweest over zijn werk. Hij komt uit een goede familie, een van de weinige oude families die hier nog over zijn. Er wonen al Mooneys in San Rodrigo County sinds weet ik veel hoelang."

"Ken woonde nog thuis?"

"Jawel. Op de oude Mooney ranch."

"Laat eens zien, ik zou moeten weten waar dat is." Joe dacht even na. "Ergens langs Oatfarm Road nietwaar? Recht voor een grote ronde heuvel?"

"Dat is het. Via Hankinson Road tot je bij Pandora Makelaars komt, dan linksaf en nog een kilometer of drie, vier. Ik denk niet dat Ken heel veel tijd thuis doorbracht. Clarence Mooney is een vrek, altijd al geweest."

"Er is iets dat ik niet begrijp," zei Joe. "Ken is gisterochtend vermoord en hij was pas halverwege zijn ronde. Wat gebeurde er toen hij niet terugkeerde op het postkantoor? Of was het u misschien niet opgevallen?"

Deardorf keek Joe kwaad aan. "Natuurlijk is het me opgevallen. Ik ben het hoofd — het is mijn taak om dit soort dingen op te merken."

"Wanneer viel het u op?"

"O, rond een uur of drie, denk ik. Ken had om twee uur terug moeten zijn."

"En niemand heeft gebeld om te vragen waar hun post bleef?"

"Iedereen nam blijkbaar aan dat de post laat was, of dat er die dag geen post was. Om vier uur ben ik deze kant op gekomen om hem te zoeken en toen ik de bestelbus niet kon vinden heb ik het kantoor gebeld. Het meisje achter de balie heeft me niet goed verstaan —" Deardorf schudde minachtend zijn hoofd bij de gedachte aan de incompetentie van de medewerkster "— hoe dan ook, zij liet me weten dat Ken binnen was. Ik belde vanuit huis, dus ik heb de zaak uit m'n hoofd gezet. Vanochtend hoorde ik pas wat er aan de hand was. Ik heb naar Kens huis gebeld en daar hadden ze hem niet gezien, dus zodoende belde ik hoofdagent Hardinger en toen het districtsbureau in San Jose. En rond diezelfde tijd vond deze dame het lijk."

Een overduidelijk misverstand. Deardorf legde nog uit wat hij de baliemedewerkster had gevraagd en wat zij dacht dat hij vroeg, wat ze gezegd had en hoe hij haar antwoord verkeerd begrepen had. "Je kunt er tegenwoordig niet eens meer van op aan dat mensen duidelijk zeggen wat ze bedoelen!"

"Ik denk dat u daar gelijk in heeft," zei Joe. "Welnu, hoe zit het met Ken? Kende u wellicht een of meer van zijn vrienden, of iets dergelijks?"

"Nee meneer, zeker niet. Wat hij in zijn vrije tijd uitspookte was zijn zaak, zolang het voor de Posterijen maar niet nadelig was. Hij hield van meisjes; ik heb zelfs weleens woorden met hem gehad over wat ik te vrijpostig gedrag vond. Hij was gewoon te vrij met de dames. Het is niet gepast voor een postbeambte, net zomin als voor een politieagent, om te familiair om te gaan met het publiek: niet zolang men een uniform draagt. Dat is een ijzeren wet die ik mijn medewerkers heb opgelegd en die ik ook gehandhaafd heb. Er is nooit sprake geweest van onbehoorlijk of onzedelijk gedrag of meer van dat soort dingen die je zo af en toe weleens hoort van andere kantoren."

"Hm," zei Joe. "U bedoelt te zeggen dat Ken zo af en toe wat al te vriendelijk omging met de dames op zijn route?"

Deardorf wierp Joe een boze, verwijtende blik toe. "Denkt u nu echt dat ik dat zou toelaten? Nee meneer! Mooney wist dat, en de rest weet het ook."

De onderzoekers van de posterijen, twee mannen met milde manieren, bijna buitensporig beleefd, kwamen naar hen toe. Ze verklaarden dat ze zich ervan overtuigd hadden dat er geen misdaad gepleegd was jegens de Posterijen van de Verenigde Staten. Alle aangetekende stukken waren teruggevonden; de post was langs Madrone Way bezorgd tot aan het huis van mevrouw Bazzarini; de poststukken die gebundeld waren om verderop op zijn route afgeleverd te worden waren onaangetast. Met een beleefde hoofdknik in de richting van Joe en Deardorf liepen ze terug naar hun auto, waar een van hen een rapport begon in te spreken in een dictafoon terwijl de ander met een ernstige blik een sandwich met tomaten en sla at.

Het lichaam was naar het mortuarium overgebracht; Rex Kelly was klaar met het zoeken naar vingerafdrukken en was nu bezig om materiaal te verzamelen van de vloer van de auto met een kleine draadloze stofzuiger. De toeschouwers, een meter of dertig verderop, rekten hun halzen, onder de indruk van deze demonstratie van een daadwerkelijk crimineel onderzoek, hoewel het het niet haalde bij de tv. Het was lang niet zo interessant. Het ging veel trager. Er was geen noemenswaardige actie. De sheriff leek besluiteloos en verbijsterd, alsof hij geen idee had wat hij eerst moest doen. Joe merkte de kritische blikken op en liep met Deardorf om de wagen heen naar de andere kant. "Wat was globaal gesproken de routine van Ken?"

"Hetzelfde als alle anderen," snauwde Deardorf, die de hele zaak ondertussen spuugzat was. "De ochtendpost wordt gesorteerd. We werken allemaal samen, leggen alles op route; dan pakken de postbodes hun vracht en vertrekken."

"Iedere route staat dus redelijk vast?"

"Tot in de puntjes. We moeten efficiënt zijn, anders krijgen we de post niet bezorgd."

"En waar zou Mooney heengegaan zijn als hij klaar was met Madrone Way?"

"Dan gaat hij naar de countryclub, en daarna de zuidkant van Paicines, tot aan McClellan. Daarna naar McClellan om te bezorgen in wat wij District Noordoost Een noemen."

"Maar hij is dus zelfs nooit bij de countryclub aangekomen."

"Dat klopt. Hij heeft tot dat huis daar bezorgd, bij Mortimer." Deardorf wees het huis aan. "Dat was het laatste. Hij is zelfs nooit bij mevrouw Bazzarini geweest. Haar post ligt nog in de wagen."

"Vreemd," mompelde Joe. "Als hij tot aan de Mortimers is gekomen, waarom dan die laatste niet?"

"Dat is mij ook een raadsel," zei Deardorf. "Zijn jullie klaar met de bus?"

"Ik denk dat we alles hebben... Rex, kun jij nog iets verzinnen?"

"Alleen die *Life*. Ik zou graag willen weten voor wie die bestemd was."

Joe knikte. "Dat had ik ook al bedacht. Maar ik denk niet dat het nodig is om alleen daarom de post tegen te houden. U mag hem meenemen, meneer Deardorf."

Deardorf liep naar de bestelbus, sprong erin, startte de wagen met een zorgvuldige polsbeweging en reed in noordelijke richting Madrone Way uit. Joe wendde zich tot hoofdagent Hardinger. "Heb je de ouders van Ken al ingelicht?"

"Ik heb ze gebeld zodra we het nieuws hoorden. Het leek me beter om gelijk maar door die zure appel heen te bijten."

Joe gromde zuur. "Laten we de mensen hier huis voor huis bespreken. Vertel me alles wat je over iedereen weet."

Hardinger wreef over zijn kin. "Ik kan me niet voorstellen dat er iemand uit deze buurt Ken Mooney's hoofd zou kunnen inslaan. Dit zijn de braafste burgers van de stad! Ze vinden het al vervelend als ze een verkeersboete krijgen!"

"Zo op het eerste gezicht," zei Joe, "lijkt het erop alsof het iemand van de Mortimers geweest is, of mevrouw Bazzarini; tot daar is de post bezorgd."

Hoofdagent Hardinger staarde in de richting van de golfbaan. "Ik vind het vervelend om de sheriff te moeten vertellen dat hij niet weet waar hij het over heeft — maar Mary Bazzarini zit in een rolstoel en Wilfred Mortimer zit met zijn hele familie in Honolulu. Het huis is leeg."

"Welnu, hoe klinkt dit dan? Iemand komt naar Ken toegelopen op het moment dat hij de post bij de Mortimers in de bus gooit. Hij overtuigt Ken ervan de bestelbus ergens heen te rijden, geeft hem een klap op zijn hoofd en verbergt de bestelbus tot het nacht is. Daarna rijdt hij terug en parkeert de bestelbus hier, aan het eind van Madrone Way."

Hardinger schudde weifelend zijn hoofd. "Alles kan, denk ik."

Joe wendde zich tot Rex Kelly. "Rex, jij gaat van huis tot huis. Probeer erachter te komen wie wat gezien heeft. Vraag iedereen waar ze gisterochtend waren. Misschien hebben sommigen Ken nog gesproken. Misschien is het iemand opgevallen dat er iemand in de bus zat. Verzamel zo veel mogelijk informatie. Ik ga met de Mooneys praten."

HOOFDSTUK IV

1

JOE REED NAAR HUIS om te lunchen, in het kleine houten huis aan Plum Street waar hij verkozen had te blijven wonen ondanks de hints van zijn moeder, Marian Bain, en de openlijke afkeer van zijn dochter Miranda, die inmiddels zestien was en net haar voorlaatste jaar op de middelbare school had afgemaakt. Zowel moeder als dochter waren trots op Joe, maar vonden dat hij zichzelf niet serieus genoeg nam. Ze vonden allebei dat hij het aan zijn positie verplicht was om op een wat voornamer adres te wonen. Tot nu toe had Joe hun argumenten kunnen weerstaan, maar de druk werd met de dag groter. Tijdens de lunch had Miranda geklaagd over de twee peperbomen in de voortuin. "Ze zijn zo rommelig, en ze staan net te ver uit elkaar om er een hangmat tussen te hangen."

"Ik moet zeggen," merkte Marian Bain op, "dat er helemaal niets onder wil groeien. Er zit te veel olie in de bladeren, of misschien is het de peper. Weet je nog wat er vorig jaar met de zinnia's gebeurd is?"

"Dat was triest," zei Joe. "Geef de sla even door alsjeblieft."

"Als we verhuizen," merkte Miranda op, "dan denk ik dat we een huis moeten zoeken zonder peperbomen."

"Wie heeft het over verhuizen?" vroeg Joe. "Het dak is waterdicht en de buren hebben geen honden; dit is mijn idee van een ideaal huis."

"Het is vervallen," verklaarde Miranda. "Het is oud en versleten. Als je over de vloer loopt hoor je de ramen rinkelen. Als je het toilet doortrekt dan hoor je dat tot op de hoek."

"Kom op, zeg," sprak Joe. "Je overdrijft. Denk eens na. Dit huis kost ons vijfenzeventig dollar per maand. Het is comfortabel, koel en rustig.

We betalen geen belasting, we hebben geen gazon om ons druk over te maken, er staan perziken en pruimen in de achtertuin. We zouden gek zijn om te verhuizen!"

"Maar papa, jij bent de *sheriff*! Ben je je daar dan niet van bewust? Je moet je stand ophouden! Kijk nou waar sheriff Cucchinello woonde, aan McClellan Avenue!"

"Hij was ook een stuk brutaler en had meer autoriteit dan ik. Meiden, laten we verstandig zijn. We zouden een prachtig huis kunnen kopen, een Lincoln Continental, een groot zwembad, met bijbehorende kosten. Vervolgens lig ik er bij de volgende verkiezingen uit, en dan? Mijn enige talenten zijn sla plukken en pokeren, en geen van beide betaalt al te best."

"Je maakt een grapje, papa. Je weet best dat de mensen op jou gaan stemmen."

"Als ik me gedraag. Vroeger noemden ze dat 'reputatie', tegenwoordig heet het 'imago'. Stel dat ik ineens aankom met een grote witte Stetson, een nieuwe cabriolet met twee of drie blondjes in zwart ondergoed. Weet je wat de mensen dan zullen zeggen? 'Aha, die corrupte sheriff Bain!'"

"Ik denk dat je moet doen wat juist is en je niet druk moet maken over wat mensen denken," zei Marian Bain.

"Alles goed en wel, maar dan krijg je dus weer hele andere problemen. Neem nu bijvoorbeeld Howard Griselda en de *Messenger*. Stel dat een stelletje jonge schurken een benzinepomp beroven en Howard Griselda schrijft er een stukje over. Als ik ze neerschiet, dan is dat politiegeweld. Als ze mij neerschieten dan ben ik incompetent. Als ze jong zijn, dan heb ik de jeugdcriminaliteit niet weten in te perken. Als het bekenden van de politie zijn, waarom heb ik ze dan niet beter in de gaten gehouden?"

"Mijn hemel!" zei Marian Bain. "Anderen hebben precies dezelfde problemen. Niemand anders maakt zich er zo druk om als jij."

"Ik ben van het nerveuze type."

"Het feit blijft dat je nu een beter inkomen hebt, en Miranda verdient het om een leuk huis te hebben waar ze haar vrijers mee naartoe kan nemen."

"Dit *is* een leuk huis. Moeten we soms marmeren beelden in de voortuin zetten? Jullie doen net alsof het een blokhut is."

"Wel, je weet hoe meisjes zijn. Die houden ervan om een beetje op te scheppen."

"Ze heeft hier al vaker vrienden uitgenodigd; zijn die plotseling allemaal te goed voor ons huis?"

"Natuurlijk niet. Het is gewoon —"

"Het is gewoon verstandig om zuinig aan te doen en ons geld op de bank te zetten. Dan kunnen we vandaag of morgen een stuk land kopen en een *echt* huis bouwen. En in de tussentijd kunnen jullie dit huis een beetje opknappen. De vloeren schilderen. Plant wat extra zinnia's en een paar peperbomen. Haak een paar van die 'Eigen Haard…'-dingen voor aan de muur."

Marian Bain zuchtte en schudde haar hoofd; Miranda slaakte een wanhopige zucht en rende naar de huiskamer. Joe grijnsde zuur. Miranda leek wel wat op haar moeder, die er vijftien jaar geleden met een of andere gitaarspeler vandoor gegaan was en van wie ze nooit meer iets vernomen hadden. Miranda was even mooi, even levendig, maar met een heel wat beter karakter. Waarschijnlijk had ze dat van haar oma, dacht Joe — zeker niet van hem. Hij at een stuk kokostaart op en leegde een blikje bier, wat niet echt goed bij elkaar paste. "Er is een moord gepleegd," zei hij tegen zijn moeder. "Gisteren gebeurd, een jonge postbode. En nu moet ik straks met zijn ouders gaan praten."

"*Tcht tcht tcht*. Het is toch verschrikkelijk! Wie doet er nu zoiets?"

"Daar kom ik wel achter. Tot nu toe heb ik alle zaken weten op te lossen."

"Wie was het?"

"Een jonge knaap uit het noorden: Ken Mooney."

"Ik geloof niet dat ik die familie ken."

"Ze wonen hier al een paar generaties, van wat ik gehoord heb. Hoe dan ook, ik zal ze moeten spreken."

2

Er waren twee routes naar de ranch van de Mooneys: vanuit Pleasant Grove in noordelijke richting via de snelweg naar Hankinson Road, in oostelijke richting naar Oatfarm Road, en dan weer naar het noorden naar de Mooney Ranch; of naar het oosten vanaf Valley Boulevard naar

Galton Ridge Road, dan in noordelijke richting naar Hankinson en dan met een haarspeldbocht terug naar Oatfarm Road.

Vanaf Joe's huis aan Plum Street was het handiger om via Courthouse Avenue naar het noorden te gaan. De eerste anderhalve kilometer reed hij door de buitenwijken van Pleasant Grove, met Spanish Hill aan de rechterkant. Er stonden kleine, stoffige huisjes, in de schaduw van stoffige zwartgroene eucalyptusbomen, of zonder enige vorm van schaduw; bedrijven: benzinepompen; sloperijen; een schuur met hooi, diervoeder en mest; een handel in loodgietersmaterialen; restaurants met façades van brazielhout en natuursteen; een Big Orange; een Frosty Freeze; een Giant Dog. En na een laatste Bluebell benzinestation en een laatste 19¢ Chuckburger begon het platteland: boomgaarden — perzik, abrikoos, amandel; kleine melkveehouderijen; wijngaarden; groentekwekerijtjes; velden alfalfa; hier en daar een stuk braakliggend terrein met een vervallen schuur of een half-ingestort oud huis. Links rees het Kustgebergte aan de horizon omhoog; rechts rolde een ingewikkeld patroon van zonbeschenen heuvels, het meest zuidelijke deel van de Diablo Range.

Joe reed oostelijk Hankinson Road op, richting de heuvels. De boerderijen en boomgaarden werden kleiner, de wijngaarden wat minder groen. Hij stak een enorm irrigatie-aquaduct over, passeerde een hulpstation van Pacific Gas & Electric, waar de onbemande trans- formatoren zoemden en bromden. Een bord waarschuwde voor een gevaarlijk kruispunt en Joe zag een bord met PANDORA MAKELAARDIJ. Joe mompelde in zichzelf: "Pandora Makelaardij?"...Er was iets met Pandora Makelaardij, iets dat hier helemaal los van stond...Joe reed naar het noorden, Oatfarm Road op.

Hier waren geen boomgaarden meer; de alfalfa die hier nog groeide was grof en dun. Rechts van hem rezen de heuvels op, ronde, beige vormen die in elkaar over leken te gaan, omhoog, omlaag, met elkaar versmeltend, gelijkend op de rondingen van een vrouwenlichaam. Zo af en toe, naast een blikken brievenbus, verdween een onverharde weg in de richting van een vallei; hier en daar stonden een paar eucalyptus- bomen of eiken bij elkaar, een windmolen, een verweerde grijze schuur die aangaf dat hier nog altijd mensen woonden.

De Mooneys woonden honderd meter van de weg in een huis met

twee verdiepingen, bekleed met witte planken. Voor het huis lag een verdord grasveld met twee kleine citroenbomen; achter stond een kippenhok, twee schuren, een watertank en een windmolen. Opzij, half verscholen onder onkruid en distels, lag het karkas van wat ooit misschien een zwarte 1926 Dodge sedan was geweest. Joe reed het erf op, parkeerde achter de huidige auto van de Mooneys, een beige Chevrolet van een jaar of vijf oud. Hij bleef een paar tellen in de auto zitten, zich bewust van het zware, doordringende verdriet dat uit het oude huis leek te lekken. Hij keek om zich heen of hij ergens een hond zag, stapte uit zijn auto en liep naar de deur, die geopend werd nog voor hij er was. Een lange, magere man keek naar buiten. Hij had een kaal hoofd bezaaid met sproeten en omringd met een randje grijs haar, een uitpuilend voorhoofd, een lange neus en een lange kin met grijze stoppels. Hij droeg een donkerbruine corduroybroek met bretels over een vaalblauw shirt.

"U bent meneer Clarence Mooney?" vroeg Joe.

"Dat klopt."

"Ik ben sheriff Joe Bain. Ik wil met u spreken over Ken."

Clarence Mooney knikte kortaf. "Kom binnen."

Joe stapte de schemerige huiskamer binnen.

Een kleine, gezette vrouw met een verwarde bos muisgrijs haar zat in elkaar gedoken in een fauteuil. Dat, dacht Joe, moest Kens moeder zijn, overweldigd en verdoofd door het afschuwelijke noodlot dat haar zoon was overkomen. Twee tienermeisjes met lange armen en benen zaten stijfjes en zwijgend op een oude paarsrode bank. De kamer was karig gemeubileerd: een ronde eiken eetkamertafel, een boekenkast met twintig of dertig boeken, en in het midden van de achterste muur een grote nieuwe kleuren-tv met stereo — een luxeartikel dat absoluut niet in deze kamer paste. Joe stelde zichzelf nogmaals voor. "Het spijt me dat ik u op een moment als dit moet lastigvallen; ik begrijp volkomen hoe u zich nu moet voelen. Maar ik wil de dader vinden, en daarvoor heb ik uw hulp nodig."

Mevrouw Mooney liet het hoofd zakken en begon te snikken, waarbij ze schokte tot haar schouders bijna uit de kom schoten; de beide meisjes zagen eruit alsof ze gehypnotiseeerd waren. Clarence Mooney liep langzaam de kamer door naar de eetkamertafel, trok een stoel onder de tafel uit voor Joe en ging toen bij de open haard staan. "Ik begrijp er niets van. Echt helemaal niets. Niemand had een hekel aan Ken. Iedereen mocht hem graag."

"Iemand wenste hem dood," sprak Joe. "Erg genoeg om hem te vermoorden. Heeft u enig idee wie dat zou kunnen zijn?"

Clarence Mooney schudde zijn hoofd. "Ik weet het gewoon niet."

Mevrouw Mooney sprak hijgend, gehaast: "Wat er ook achter zit, het kan niet tegen Ken geweest zijn! Het moet iets te maken hebben met de post!"

Clarence Mooney stak zijn vingers in een papieren zak tabak, trok er een klein plukje uit en rolde dat tussen zijn vingers. "Wordt er iets vermist? Geld? Pakketten?"

Joe schudde zijn hoofd. "De post is onaangeroerd. Vandaar dat ik mij dus afvroeg of Ken de laatste tijd ruzie had met een van zijn vrienden."

Clarence Mooney stopte het plukje tabak met een precies gebaar in zijn mond. "Daar heeft hij tegen ons niets over gezegd."

"Ken kon met iedereen opschieten," verklaarde mevrouw Mooney, nu op ietwat kalmere toon.

"Wat deed hij met zijn loon?"

Clarence Mooney keek Joe verwonderd aan. " 'Met zijn loon'? Hetzelfde als iedereen. Hij gaf uit wat hij nodig had en zette de rest opzij."

Joe knikte wijs. "Heeft u ooit gemerkt dat hij zo af en toe ineens heel veel geld leek te hebben?"

Clarence Mooney's lichtbruine ogen gingen half dicht. "Wat bedoelt u daarmee?"

Joe schokschouderde. "Soms gaat het in dit soort zaken om geld."

"Ik weet niet wat u in gedachten heeft," sprak Clarence Mooney, "maar als u Ken verdenkt van oneerlijke praktijken, dan kunt u dat wel vergeten. Hij zou nog niet stelen als hij omkwam van de honger."

"Ik geloof het graag, meneer Mooney. Maar we moeten de zaak van alle kanten bekijken. Het is u dus nooit opgevallen dat hij, nou ja, zijn geld misschien wat al te makkelijk uitgaf?"

Clarence Mooney's lippen vertrokken zich in een kleine, strakke glimlach. "Nee meneer. Absoluut niet."

"Had hij het ooit over de bewoners van Madrone Way?"

"Niet vaak. Hij kende Bill Whipple van de middelbare school. En in zijn laatste jaar trok hij weleens op met een meisje — ik weet haar naam niet meer, maar ze woont aan Madrone Way."

"Alice Benjamin," zei het oudste meisje.

Haar vader wierp haar een korte, felle blik toe. Ze liet het hoofd hangen en trok haar schouders op.

Joe deed alsof hij het niet opmerkte. "Geen serieuze relatie, neem ik aan?"

"Mijn hemel, nee. De Benjamins bewegen zich in de beste kringen. Wij zijn slechts eenvoudige boerenmensen. Onze familie woont hier al jaren, dat wel. Oatfarm Road heet zo omdat mijn vader in de tijd dat ze de straten namen gaven onze noordelijke akkers had beplant met haver."

Het oudere meisje trok haar schouders weer recht, hief haar hoofd op en sprak ineens in een snelle waterval van woorden: "Ken en Bill Whipple wilden samen een vervoersbedrijf oprichten als Ken een koper kon vinden voor Halfway House."

Clarence Mooney staarde met strakke blik naar een punt op de tegenoverliggende muur, boven de tv-stereo-combinatie. Hij sprak op afgemeten toon. "Dat is onzin. Halfway House was niet van Ken, dus hij kon het niet verkopen. Ik heb hem het beheer gegeven, maar ik heb zelf de eigendomspapieren gehouden."

"Hoe zit het met dat vervoersbedrijf; stelde dat idee nog iets voor?"

Clarence Mooney haalde zijn schouders op. "Grootspraak. Ken kon geen lening krijgen. Hij was sowieso niet geschikt voor het zakenleven. Hij had niet de juiste mentaliteit, niet het gehaaide instinct om je concurrent te willen vermorzelen."

"U zei dat u hem Halfway House had gegeven: bedoelt u dat oude wegrestaurant aan Contreras Road?"

"Dat klopt. Mijn overgrootvader heeft die zaak gebouwd, bijna honderd jaar geleden. Toentertijd was het heel modern. Maar nu —" Clarence Mooney schudde afkeurend zijn hoofd. "Ik heb het geërfd toen mijn broer overleed. Ik dacht dat Ken de boel zou kunnen opknappen, de zaak weer draaiende kon krijgen, geld zou kunnen verdienen voor ons allemaal. Maar hij gooide er met de pet naar."

"Het ligt behoorlijk afgelegen," zei Joe. "Een behoorlijk eind reizen voor je biertje."

"Dat is wat de mensen tegenwoordig willen," zei Mooney. "Iets ouderwets. Kijk maar naar al dat volksdansen en die folkzangers op de tv. Alsof ze een of andere ziekte hebben."

"Als je een drankvergunning hebt," zei Joe, "dan is dat geld waard. Misschien tien- of twaalfduizend."

"Daar ben ik me van bewust." Zodra Clarence Mooney over geld begon te praten veranderde zijn toon: er klonk een ondertoon van eerbied in zijn monotone stem. Mevrouw Mooney ging iets meer rechtop zitten terwijl de beide meisjes omhoogkeken als twee jeugdige heiligen. "Inderdaad, ja," bromde Clarence Mooney. "En er ligt negen hectare land rondom het gebouw. Ken wilde het voor een schijntje verkopen. Maar ik vond dat niet goed. Vroeg of laat zal ik krijgen wat ik ervoor hebben wil."

"Wie weet. Wat is uw prijs?"

"Ongeveer veertig...duizend...dollar." Mooney sprak het bedrag langzaam uit, alsof de woorden een aangename smaak in zijn mond achterlieten.

"Wat was Ken van plan te doen met de zaak?"

Clarence Mooney snoof. "Dat is iets waar we het nooit over eens konden worden. Hij bracht een deel van zijn vrije tijd daar door, rommelde wat, maar pakte nooit echt door. Hij had gewoonweg niet de noodzakelijke *uch-uch-uch.*" Clarence Mooney zette het vreemde geluid kracht bij door zijn arm en vuist als een soort zuiger op en neer te bewegen.

Joe greep terug naar zijn vermoedens dat chantage een reden voor de moord zou kunnen zijn geweest, en suggereerde: "Had Ken ook spaargeld? Investeringen of iets dergelijks?"

"Hij spaarde natuurlijk wel. Maar 'investeringen' —" Clarence Mooney maakte een minachtend gebaar met zijn duim in de richting van de tv-stereo-combinatie. "Dat is zo ongeveer de enige investering die hij ooit gedaan heeft. Een cadeau voor moeder en de meisjes. En mij."

"Hm. Mooi ding."

Mevrouw Mooney, wier aandacht heel even van de moord was afgeleid, kroop weer terug in haar stoel. De beide meisjes knipperden met hun ogen en haalden hun neus op. Clarence Mooney bromde iets en wendde zich af.

Joe wreef over zijn kin. Tot nu toe schoot hij niet op. Wat zou hij verder nog kunnen vragen? Iemand moest toch iets weten, al wisten ze dat zelf misschien niet eens. "Had Ken plezier in zijn werk?"

"Het was makkelijk," zei Clarence Mooney op effen toon.

"Hij woonde bij u thuis?"

"Dat klopt."

"Ik zou zijn kamer graag willen zien als u dat goedvindt."

"Deze kant op."

"Het is nogal rommelig," riep mevrouw Mooney hen achterna. "Ik heb er niet aan gedacht om op te ruimen."

"Geen zorgen, moeder," zei Clarence Mooney met holle stem.

Ze gingen naar de kamer van Ken, op de eerste etage, niet veel meer dan een klein hokje met een bed. Kens kledingkast was onopvallend; uit vrijwel niets viel op te maken wat zijn persoonlijkheid was geweest. Aan de muur hingen twee foto's van de football-club van Pleasant Grove High School: een van alle spelers, en een van het eerste team. Joe liep naar de foto's om ze nader te bekijken. Clarence Mooney wees Ken aan: een gespierde jongen met dik, donker haar dat halverwege zijn ogen hing. "Dat is hem … Als je hem zo ziet zou je nooit zeggen dat de zaken op deze manier zouden aflopen."

"Absoluut niet."

"Hij was een goeie knul." Clarence Mooney's stem klonk weer hol. "Als ik degene die hem heeft vermoord in mijn vingers krijg…" Clarence Mooney haalde diep adem. "Ik denk dat het onzin is om zo te praten. Ik denk dat het onzin is om hoe dan ook iets te zeggen. De achterblijvers moeten verder met hun leven." Hij wees naar de quarterback, een jongen met scherpe gelaatstrekken die achter in het midden stond met een gezicht dat in tweeën gespleten werd door een nogal zelfingenomen grijns. "Dat is Bill Whipple. Hij is naar de universiteit gegaan met zo'n sportbeurs. Ken deed net zo hard zijn best en speelde net zo goed; denk je dat iemand hem een heleboel geld bood? Absoluut niet. Je komt nergens in deze wereld tenzij je een hele grote mond hebt. Het is een schreeuwerige wereld." Clarence Mooney schudde langzaam zijn magere gezicht met de holle ogen. "Hier op

Oatfarm Road kan een man zijn longen uit zijn lijf schreeuwen zonder dat iemand hem hoort."

"Zo gaan die dingen," zei Joe. Hij liep naar de kledingkast, voelde in Kens zakken, vond een lippenstift en twee dubbeltjes. De lades in Kens chiffonnière leverden niets op. Geen brieven, geen dagboek, geen persoonlijke papieren. Ken was iemand die van dag tot dag leefde.

Het oudere meisje kwam verlegen de kamer in met een fotoalbum en Kens jaarboek van de middelbare school. Joe zag Ken in alle stadia van zijn leven: baby, peuter, jongetje, jongeman en man. In het jaarboek wees het meisje meer foto's van Ken aan. Joe bestudeerde een kiekje van Ken, knielend op een trap met twee knappe meisjes naast hem. "Veel liefs voor Ken" stond met een net, meisjesachtig handschrift dwars over de foto geschreven en er stonden twee handtekeningen op: 'Alice Benjamin', 'Barbara Duncan'.

Joe vroeg onschuldig: "Waren dat zijn vriendinnetjes?"

Even gleed er een korte, nerveuze glimlach over het gezicht van Kens zus. "Niet echt. Ken had nooit echte vriendinnetjes. Hij ging met allerlei verschillende meisjes uit."

"Er waren nooit meisjes die hij aardiger vond dan de rest?"

"Hij zei altijd dat hij alle meisjes leuk vond, en dat hij niet kon kiezen."

Joe ging terug naar beneden. Mevrouw Mooney zat nog altijd in haar stoel. Het jongere meisje had de televisie aangezet, maar de ontvangst was slecht en er was niet veel meer te zien dan wat flikkerende, vage, groene, rode en spookachtig oranje vormen.

Joe verliet het sombere huis. Terwijl hij in zuidelijke richting Oatfarm Road afreed leken de heuvels uitzonderlijk vrij en wild; het landschap dat zich naar het westen uitspreidde scheen open, grenzeloos, onbeperkt. "Blijkbaar begin ik te veranderen in een natuurliefhebber, of misschien wel een vogelaar," mompelde Joe in zichzelf. "Het is een opluchting om uit dat huis weg te zijn."

3

Toen Joe weer terugkwam op kantoor trof hij daar mevrouw Curdy aan, druk in discussie met een oude Mexicaanse vrouw.

"*¿Que paso?*" vroeg Joe. "Wat is er aan de hand?"

"Ze wil een van de gevangenen spreken," zei juffrouw Curdy. "Het bezoekuur is voorbij. Ik heb dus gezegd dat het niet kan."

"*¡Si, si, si! Quiero hablar a Juan Carminez. ¡Es muy importante!*"

"*¿Porque importante?*" vroeg Joe.

"*Su hijo está en el hospital. Muy enfermo.*"

"Wacht even," zei Joe. Hij keek naar binnen in het achterkantoor. "Waar is Lew Gonzales?" vroeg hij aan Ace Wardell.

"Op patrouille."

"Verdomme. Is er iemand aanwezig die beter Spaans spreekt dan ik?"

"Carminez zit daarachter in de dierentuin."

Joe pakte de sleutels, opende het toegangshek en liet Carminez naar buiten. "Er is hier een dame die je wil spreken, het gaat over je zoon."

Carminez liep naar de balie. Er werden wat korte, staccato woorden gewisseld. Carminez draaide zich om naar Joe. "Ze zegt dat mijn zoon ziek is. Blindedarmontsteking. Hij wil mij zien. Misschien kan ik maar beter gaan."

"Misschien moet je dat maar niet doen. Dit is een gevangenis, geen hotel."

"Maar sheriff! Het is nog maar een kleine jongen!"

"Jammer dan," zei Joe. "Dat had je moeten bedenken voordat je op die kerel in begon te steken."

Carminez keek Joe boos en verwijtend aan. "Ik wist niet dat mijn jongen ziek zou worden! Misschien gaat hij nu wel dood!"

"Hij gaat niet dood," zei Joe. "Het is gewoon eèn blindedarm-ontsteking. Er zijn drie man vrij, ik heb niemand stand-by staan. Ik kan niemand missen om met je mee te gaan…Ach wat, ga ook maar. Zoek je zoon op. Maar zorg wel dat je snel weer terug bent, ja?"

"Jazeker, sheriff."

"Ik wil dat je voor zes uur terug bent. Welk ziekenhuis is het?"

"County Hospital."

"Goed dan. Zes uur."

"OK, sheriff, bedankt. Ik ben snel weer terug."

"Dat is je geraden."

Joe liep terug naar zijn eigen kantoor. Ace Wardell leunde uit zijn glazen hokje. "Wat gebeurt er?"

"Een soort van ontsnapping Mexicaanse stijl of iets dergelijks. Juffrouw Curdy denkt dat ik gestoord ben. Geen idee."

"Komt hij nog terug?"

"Daar kan ik me momenteel niet druk over maken. Er zitten sowieso al te veel Mexicanen in de gevangenis. Een of twee zullen we niet missen. Kijk even of je Kelly te pakken kunt krijgen."

Ace sprak in zijn microfoon, kreeg een krakend antwoord en gaf dit door aan Joe. "Hij komt eraan."

Joe ging zijn kantoor in en legde zijn voeten op zijn bureau. Ken Mooney, een schijnbaar argeloze postbode, was vermoord. Waarom? Hoe? Joe belde dokter Hesketh. "Met sheriff Joe Bain, dokter. Is er nog iets interessants te melden over Ken Mooney?"

"Niet veel. Het tijdstip blijft hetzelfde: zo rond tien uur gisteravond; met een uurtje speling. De eerste slag heeft hem waarschijnlijk al gedood. Ik denk dat het wapen een doodnormale timmermansklauwhamer was. Drie goede klappen. Geen opwinding of boosheid. Gewoon drie krachtige tikken."

"Alcohol? Drugs?"

"Ik kan niets vinden. Al zijn organen zijn in prima staat. Hij rookte niet eens."

"En hoe zit het met bloed? Er lag niet veel in de auto."

"Hij heeft niet veel bloed verloren. Een klap zoals degene die hem gedood heeft — nou ja, je kunt min of meer zeggen dat er een stuk bot en weefsel als een kurk de hersenen ingedrukt wordt. Het hart stopt; er is een klein beetje lekkage vanuit de beschadigde bloedvaten in de opperhuid — maar geen grote poel bloed."

"Dat exemplaar van *Life* —" hier, zo bedacht Joe opeens met een schok, was een aanwijzing waar hij nog helemaal niets mee gedaan had "— denkt u dat dat al het bloed had kunnen opnemen?"

"Ja, dat zou ik wel denken. Maar ik zal het niet bij de rechtbank onder ede verklaren."

"Dank u, dokter." Joe legde de hoorn terug op de haak. Hij pakte de torpedovormige pen uit het zwarte onyx bureausetje dat hij voor zijn verjaardag van Miranda had gekregen en schreef op een leeg vel papier:

KEN MOONEY
Zoek uit wie er op Madrone Way een abonnement heeft op Life.
Controleer op hamers, laat ze onderzoeken op bloed.

Het was een vreemde zaak, dacht Joe — in ieder geval tot nu toe. Volgens Henry Deardorf en Clarence Mooney had Ken absoluut geen vijanden — hetgeen maar weer eens bewees dat de dingen niet altijd waren wat ze leken te zijn. Ken had minimaal één vijand.

Bill Whipple? De naam kwam als eerste boven drijven. Bill woonde aan Madrone Way; hij was een bekende van Ken. Joe trok een grimas, alsof hij iets smerigs proefde. Bill Whipple als moordenaar met een hamer leek hem niet echt logisch, zelfs al kende hij Bill Whipple niet persoonlijk.

Maar wie dan wel?

Dat was de grote vraag, dacht Joe.

Hij bleef peinzen tot Rex Kelly binnenkwam. Kelly was een lange jongeman met een vierkant, vriendelijk gezicht en een dik, bruin stekeltjeskapsel. Joe beschouwde hem als veruit de beste politieagent in zijn corps, al had hij nog weinig ervaring. Kelly kwam van de universiteit; hij was intelligent, vriendelijk tegen het publiek, een harder werker. Zijn enige gebrek — doorzettingsvermogen? eigen initiatief? — was precies de karaktertrek die hem tot zo'n goede ondergeschikte maakte. Joe hield zijn hart vast voor de dag dat Rex Kelly niet langer tevreden zou zijn met zijn huidige baan en op zoek zou gaan naar iets beters. Hardwerkende, intelligente hulpsheriffs lagen niet voor het oprapen.

Kelly was bij ieder huishouden aan Madrone Way langs geweest. "Ik ben als eerste bij de Shortridges langsgegaan. Hun brievenbus staat aan het eind van de oprit; de postbode schuift de post er meestal gewoon in. Gisteren was er een pakketje onder rembours. Ken inde het geld van Marsh Shortridge, die toevallig thuis was. Starr was ook thuis. Meneer Sam Shortridge was in de winkel en mevrouw Miriam Shortridge was bij de kapper. Starr beweert dat ze Ken niet gezien heeft. Ze zegt dat ze aan het lezen was. Marsh betaalde voor het pakje, sprak ongeveer een halve minuut met Ken en toen reed Ken de oprit weer af. Marsh zag niets verdachts, er zat niemand anders in de bestelbus. Ken leek in een goede bui te zijn. Niemand van de Shortridges had ook maar enig idee wat er gebeurd kon zijn en niemand had verder nog een opmerking. Starr is ofwel koudbloedig of afstandelijk of gewoonweg verwaand: ik kan geen hoogte van haar krijgen. Een aantrekkelijk meisje als je terminste haar smalende gezichtsuitdrukking kunt verdragen. Marsh gaat over een maand of zo trouwen met een meisje van verderop uit de straat. Hij doet nogal uit de hoogte, wilde niet toegeven dat hij Ken kende en sprak over hem als 'de postbode'.

"Volgende huis: hier wonen Thomas en Ethel Taylor met vier kleine jongens. Taylor is de directeur van de Valley Spaarbank. Ik heb mevrouw Taylor gesproken. Zij heeft Ken niet gezien. Hij heeft de post in de bus gedaan en is doorgereden.

"Het derde huis, de familie Benjamin. Guy Benjamin is een civiel ingenieur die op een contract van achttien maanden in India werkt. Mevrouw Grace Benjamin is behoorlijk zwanger. Ze is minstens 40. Een vrouw met een uitdrukkingsloos gezicht. Marsh Shortridge is verloofd met haar dochter Alice. Ik benijd hem niet met zo'n schoonmoeder. Alice is in Europa en blijft zeker nog een maand of zo weg. Mevrouw Benjamin geeft toe dat ze Ken van gezicht kent, maar spreekt afkeurend over hem — te familiair, te brutaal. Ze heeft Mariabeeldjes en kruisen door het hele huis staan en hangen, streng katholiek. Ken heeft haar post bezorgd, maar ze heeft hem niet gezien.

"Naast haar woont mevrouw Sally Wagner, een vrouw van een jaar of 37, 38; niet onknap, een beetje mollig misschien. Ze kletst je de oren van het hoofd. Hier moet je zijn voor de laatste roddels. Ze is gescheiden — haar ex-man woont in Beverly Hills. Mijn gok is dat ze leeft van haar alimentatie. Ze kent Ken en vindt zijn dood een afschuwelijke tragedie. Ze noemde hem 'eerlijk en oprecht, een hele lieve jongen'. Ze heeft hem gisteren niet gezien. Hij heeft de post in de brievenbus gegooid en was weer weg. Zij denkt dat Ken door een dief moet zijn overvallen.

"Daarnaast wonen Fred en Sheila Whipple, met hun zoon Bill. Fred was dinsdagmorgen op zijn werk. Sheila zegt dat ze Ken meestal gedag zei als ze hem zag omdat hij een vriend van Bill was. Dinsdagochtend zag ze hem alleen maar in het voorbijgaan, en hij leek vreselijke haast te hebben. Ze is een scherpzinnige vrouw, maar met weinig opleiding, zou ik zeggen en enigszins bitter ten opzichte van haar buren aan Madrone

Way. Ik denk dat niemand de Whipples met open armen ontvangen heeft. Bill studeert aan San Jose State en had een zomerbaantje bij Whipple Chevrolet, bij de tweedehandsauto's. Mevrouw Whipple kan zich niet voorstellen wie Ken iets aan zou willen doen; ze zegt dat Bill al even verbijsterd is als zijzelf. Ik heb noch Fred, noch Bill Whipple zelf gesproken.

"Vervolgens, het huis van Milo Gentry. Gentry is een van de raadslieden van het County. Ik neem aan dat je dat weet. Hij en mevrouw Gentry zijn op bezoek bij hun kleinkinderen in Montana; het huis is leeg op de huishoudster na, een oude gekleurde dame die zegt dat ze nooit aandacht besteed aan de postbode. Ze wist niet eens dat hij dood was tot ik het haar vertelde. Ze heeft niets verdachts of bijzonders opgemerkt.

"Daarnaast woont de rector van de middelbare school en zijn echtgenote: Caspar Hubman, Laura Hubman. Ik heb tien minuten tegen hem aangepraat voordat hij zelfs maar toegaf dat hij leefde. Een pompeuze zak die zichzelf als een intellectueel beschouwt. Hij wil niet zeggen of hij Ken wel of niet kent, zegt dat de vraag betekenisloos is. Hij zegt dat hij als onderwijzer twee derde van de bevolking van Pleasant Grove kent; als privépersoon kent hij niemand. Mijn idee is dat hij Ken wel degelijk kende, maar dat hij er niet bij betrokken wil worden. Zijn echtgenote is een artistiekerig type — weeft tapijten en maakt potten. De echtgenote is trouwens de dochter van mevrouw Bazzarini, en het kan goed zijn dat daar hun geld vandaan komt. Ze hebben een elegant huis. Het is niet al te groot — ze hebben geen kinderen — maar het staat vol met mooie spullen. Mevrouw Hubman is iets gemakkelijker om mee te praten dan Caspar de onderwijzer, maar ze is zo glad als een aal. Ze zegt dat ze Ken van gezicht kende maar dat hij niet meer dan een postbode was, en dat ze niets wist over zijn privéleven. Noch Caspar noch Laura hebben dinsdagochtend iets verdachts gezien of gehoord. Caspar was een boek aan het schrijven; Laura was planten aan het verpotten. Ze hadden allebei de gelegenheid om Ken de hersens in te slaan.

"Het volgende huis is dat van de familie Mortimer, en dat zit potdicht. Als Ken een inbreker betrapt heeft, dan moet het wel de meest onbekwame inbreker ter wereld zijn."

Joe onderbrak hem met een vraag. "Stel nu dat de inbreker een of andere jonge idioot was? Geen professionele inbreker, maar een knul van een jaar of veertien, vijftien?"

Rex Kelly haalde zijn schouders op. "Dat kan. Het huis van de familie Mortimer is het laatste waar Ken de post heeft gebracht, en dat moet toch iets betekenen. Ik heb de tuin zorgvuldig doorzocht — en er is nog geen paardenbloem verstoord. Ik kan het nog een keer proberen als je dat wilt. Maar goed, door naar mevrouw Bazzarini. Ze is alleen in huis met alleen haar verpleegsters en haar hond. Ooit had ze een zoon, maar die is omgekomen bij een auto-ongeluk. Ze lijkt de Hubmans niet echt te mogen, maar ze mocht Ken bijzonder graag. Hij maakte er een gewoonte van om bij haar binnen te komen om een praatje te maken. Ze zegt dat ze alles over hem wist — over zijn familie, zijn vriendinnetjes, zijn toekomstplannen. Ze kan zich niet voorstellen waarom iemand hem iets zou willen aandoen — en dat komt overeen met wat alle andere betrokkenen ook zeggen."

"OK, Rex, goed werk," zei Joe. "Zo te zien hebben we twee mogelijkheden. Nadat Ken de post bij de familie Mortimer had gebracht overtuigde iemand hem ervan Madrone Way te verlaten, of anders is hij op Madrone Way vermoord. En dat brengt ons op dat exemplaar van het tijdschrift *Life*. Het lijkt erop dat de moordenaar het onder Kens hoofd heeft gehouden om het bloed op te vangen en toen het adreslabel eraf getrokken heeft zodat we niet kunnen zien wiens tijdschrift het was. Als het label niets ter zake deed, dan zou de dader niet de moeite hebben genomen om het te verwijderen. Ik wil dat je het volgende voor me doet. Ga Madrone Way af en kijk welke gezinnen een abonnement hebben op *Life*, en vraag of je het huidige exemplaar kunt zien. Zeg dat je hun namen van de lijst van theoretische daders wilt kunnen afstrepen, probeer ze zo veel mogelijk te vriend te houden. Ik ga nu Deardorf bellen. De tijdschriften in de bestelbus van Ken zullen ongetwijfeld morgen bezorgd worden. Ik zal hem vragen of hij zijn postbode opdracht kan geven op de rest van Kens route te kijken waar ze allemaal bezorgd moeten worden. Eventueel kan hij een lijst met adressen maken die we dan kunnen vergelijken met de bezorging van volgende week. Uiteindelijk moeten we zien te ontdekken of de moordenaar zijn eigen exemplaar gebruikt heeft of er gewoon eentje uit de stapel gegrist heeft.

"Ten tweede: Dokter Hesketh denkt dat het wapen waarschijnlijk een hamer is — een gewone klauwhamer. Vraag iedereen langs Madrone Way of je hun hamers mag bekijken. Blijf vriendelijk: vertel hen dat je weet dat zij er niets mee te maken hebben, maar dat je vermoed dat het moordwapen gestolen zou kunnen zijn. Verzamel de hamers, hang er naamkaartjes aan en breng ze mee hierheen zodat we ze op bloed kunnen testen. Wie weet vinden we iets. Heb je dat allemaal?"

"Jazeker. Het tijdschrift *Life*; hamers controleren."

"En beschuldig alsjeblieft geen belangrijke mensen. Ik wil nog even aanblijven als sheriff."

Rex Kelly vertrok. Joe belde het postkantoor en werd doorverbonden met Henry Deardorf. "Hallo, meneer Deardorf. Met sheriff Joe Bain."

"Ja, sheriff; wat bent u te weten gekomen?"

"We zijn feiten aan het verzamelen. U zou mij kunnen helpen in verband met dat exemplaar van *Life* dat onder het hoofd van Ken lag. Ik zou graag willen weten op welk adres dat specifieke tijdschrift bezorgd is."

"Daar kan ik u niet mee helpen. Het label was eraf gescheurd."

"Daarom wil ik u het volgende vragen. Morgen bezorgt u de post die nog in de wagen van Ken was achtergebleven. Vraag de postbode alstublieft of hij tijdens zijn ronde kan navragen of iemand zijn tijdschrift niet heeft gekregen deze week. Vraag hem een lijst te maken van de adressen op de tijdschriften die nog in de bestelwagen lagen, dan kunnen we die lijst volgende week naast de nieuwe levering leggen."

"Wat is nou precies de bedoeling?" vroeg Deardorf wantrouwend. Joe legde het nog een keer uit, en Deardorf beloofde dat hij zijn postbode zou instrueren.

"Trouwens," zei Deardorf, "we ontdekten nog iets vreemds dat ik niet helemaal begrijp."

"Ja, meneer Deardorf?"

"We hebben de aangetekende stukken nagekeken aan de hand van ons eigen registratieboek; alles was precies zoals het hoorde. Maar een van de geregistreerde poststukken was voor mevrouw Benjamin, en Mooney heeft die brief niet bezorgd."

"Hè? Zeg dat nog eens."

"Er was een aangetekende brief voor mevrouw Benjamin. Mooney heeft alle andere post bezorgd, maar niet die ene aangetekende brief, en dat is uiterst onregelmatig."

"Kan het zijn dat hij er met zijn gedachten niet bij was, dat hij liep te piekeren en de brief gewoon is vergeten?"

"Nee, sheriff. De postbode stopt een geel kaartje in de bundel van een adres waar een aangetekend stuk bezorgd moet worden, zodat hij het niet kan vergeten."

"Hm," zei Joe. "Ik zal er eens over nadenken. Al die vreemde dingen moeten bij elkaar toch iets te betekenen hebben."

"Ik hoop van harte dat u gelijk heeft."

Het gesprek was ten einde. Joe leunde achterover in zijn stoel en probeerde logisch na te denken. Wie had er baat bij de dood van Ken? Hij had geen geld en geen bezit. Zelfs Halfway House was niet van hem. Chantage? Niet waarschijnlijk als iedereen gelijk had over het karakter van Ken. Een *crime passionel*? Eerder een jaloerse echtgenoot dan een verliefde vrouw. Was de postbode per abuis vermoord? Elke reden die je kon bedenken voor Kens dood leek vergezocht. Desalniettemin was er toch een lijk.

Joe probeerde te beslissen wat hij nu zou gaan doen. Rex Kelly onderzocht het tijdschrift en de hamer. Bill Whipple was de belangrijkste volgende stap. Joe belde met Whipple Chevrolet maar kreeg te horen dat de heer Bill Whipple niet aanwezig was.

Joe belde het huis van de familie Whipple en hoorde dat Bill ook niet thuis was.

Nadat hij de hoorn weer op de haak had gelegd staarde Joe moedeloos de kamer rond. De hele zaak had alle tekenen van een enorme koppijn; en hij kon er niet voor weglopen. Er was een moord gepleegd en men verwachtte dat sheriff Joe Bain de slechterik te pakken kreeg. Joe voelde zich als een acteur met plankenkoorts. Nadat hij de Fox Valley moorden had opgelost werd hij alom geprezen als een supercriminoloog, een logisch genie: complimenten die hij altijd bescheiden had weggewuifd. Howard Griselda, hoofdredacteur en uitgever van de *Pleasant Grove Messenger,* was niet een van de mensen die hem gefeliciteerd hadden. Griselda, een stuurse Schot met borstelige wenkbrauwen, speelde zijn rol als plattelandsjournalist met volle overtuiging. Voor

Howard Griselda waren moedige, harde opiniestukken, kruistochten en campagnes een manier van leven. Griselda verdacht Joe van ethisch relativisme en rond deze tijd zou hij vast al druk halend aan zijn pijp bezig zijn te theoretiseren hoe de moord op Ken Mooney zou kunnen worden toegeschreven aan tekortkomingen op het kantoor van de sheriff.

Joe haalde nerveus zijn handen door zijn zwarte haren. Hij moest slagen, of anders.

Hij keek op zijn horloge: halfvijf in de middag. Eén aspect van het leven van Ken Mooney moest nog onderzocht worden: Halfway House.

Joe deelde Ace Wardell mee waar hij heen ging, zei beleefd tegen juffrouw Curdy dat hij de rest van de dag weg was. Ze leek nog stijver dan gewoonlijk — nog steeds aan het broeden over het verlof dat hij Juan Carminez had gegeven, dacht Joe. Laat haar maar broeden, zolang ze haar werk maar afkreeg. Als ze het niet leuk vond, dan kon ze zich bij de volgende sheriffsverkiezingen zelf kandidaat stellen.

HOOFDSTUK V

1

JOE REED NAAR HET WESTEN, richting Jordan. Vijftien kilometer buiten de stad liep Contreras Road in de richting van de heuvels — onderdeel van een oude postkoets-route tussen Monterey en Vallejo en Sonoma. Een kilometer of drie lang liep Contreras Creek parallel aan de weg, om daarna een bocht in zuidelijke richting te maken en uit te monden in Genesee Creek. De weg dook een dicht bos van sequoia's in zodat er enige tijd lang geen spoor van licht op de weg viel. Toen werd het woud weer wat dunner. Aan de rechterkant van de weg was een gravel oprit en daar, zo'n dertig meter van de weg, stond Halfway House: een breed, ouderwets gebouw van brazielhout en steen. Op de veranda van de begane grond stonden pilaren die een balkon op de eerste etage onder-steunden. Hieraan hing een oud, versleten zwart met gouden bord:

HALFWAY HOUSE
Historische Postkoetshalte

Bier — Wijn — Ale

GOED ETEN
LOGIES

Drie stel dubbele deuren kwamen uit op de veranda, maar alleen de deuren naar de bar leken recentelijk te zijn gebruikt. Joe stapte de auto uit en bekeek het gebouw. Het bouwwerk vertoonde inder-daad behoorlijk wat achterstallig onderhoud, maar met geld en hard werken kon dat prima hersteld worden. Joe vroeg zich af of Clarence Mooney het karakter van zijn zoon inderdaad goed had ingeschat. Als hij, Joe, een prachtig oud gebouw als dit zou bezitten dan zou hij er liefdevolle aandacht aan besteden, alles weer in orde maken. Die glas-in-lood-ramen in de deuren bijvoorbeeld: dat waren kwaliteits-stukken die van rond de eeuwwisseling dateerden. Dit was absoluut geen bouwval...

Een gezette oude man met een gerimpeld gezicht als een buldog kwam van achter het gebouw naar voren lopen. Hij droeg een broek in de kleur van snuiftabak, met een beige sportshirt en een versleten vilt-hoed. Hij zag de zwart-met-witte dienstauto en liep op hem af. "Hallo daar. Bent u de sheriff of de hulpsheriff?"

"Ik ben sheriff Joe Bain."

"Aangenaam. Wilbur Baker; ik ben hier de beheerder."

De twee mannen schudden elkaar de hand.

"Mooi oud gebouw," zei Joe. "Ik neem niet aan dat er veel zaken gedaan worden."

"Nee. Niet meer. Je zou kunnen zeggen dat het bedrijf gesloten is. Misschien wel voorgoed. Ik heb hier heel wat fijne momenten door-gebracht tijdens de Drooglegging. Ik was toen nog maar een kind."

"Vóór mijn tijd," zei Joe. "Ik begreep dat u voor Ken Mooney werkte."

"Ik hielp hem zo'n beetje. Vorig jaar heb ik de bar opengehouden, genoeg verdiend om niet van de honger om te komen. Maar —" hij schudde zijn hoofd "— ik werd het zat. Ik weet niet wat Ken wil doen. Fijne knul, hoor, maar hij lijkt niet te weten waar hij heen wil met zijn leven." Wilbur Baker wierp een zijdelingse blik op de dienstauto. "Wat brengt u hier, sheriff?"

"Ik onderzoek een moord," zei Joe. "Om precies te zijn, Ken Mooney is vermoord."

Wilbur Baker staarde hem met grote, ronde ogen aan. "Bedoelt u — Ken? Hij is dood?"

"Dood als een pier."

"Asjemenou," fluisterde Wilbur Baker. "Wat weet u ervan? Wie heeft het gedaan?"

"Ik weet het niet," zei Joe. "De hele zaak lijkt kant nog wal te raken. Ik dacht dat ik maar eens hierheen moest komen en een paar vragen moest stellen."

"Maar natuurlijk. Ik moet zeggen dat ik geschokt ben. Stel je voor! Ken! Wat is er precies met hem gebeurd?"

"Hij is op zijn hoofd geslagen met een hamer. Het ziet ernaar uit dat een van zijn vrienden het gedaan heeft."

Wilbur Baker vloekte. "Dat is dan geen beste vriend!"

"Kende u zijn vrienden?"

"Nee meneer, dat deed ik niet. Ken was van een heel andere generatie. Maar ik kan u wel vertellen dat hij mij goed behandelde. Hij was makkelijk in de omgang; makkelijker dan ikzelf denk ik haast."

"Kwam Ken vaak hier?"

Wilbur Baker kneep nadenkend zijn ogen half dicht. "Toen Charley Mooney net dood was kwam hij heel vaak. Hij wilde het gebouw opknappen, het bedrijf weer op poten zetten. Maar hij kon het geld niet bij elkaar krijgen. Een tijdlang kwam hij elk weekend. Hij ruimde rotzooi op, schilderde, zette nieuwe ramen in, repareerde de dansvloer. Hij heeft zelfs een enorme spiegel achter de bar gehangen. Dat heeft hem een flinke duit gekost en hij werkte als een paard: Ken en een van zijn vrienden."

"Wie was die vriend?"

"Bill-nogwat. Zag er een beetje roekeloos uit. Gedroeg zich nogal betweterig. Hij speelde de baas, vertelde Ken wat hij moest doen en hoe hij het moest doen, schold hem uit als Ken niet deed wat hij wilde. Het irriteerde me mateloos, dus ik heb me omgedraaid en ben weggegaan."

"Deze Bill — is dat enige vriend van Ken die hem kwam helpen?"

"Ja, volgens mij wel. In de afgelopen zes maanden is Ken veel minder vaak langsgekomen — een keer of twee, drie. Ik denk dat hij de fut kwijt begon te raken."

Joe keek op zijn horloge. Hij wilde op tijd thuis zijn voor het eten. "Ik zou weleens binnen willen kijken als u het goed vindt."

Wilbur Baker haalde zijn schouders op. "Natuurlijk vind ik het goed, als u denkt dat het kan helpen."

"In mijn vak weet je dat nooit."

Ze klommen een stenen trapje op naar de veranda. Wilbur Baker maakte een hangslot open, duwde de dubbele deuren open. Ze liepen de bar in. In de schemering glom het mahonie hen tegemoet. Aan de muur hing Kens indrukwekkende spiegel te glanzen. Overal hingen memento's, oude foto's, curiosa. De ruimte rook aangenaam; een mengeling van oud hout, oude lak, antieke whisky, verdampt bier. Er hingen ongrijpbare echo's in de lucht: de geesten van dode muziek en dood gelach; een feeëriek gerinkel van ijs en glazen. Joe haalde diep adem en schudde zijn hoofd. Dit soort oude gebouwen trokken hem aan, vervulden hem met nostalgie voor de goeie ouwe tijd. Hier in Halfway House was het sterker. Deze plek was niet dood. Er was nog altijd vitaliteit hier; de ruimte wachtte om weer tot leven gebracht te worden. Joe zag in gedachten geparkeerde auto's voor de veranda staan, twinkelende gekleurde lampen boven de dansvloer, misschien een vierkoppige band met dansende mensen.

Op de grond achter de voorgevel stond een kist met een dozijn lege champagneflessen. Joe zei tegen Wilbur Baker: "Zo te zien heeft u een dure smaak."

"Wat bedoelt u? O, dat spul. Niet van mij. Ik drink niet. Dit zijn de restanten van een feestje dat Ken hier heeft gegeven afgelopen herfst. Of nee, verdorie. Het was meer richting Kerst. Hij had zijn vriendinnetje bij zich — leuk ding, jawel — en een ander stel. Ze hebben een enorm vuur gemaakt en hebben al die wijn opgedronken en de hele nacht gefeest. Wie weet wat ze allemaal hebben uitgespookt. Ik was niet uitgenodigd."

"Hm. Had Ken wel vaker dat soort feestjes?"

"Nee, niet zoals die keer."

"Wie was de andere knaap? Die 'Bill' waar u het al over had?"

"Dat klopt. Maar u moet niet denken dat ik ook maar enige aandacht aan ze heb besteed. Het zou u verbazen hoe goed ik me met mijn eigen zaken kan bemoeien."

"Dat is wel het verstandigst," zei Joe. "Maar op dit moment wou ik dat u net een klein beetje nieuwsgieriger was geweest."

Hij keek de eetzaal in en de hotellobby die daarachter lag. Boven waren volgens Wilbur Baker tien slaapkamers en twee badkamers. Joe had het gebouw graag diepgaander willen onderzoeken, maar de zon was al achter de bergen gezakt en het werd laat.

Joe liep de voortuin in en bekeek het oude gebouw. Was het veertigduizend dollar waard? Waarschijnlijk niet. Er moest aardig wat gerenoveerd worden: nieuwe leidingen, nieuwe bedrading, nieuwe meubels, en waarschijnlijk een moderne keuken. Dat soort apparatuur kostte geld. Joe maakte een hoofrekensommetje. Negen hectare land, ter waarde van zo'n vierduizend dollar. Een tapvergunning van tien of twaalf. Dan zou het gebouw zelf dus vijfentwintigduizend moeten kosten. Joe trok een weifelend gezicht. Het was natuurlijk waar dat het gebouw voor dat bedrag niet herbouwd zou kunnen worden, niet als je deugdelijk materiaal wilde gebruiken zoals ze dat vroeger deden. Dat was de vloek van de huidige tijd: goedkope materialen, een goedkope manier van denken, goedkope mensen. Alles was tegenwoordig goedkoop. Kijk maar naar de supermarkten: rode lampen op het vlees; luidsprekermuziek die maakte dat je dansend langs de schappen ging zonder op je centen te letten. En dan had je nog de bierfabrikanten met hun blikjes van 33 centiliter, een hele slok minder. In de goeie ouwe tijd als de roofridders je goud snaaiden, dan was het eerlijke roverij; zonder wrokkige bijgedachten. Diefstal was vandaag de dag zo kleinzielig, zo armoedig, zo hypocriet. De bedrijven gebruikten de ene hand om je zakken leeg te roven terwijl ze met hun andere hand je rug krabben. Ze noemden dat hun 'publieke imago'. Welnu, hij had daar niets mee te maken. Als de rechter "dertig dagen" zei, dan zorgde Joe ervoor dat de man in kwestie dertig dagen zat: waar voor z'n geld, zogezegd... Althans, zo deed Joe het meestal. Hij vroeg zich af of Carminez al terug was in de gevangenis. Met een beetje mazzel zou Howard Griselda niets te weten komen van dit incident... Joe stapte zijn auto in. Morgen of overmorgen zou hij het gebouw eens nauwkeuriger inspecteren, inclusief de keuken en de slaapkamers. Het leek een comfortabel oud gebouw. Maar veertigduizend dollar waard? Ja — voor een rijke antiquair. Voor veertigduizend dollar kon je heel veel romantiek aanschaffen. Niet dat Clarence Mooney leek te weten wat dat woord betekende. Voor vijfentwintigduizend zou het de moeite waard zijn, dacht Joe. Als hij vijfentwintigduizend dollar had, zou hij zelf misschien wel een bod doen. Wat een belachelijke gedachte... Hij riep naar Wilbur Baker: "Ik ga weer eens verder. Als u nog iets te binnen schiet, belt u me dan."

Wilbur Baker kwam aangelopen terwijl hij met zijn hand over zijn kin streek. "Ik heb hier geen positie meer nu Ken dood is. Ik denk dat ik hier aanblijf tot iemand mij vertelt te vertrekken."

"De vader van Ken is de eigenaar van het pand," zei Joe. "Hij neemt waarschijnlijk wel contact met u op."

2

De rit terug naar Pleasant Grove was als een reis van de ene wereld naar de andere. In Halfway House had de moord op Ken Mooney ver weg en theoretisch geleken…Joe moest plotseling denken aan Juan Carminez, en hij nam via de radio contact op met het hoofdbureau. Juan Carminez had zich nog niet bij de gevangenis gemeld, en juffrouw Curdy had al diverse sarcastische opmerkingen gemaakt.

"Zeg maar tegen juffrouw Curdy dat ze in de plomp kan springen," zei Joe.

"Zeg het haar zelf maar," zei Ace Wardell. "Jij bent de sheriff, ik niet…En daar komt Carminez net aan. Goeie God! Wat ziet hij eruit. Het lijkt wel of hij gevochten heeft."

"Ik ben er over een kwartier. Kun je naar mijn huis bellen en zeggen dat ik later kom?"

"Komt voor elkaar."

Toen Joe het hoofdbureau binnenliep zat Carminez alweer in zijn cel. Juffrouw Curdy, die zo te zien klaar was om naar huis te gaan, was aan de telefoon: "—Juan Carminez? Die is hier, in zijn cel. Natuurlijk weet ik dat zeker. Hij is net —"

Joe maakte een sprong naar de andere kant van het vertrek en trok de hoorn uit de stijve vingers van juffrouw Curdy. "Met sheriff Bain. Wat is er aan de hand?"

Een opgewonden vrouwenstem tetterde in zijn oor. "Ze zeggen dat Juan Carminez mijn zoon heeft geslagen; ik zeg nee, Carminez zit in de gevangenis. Ze zeggen nee, verdorie, die man leek op Juan. Wat ik wil weten, zit Juan Carminez in de gevangenis of niet?"

"Juan Carminez zit in zijn cel," verklaarde Joe. "Wat is er gebeurd?"

"Ik weet het niet. Ze belden van La Fiesta; kent u dat?"

"Jazeker," zei Joe met holle stem. "Ik weet waar dat is."

"Ze zeiden dat Carminez binnenkwam, om zich heen keek en naar mijn zoon liep en hem sloeg. Als het Carminez niet is, wie is het dan geweest?"

"Nou, mevrouw, dat zal ik zeker onderzoeken. Wilt u een aanklacht indienen tegen Juan Carminez en hem voor de rechter dagen?"

Het bleef even stil. Toen klonk het voorzichtig: "U zegt dat hij in de gevangenis zit?"

"Dat zit hij inderdaad, in cel 10. Kom anders zelf maar kijken."

"Wie heeft mijn zoon dan geslagen?"

"Waren er getuigen?"

De stem klonk weer opgewonden. "Mijn jongen zegt dat het Juan was. Hij zei dat Juan Carminez op hem af kwam, hem sloeg en zei: 'Jij rotzak, wat vind je hiervan?' En toen sloeg mijn zoon Carminez en zei: 'En wat vind jij daarvan?' En toen sloeg Juan Carminez mijn zoon met een grote speelgoedvrachtwagen van plastic, en hij zei weer: 'Wat vind je dan hiervan?' En toen ging hij weg."

"Ik snap het. Uw zoon zegt dat het Juan Carminez was?"

"Hij zegt dat het Juan Carminez was."

"En hoe heet uw zoon?"

"Ramon Aguilar."

"Stuur hem maar naar de gevangenis, dan zal ik hem Juan Carminez laten zien, in cel nummer tien."

Weer bleef het even stil.

Joe vroeg beleefd: "Had uw zoon gedronken, mevrouw Aguilar?"

"Ja, misschien wel. Ik zei hem al dat hij daar niets mee opschiet. Hij drinkt altijd maar bier en whisky, en ik kan hem niet tegenhouden. Het is slecht voor hem, het kost hem veel geld; hij houdt niet op."

"Zeg hem maar dat sheriff Joe Bain heeft gezegd dat hij moet stoppen met zuipen; anders zit hij straks in de cel naast Juan Carminez."

"OK, sheriff. Ik zal het doorgeven. Hij is geen slechte jongen, hij drinkt alleen te veel bier."

Joe hing op. Juffrouw Curdy stond hem aan te kijken met een ondoorgrondelijke blik. Joe schudde zijn hoofd in sombere afkeuring en beende in de richting van de gevangenis. Juan Carminez keek hem aan vanachter de tralies.

"Hoe gaat het met je zieke kind, Juan?" vroeg Joe.

"Ik denk dat het wel goed gaat, sheriff. Hij was behoorlijk ziek."

"Er is vandaag iets vreemds gebeurd. Mevrouw Aguilar zegt dat een man die sprekend op jou lijkt haar zoon Ramon heeft geslagen met een plastic speelgoedvrachtwagen."

De mondhoeken van Carminez gingen droevig naar beneden. "Misschien vergist ze zich."

"Alles wat ik kan zeggen, Juan, is dat je ons allebei in de nesten hebt gewerkt. Juffrouw Curdy denkt dat ik gek geworden ben, mevrouw Aguilar denkt dat ik een hotel run. Ze wil dat ik je met dikke kettingen vastbind zodat je haar zoon Ramon niet meer kunt slaan."

Juan slaagde erin te lachen als een boer die kiespijn heeft. "U moet niet geloven wat ze zeggen. Die Ramon Aguilar, die probeert mij erin te luizen."

"Dat zou zomaar kunnen. Nou, Juan, ik ben zwaar teleurgesteld in jou. Ik zal juffrouw Curdy vragen om morgen te komen en met je te praten."

"Geen zorgen, sheriff, doe geen moeite. Ik ben geen slechte vent."

"Ik ben blij om dat te horen. Ik wil dat je vannacht alleen maar goede dingen denkt. Ik wil dat je bidt dat het hoofd van Ramon Aguilar niet al te veel pijn doet. Ik wil dat je deze zelfde onschuldige blik op je gezicht hebt als Howard Griselda op komt dagen."

Juan Carminez haalde zijn schouders op, alsof hij wilde aangeven dat hij iedere willekeurige wens van sheriff Bain zou inwilligen. "Wat u wilt, sheriff."

Joe ging naar huis en liet zich in een oude rieten stoel zakken met een blikje bier. Uit de keuken kwam de geur van corned beef en kool, uit de badkamer klonk het geluid van de douche, vermengd met het oorverdovende geblèr van een populair zangkwartet: een irritant geluid dat op de een of andere paradoxale manier toch rustgevend was. Hier ging het leven zijn gewone gang, ongeacht wat er in de rest van de wereld gebeurde.

Joe dronk een tweede blikje bier, en zelfs de moord op Ken Mooney leek minder verontrustend. Raadselachtig, onverklaarbaar, dat zeker, maar niets om hysterisch over te doen. Uiteindelijk zouden alle onderdelen van de zaak zich rangschikken in een herkenbaar patroon, en zou Joe iemand arresteren.

Joe trok een derde blikje bier open, ondanks de waarschuwende blik van Marian Bain. "Over drie minuten zet ik een lekkere maaltijd op tafel," zei ze tegen hem, "en ik wil niet dat je aangeschoten aan tafel komt. Je vader was al erg genoeg."

" 'Aangeschoten'? Van een paar blikjes bier? Belachelijk."

"Drie blikjes bier en wie weet hoeveel meer in de stad. Miranda! Het eten staat op tafel... Miranda, wat ben je aan het doen?"

"Ik kleed me aan. Heb je liever dat ik in een handdoek naar beneden kom?"

"Schiet op. O, lieve hemel, ik ben de mierikswortel vergeten. Dat zal je vader niet leuk vinden."

Na enkele minuten vroeg Miranda enigszins sensatiebelust aan Joe of hij nog interessante nieuwtjes had.

"O, niet veel," zei Joe. "Alleen maar een moord. Je hebt het lijk waarschijnlijk niet gekend; hij zat een paar klassen hoger dan jij op school."

"Wie is het?"

"Een jongeman met de naam Ken Mooney."

"Er zit een meisje dat Mooney heet in de derde. Komend schooljaar gaat ze naar de vierde."

"Dat is zijn zus."

"O. Dat is erg. Wie heeft hem vermoord?"

"Ik wou dat ik het wist. Je kent waarschijnlijk Alice Benjamin en Starr Shortridge."

"Ik ken ze van gezicht," zei Miranda. "Ze zaten twee klassen hoger dan ik."

Marian Bain vroeg: "Je bedoelt toch niet dat de familie Shortridge hierbij betrokken is?"

"Ik bedoel niets. Ik weet nog niets. Maar ik kom er nog wel achter."

"Je was altijd al een doordouwer, zelfs toen je klein was," zei Marian Bain. "Ik zal nooit vergeten dat je een fiets wilde kopen en al die zwarte walnoten hebt gekraakt."

"Die fiets is er nooit gekomen."

"Je vader was een boef, daar twijfelt niemand aan. Maar hij had ook zijn goede kanten."

"Een *inside straight* compleet krijgen was daar niet een van. Men zegt zelfs dat hij daarom vermoord is."

Marian Bain maakte afkeurende geluiden. Joe zou niet moeten praten over de steekpartij van Blacky Bain in het bijzijn van Miranda.

"Nou ja, dat is allemaal verleden tijd," zei Joe. "Hoe zouden de dames het vinden om een ouderwets hotel te runnen?"

"Waar heb je het over?"

"Ik was vandaag bij Halfway House aan Contreras Road. Het staat te koop."

"Je maakt een grapje," zei Marian Bain. "Ik weet zeker dat je een grapje maakt."

"Misschien wel. Het is een erg mooi oud gebouw, op negen hectare grond met enorme sequoia's. Er moet wat aan gebeuren — vooral schoonmaakwerk, nieuw glas, nieuwe gordijnen, meubilair, dat soort dingen."

"Wie zou er nou naar Contreras Road willen komen om te overnachten?" wilde Marian Bain weten. "Waarom zouden de mensen niet gewoon thuisblijven?"

"Mensen uit San Francisco en San Jose. Oude plattelandshotels doen het vandaag de dag heel goed, vooral als ze een tapvergunning hebben."

Marian Bain schudde haar hoofd. "Ik heb voor de rest van mijn leven genoeg drank gezien."

"O, oma!" protesteerde Miranda. "Het is maar een oud plattelandshotel. Ik ben er weleens langs gereden. Het heeft een oude eetzaal, en slaapkamers die uitkijken over het balkon. Het ziet eruit als een plek waar je lol kunt beleven. Stel dat we paarden zouden hebben, en een zwembad, en een tennisbaan."

"Welja," zei Joe. "En een golfbaan, en speedboten, en een reuzenrad."

"Nou doe je gewoon gek, pap."

"Dat doet hij zeker," verklaarde Marian Bain.

"Het is niet onmogelijk," argumenteerde Joe. "Het is een investering. Ik stel me zo voor dat jullie samen de boel kunnen runnen. We moeten natuurlijk wel een professionele barkeeper in dienst nemen."

"Oma zou achter de bar kunnen staan," zei Miranda sluw. "Met mij als barmeisje."

"Dat denk ik niet! Al dat drinken en dat gerotzooi? Ik moet er niet aan denken. En het is zeer zeker niet de juiste plek om een jong meisje op te voeden."

"Zo jong ben ik niet meer! Denk eens na! Je zou corned beef en kool kunnen serveren, en taart met wilde bramen bakken."

"Volgens mij zou het wel lopen," zei Joe. "Mensen komen graag naar een rustige plek waar ze zich alleen maar hoeven te ontspannen. Geen jukebox, geen televisie, misschien een dansavond op zaterdag, maar verder niets."

Marian Bain glimlachte weemoedig. "Zo ging het eraan toe toen ik nog een jong meisje was. Ik zal nooit vergeten hoe we toen ik een jaar of tien, elf was een reis maakten naar Idaho en daar in de mooiste oude hotels verbleven. Het maakt me treurig als ik eraan terugdenk. Ik neem aan dat ze inmiddels allemaal wel zullen zijn afgebroken."

"Halfway House is net zo'n soort oud hotel. Er is alleen een heleboel werk nodig om het weer van de grond te krijgen."

Marian Bain tuitte haar lippen. "Ik ben niet bang voor hard werk, dat weet je best. Maar ik zou het gebouw eerst grondig willen inspecteren voordat ik er zelfs maar over wil nadenken. Je kunt jezelf ook de grond in werken."

"Het zou werken," zei Miranda. "Ik zou het geweldig vinden. Ik zou mijn vrienden mee laten helpen. Zij zouden het ook fantastisch vinden. Het lijkt me *geweldig*!"

"Ik kan me de hulp van jouw vrienden maar al te goed voorstellen," zei Marian Bain op scherpe toon. "Vooral die knul van Gilpepper. Ik vertrouw hem niet. Hij heeft een rare louche blik."

"Oh, oma! Warren is vermoeiend, maar hij is echt wel aardig. Hij kan beter schaken dan ik. Hij kan beter schaken dan wie dan ook."

"Met schaken kun je je brood niet verdienen. Wat moet dat restaurant kosten, Joe?"

"De eigenaar wil veertigduizend dollar."

Marian Bain deinsde geschokt achteruit en keek hem met grote, ronde ogen aan. "Veertigduizend dollar? En hier spreekt de man die altijd tegen mij en Miranda zegt dat we zuinig aan moeten doen? Hoe kun je zelfs maar overwegen om zo veel geld uit te geven? Zelfs al had je het?"

"Daar zijn banken voor," zei Joe. "Ik ben momenteel de sheriff, en behoorlijk onderbetaald zelfs na mijn laatste salarisverhoging. Maar twaalfhonderd per maand is beter dan niets."

"Het is meer dan je vader en ik in een heel jaar bij elkaar zagen."

"En bovendien," zei Joe, "was ik zeker niet van plan om veertigduizend dollar te betalen. Clarence Mooney springt een gat in de lucht als ik iets van vijfentwintig bied."

"Ik vind het nogal een gok, Joe, net nu alles zo lekker gaat —"

"Goeie hemel, ik dacht dat je niet kon wachten om uit dit oude huis weg te gaan!"

"Ja, dat is ergens wel zo. Maar ik dacht aan verhuizen naar een andere woning, niet aan een wild plan als dit, bijna net zo roekeloos als de plannen die je vader vroeger maakte. Je lijkt soms wel heel veel op hem."

"Pap, laten we dat restaurant eens bekijken. Alsjeblieft?"

"Vanavond?"

"Nu meteen."

"Alleen als je grootmoeder het ook wil."

"Ach, ik heb wel zin in een ritje. Maar je mag niet van mij verwachten dat ik een hele rondleiding wil op dit tijdstip."

"Goed genoeg," zei Joe. "Laten we gaan."

3

Wilbur Baker kwam nogal chagrijnig uit zijn huisje, deed de deur voor hen open en zette de hoofdschakelaar aan. "Schakel de stroom weer uit en sluit de boel af als jullie vertrekken. Ik ga terug naar bed."

"Hartelijk dank, meneer Baker."

Miranda liep de bar in en keek als betoverd om zich heen. "Dit ziet eruit als een bar in de jaren twintig. Je kunt helemaal voor je zien hoe men hier de Charleston en de shimmy danste."

"Daar weet je grootmoeder meer van dan ik je zou kunnen vertellen. Ik heb begrepen dat ze vroeger een hele fraaie cakewalk kon uitvoeren."

"Helemaal niet," snoof Marian Bain. "Dat was zelfs in mijn tijd al uit de mode. We dansten de foxtrot en de wals, en ook de tango. Ik kon heel goed dansen. Niet dat je dat zou zeggen als je me nu ziet."

"Wals eens richting de keuken," zei Joe. "Die ziet er helemaal niet slecht uit. Hij is zelfs schoon."

"Dat verbaast me," zei Marian Bain. "Dat verbaast me echt. Is dat een houtgestookte oven? Volgens mij wel. En ik zie geen koelkast."

"We installeren moderne apparatuur," zei Joe. "En betegelen de vloer opnieuw."

"Dat is niet zo moeilijk," zei Miranda. "Dat kan ik zelf nog wel. Ik denk dat geel met wit perfect zou zijn. En dan verven we de muren ook geel. En het plafond lichtblauw."

"Donkerbruin is veel praktischer," zei Joe. "Dan zie je het vuil minder."

Marian Bain draaide zich geschokt om. "Jij bent de eerste die mij er ooit van beschuldigd heeft dat mijn keuken smerig is."

"Nee, nee! Het was geen beschuldiging. Ik zei alleen dat als er toevallig vuil zou zijn —"

"Laat maar. Maar denk maar niet dat ik je ooit zal toestaan om mijn keuken donkerbruin te verven, of zwart. Jeetje, kijk eens naar die grote ramen. Dat zou een prachtige plek zijn voor mijn Kaapse viooltjes."

Miranda was de eetzaal ingerend. "Hij is niet erg luxueus," zei ze toen Joe en zijn moeder achter haar aan liepen. "Ik denk dat we van die blauw-rood geruite tafelkleden moeten nemen, en kaarsen, net als de Isola Bella in Monterey. Ik denk dat ik de muren hier wit zou schilderen. En er moeten schilderijen komen. Werken van Picasso lijken me wel wat."

"Zeg, hou je een beetje in," zei Joe. "We willen wel dat mensen hier komen eten."

"Pap, je bent een cultuurbarbaar. Je hebt absoluut geen gevoel voor kunst."

"Misschien niet... De lobby is hier, dames."

Miranda kroop achter de balie en vond daar een stoffig oud gastenboek. "Moet je zien! Dit gaat jaren terug!" Ze bladerden naar achteren. "1930 — 1928 — 1924. Hier is een pagina voor zaterdag 21 juli 1924. 'De heer en mevrouw Albert Hall, Walnut Creek', 'De heer en mevrouw Henry Jones, San Francisco', 'De heer en mevrouw William Clark, San Jose', 'De heer en mevrouw John Wilson, Oakland'."

Joe grinnikte. "Een heleboel mensen die Jones, Smith of Wilson heten." Hij bladerde weer naar voren, naar de laatste inschrijving, gedateerd december van het vorige jaar: *Ken Mooney en* — hier stond een kras, alsof iemand de pen uit zijn hand gerukt had, en daarachter had iemand de naam *Theda Bara* neergekrabbeld.

Hieronder had iemand anders geschreven: *Rudolph Valentino en Mae Murray*.

Joe bekeek de handtekeningen. "Zo te zien hebben Kens vrienden een levendig gevoel voor humor."

"Hij heeft waarschijnlijk een fuif gegeven," concludeerde Miranda.

"Daar lijkt het op," zei Joe. "Een behoorlijk elegante affaire, als je de hoeveelheid champagne bekijkt die ze gedronken hebben." Hij bladerde nog wat verder door, maar zag niets interessants meer. Zijn moeder besloot dat ze genoeg gezien had, en even later liepen ze terug naar de auto.

"Nou, wat denk je ervan?" vroeg Joe aan zijn moeder.

"Ik kan je niet voorschrijven wat je doen moet. Het is jouw geld en jouw verantwoordelijkheid."

"Dat weet ik. Maar jij bent degene die de zaak zal moeten runnen. Ik kan dat niet."

"Nou...laten we niet te hard van stapel lopen. Ik denk dat je de hele zaak eerst nog wat langer zou moeten bestuderen."

Miranda zei quasi-terloops: "Ik zou waarschijnlijk wel een auto nodig hebben om naar school te gaan, maar we hebben toch een tweede auto nodig. Misschien een Volkswagen, of een —"

"Ik wist wel dat er een keerzijde zou zijn," merkte Marian Bain op.

"Er komt hier een schoolbus langs," zei Joe. "Waarschijnlijk rijdt hij zelfs over Contreras Road."

"Die stomme oude bussen," klaagde Miranda. "Daar zitten alleen griezels en kleine kinderen in. Alle andere leerlingen hebben hun eigen auto."

Joe vroeg: "Ben jij niet een van de trendsetters? Start gewoon een nieuwe trend. Verklaar auto's uit de mode."

"Maar ik heb een auto *nodig*!"

"Ja hoor. Net zo hard als ik een vrouw nodig heb."

"Oh pap!" zei Miranda vol afschuw.

"Maak je maar geen zorgen, Miranda," snoof Marian Bain. "Hij is nog niet eens gescheiden van zijn laatste vrouw."

"Mijn *laatste* vrouw? Mijn *eerste* vrouw!"

"Ik zie niet wat dat te maken heeft met het feit dat ik een auto wil," zei Miranda.

"In de eerste plaats ben je nog te jong. In de tweede plaats is het te gevaarlijk en veel te duur. En in de derde plaats vind ik het absoluut niet goed. In de vierde plaats heb je helemaal geen auto nodig, want de kans is groot dat dit hele Halfway House gepraat niet meer is dan een onbereikbare droom."

Miranda hield bokkig haar mond. Enige tijd later vroeg Marian Bain: "Wie is eigenlijk de eigenaar van Halfway House, of had je dat al gezegd?"

"Ik had het net toch over Ken Mooney, de jongeman wiens hoofd is ingeslagen? Nou, het pand is eigendom van zijn familie."

"Hm...Wie denk je dat die jongen vermoord heeft?"

"Ik heb geen flauw idee. Hoe meer ik erover nadenk, hoe meer ik in de war raak. Om te voorkomen dat ik gestoord word ben ik gestopt met denken."

"Ik wou dat je zo af en toe een keer serieus kon zijn."

"Ik *ben* serieus. Deze hele zaak is me een raadsel. Morgen moet ik echt gaan graven, maar vervelend genoeg bij alle hotemetoten. Daar kijk ik niet naar uit. Misschien dat ik juffrouw Curdy met het werk opzadel. Als je straks volwassen bent en opgepakt wordt, Miranda, zorg dan dat je niet naar Tehachapi gestuurd wordt; juffrouw Curdy heeft het daar niet volgehouden. Het eerste team moet echt iets bijzonders zijn."

"Als die juffrouw Curdy zo verschrikkelijk is, waarom ontsla je haar dan niet?" vroeg Marian Bain.

"Ik heb niemand anders om het werk te doen. Wat denk jij ervan? Het stelt niet veel meer voor dan wat ontvangstbewijzen tekenen, dronken vrouwen fouilleren en misschien een oplawaai of twee verkopen."

"Het idee alleen al!"

Joe grinnikte. "Dan is de baan van juffrouw Curdy voorlopig veilig."

HOOFDSTUK VI

1

DE VOLGENDE OCHTEND trok Joe eropuit om de bewoners van Madrone Way te ondervragen.

Het huis van de familie Shortridge lag ongeveer dertig meter van de weg, aan het end van een S-vormige oprit. Miriam Shortridge deed zelf de deur open. "Ja?"

"Mevrouw Shortridge? Ik ben sheriff Joe Bain. Mag ik binnenkomen?"

"Natuurlijk. Ik neem aan dat u de moord onderzoekt." Mevrouw Shortridge ging hem voor naar een enorme huiskamer die was ingericht in een stijl die wel Frans Provençaals werd genoemd. "Neemt u alstublieft plaats."

Ze was misschien vijftig jaar oud, een knappe vrouw die duidelijk heel veel zorg besteedde aan haar uiterlijk. Haar haren waren zorgvuldig gekapt; haar huid was zacht en glad; haar manieren waren correct, maar niet vriendelijk.

"Wat ik graag van u zou horen, mevrouw Shortridge, is alles wat u weet dat misschien iets te maken zou kunnen hebben met deze zaak," zei Joe. "Is het u bijvoorbeeld weleens opgevallen dat Ken Mooney met iemand in deze straat stond te praten? Heeft hij ooit een of andere vreemde opmerking tegen u gemaakt? Alles wat u me kunt vertellen zou kunnen helpen."

"Ik kende de arme man niet," zei mevrouw Shortridge. "Ik weet hoegenaamd niets over hem, of over de omstandigheden rondom zijn overlijden."

"Ik had dat ook niet van u verwacht," zei Joe. "Maar zo af en toe gebeurt het wel dat een opmerkzaam persoon toevallig iets opmerkt dat ongewoon overkomt."

"Het spijt me. Ik kan u niets vertellen."

"Kenden uw dochter of uw zoon Ken Mooney?"

"Ik denk dat u hen dat beter zelf kunt vragen."

"U weet het niet?"

"Ik denk dat Marshall Ken Mooney van de middelbare school kende, en misschien Starr ook. Maar ik kan me niet voorstellen dat Marshall of Starr Ken Mooney tot hun vrienden rekenden."

"Ik begrijp dat meneer Shortridge op dinsdagochtend aan het werk was in de winkel en dat u bij de schoonheidsspecialiste was."

"Ik was bij de kapper," zei mevrouw Shortridge op vlakke toon. "Meneer Shortridge was op zijn kantoor."

"Heeft u een abonnement op het tijdschrift *Life*, mevrouw Shortridge?"

"Inderdaad, ja, ik geloof het wel." Mevrouw Shortridge was verbaasd. "Waarom vraagt u dat?"

"Dat leg ik op dit moment liever nog niet uit. Ik vraag mij af of u mij het exemplaar kunt laten zien dat dinsdag bezorgd is."

Mevrouw Shortridge liep de kamer door naar een bewerkt notenhouten bijzettafeltje. "Ik geloof dat dit de laatste uitgave is."

Joe pakte het tijdschrift aan en draaide het om zodat hij het adreslabel kon lezen dat, om de afhandeling op het postkantoor te vergemakkelijken, er ondersteboven was opgeplakt. Alles was zo te zien in orde. "Hartelijk dank, mevrouw Shortridge. Is Marsh thuis?"

"Ik zal hem roepen." Mevrouw Shortridge liep de kamer uit. Joe keek om zich heen, bestudeerde de mooie oude meubelstukken, de oosterse tapijten, de schilderijen aan de muur, de antieke klok op de schoorsteenmantel, de planken met zorgvuldig gerangschikte boeken. Marsh Shortridge kwam de kamer in: een jonge man met een rond, nogal plat gezicht, een kleine neus, kleine mond en ronde, wijd uiteenstaande ogen. Zijn haar was licht kastanjebruin en zijn gezichtsuitdrukking leek op die van zijn moeder. "Ja, sheriff?"

"Ik zou het graag met u hebben over Ken Mooney, meneer Shortridge."

"Ik ben bang dat ik u daarmee niet echt kan helpen."

"Misschien wel, misschien niet. In een moordonderzoek moeten we in allerlei onwaarschijnlijke hoeken en gaten zoeken naar informatie, en u bent daar een van."

Marsh trok half-vragend zijn wenkbrauwen op. "Ik zal zeker mijn uiterste best doen u te helpen."

"Hoe goed kende u Ken?"

"Goed genoeg om hallo tegen te zeggen. Ik heb niets meer van hem gezien sinds de middelbare school."

"U weet dat Bill Whipple een van Kens vrienden was?"

Marsh haalde met zwijgende minachting zijn schouders op. "Bill Whipple, Ken Mooney..." Hij zei verder niets.

"Is Bill Whipple een goede vriend van u?"

"Nee."

"Ik begrijp het...Welnu, heeft u zelf een theorie, of zelfs maar een wilde gok met betrekking tot de moord?"

"Ik neem aan dat het het werk van een moordlustige maniak geweest moet zijn. Ik had begrepen dat er geen post was meegenomen."

"Dat is natuurlijk een voor de hand liggende theorie. Maar ergens klopt er iets niet. Nadat Ken vermoord werd is de bestelwagen de hele dag verborgen gebleven en daarna gedurende de nacht naar het eind van Madrone Way gereden. Dit impliceert dat de bestelbus ergens langs Madrone Way verborgen moet zijn geweest — hetgeen ook betekent dat een van de inwoners van Madrone Way de moordenaar moet zijn."

Marsh glimlachte met zijn kleine kille glimlachje. "De meeste bewoners van Madrone Way zijn brave burgers, sheriff — betrouwbare, conservatieve mensen. Er zijn natuurlijk een of twee uitzonderingen. Maar ik kan me niet voorstellen dat een van de bewoners van Madrone Way Ken Mooney zou kunnen vermoorden — om welke reden dan ook."

"Stel dat er iets in de post zat dat iemands leven zou kunnen verwoesten — stel dat er een pakje is opengegaan en dat er een half ons heroïne uitviel. Of iemand ontving een ansichtkaart met een belastende boodschap die Ken heeft gelezen."

Marsh dacht even diep na. Toen vroeg hij: "Is dit niet allemaal uitermate hypothetisch?"

Joe keek Marsh verrast aan. "Natuurlijk is het hypothetisch. Wat moet ik anders? Ik heb geen feiten, en ik probeer feiten te verzamelen."

Marsh haalde zijn schouders op. "Ik doe uiteraard mijn uiterste best om u te helpen."

"U heeft Ken dinsdagochtend gezien, geloof ik."

"Hij bracht een rembourspakket. Boeken. Ik heb hem betaald en dat was alles."

"Hoeveel geld was u kwijt aan rembours?"

"Tien dollar en zevenenzestig cent." Marsh fronste. "Nu ik erover nadenk was er iets vreemds aan de hand. Ik stond op het punt om een cheque uit te schrijven, maar hij vroeg om contanten. Ik zei dat ik niet zo veel geld in huis had. Toen vroeg hij of ik een cheque zou kunnen schrijven voor tien dollar en hem de zevenenzestig cent contant te geven, en dat heb ik gedaan."

Joe dacht hierover na. "Deardorf heeft alle rembours-pakketten en alle aangetekende stukken onder zijn hoede genomen. Hij heeft nergens over geklaagd, dus ik neem aan dat het allemaal klopte. Nou ja, misschien betekent het iets, misschien ook niet. Is uw zuster ook thuis?"

"Ik zal haar even roepen," zei Marsh met geestdrift. Hij liep weg en even later keek Starr de kamer in. Ze droeg een zwarte broek, een blouse van grijze jersey en sandalen. Ze liep op haar gemak de kamer in. "Ik weet niet wie Ken Mooney vermoord heeft," zei ze tegen Joe. "Ik kende hem van gezicht maar praatte nooit met hem. Ik heb nog nooit iemand horen zeggen dat ze een hekel aan Ken Mooney hadden. Ik weet ook niet of Ken Mooney een liefdesrelatie had met — nou ja, met wie dan ook."

"Heb je ooit roddels over hem gehoord?" vroeg Joe.

"Nee."

"Ga zitten," zei Joe. "Al dat dansen van de ene voet op de andere maakt me zenuwachtig."

Starr deed haar mond open om iets te zeggen, maar toen gleed er een scheve glimlach over haar gezicht, en ze ging op de bank zitten.

"Laten we het eens hebben over roddels," sprak Joe. "Iemand heeft Ken Mooney vermoord. Of je hem wel of niet kende of mocht is niet van belang. Hij is vermoord en de moordenaar zou zomaar iemand anders kunnen vermoorden als we hem niet te pakken krijgen. Misschien dat roddels ons helpen om hem te pakken te krijgen."

"Wat ik wilde zeggen was niet eens het woord 'roddel' waard. Het was niet meer dan een sarcastische opmerking."

"Laat maar horen. Ik wil een beter idee krijgen van de mensen met wie ik te maken heb."

"Het is nogal triviaal — iets dat Alice Benjamin mij vertelde, bij wijze van grap. Haar moeder heeft een hekel aan mevrouw Wagner, die een beetje, nou ja, ongenuanceerd kan zijn en soms — nogal een flapuit. Mevrouw Benjamin is erg fatsoenlijk. Ze vond dat mevrouw Wagner wat al te familiair was jegens Ken. Dat is het. De roddel."

"Ik snap het. En weet je verder nog roddels over Ken?"

"Alleen wat ik me herinner van school. Hij had de reputatie een rokkenjager te zijn, en niet al te kieskeurig."

Joe knikte. "Hoe goed ken je de andere bewoners van Madrone Way?"

"Niet zo heel erg goed." Starr werd meteen een stuk afstandelijker.

"Alice Benjamin?"

"Een uitzondering."

"Bill Whipple?"

"Niet echt."

"Marsh is verloofd met Alice, naar ik begrijp."

Starrs mond trilde even. "Ja".

"Wanneer is de bruiloft?"

"In de herfst."

Joe had de indruk dat Starr het onderwerp liever vermeed. "Wie heeft volgens jou Ken Mooney vermoord?"

Starr haalde haar schouders op. "Ik zou Bill Whipple kunnen zeggen, alleen al vanwege het feit dat ze elkaar goed kenden — maar dat is zo'n belachelijke reden om hem te verdenken dat ik in alle ernst zijn naam niet zou willen noemen."

"Ben je ooit met Ken uit geweest?"

Starr keek hem uitdrukkingloos aan, alsof haar verontwaardiging en afschuw te sterk waren voor woorden. Uiteindelijk zei ze: "Nee. En als dat alles is wat u te vragen heeft…"

Joe nam afscheid en liep langzaam de oprit af. Hij zag Manuel, de klusjesman en tuinman, en vroeg hem of de bus van de postbode op die dinsdagmiddag op enig moment in de buurt van het huis van de familie Shortridge geparkeerd had gestaan.

Manuel schudde langzaam en nadrukkelijk zijn hoofd. "Er is hier geen plaats om een bestelbus te parkeren."

"Misschien onder de bomen, achter een struik, zoiets?"

Manuel haalde zijn schouders op. "Wijst u maar aan waar dan."

Joe keek langs de hele oprit. "Ik dacht dat jij dat misschien zou kunnen zeggen."

Manuel ging zwijgend verder met zijn werk.

Joe ging weer terug naar Madrone Way. Tegenover het huis lag de golfbaan. Misschien dat er golfspelers waren die iets interessants hadden opgemerkt. Nog een klusje voor Rex Kelly, of misschien Fay Insley.

2

Joe liep over Madrone Way, in een bocht van de weg, met de stenen muur rondom het grondgebied van de familie Shortridge aan zijn linkerhand. De stenen muur slingerde omhoog langs Spanish Hill; een strak groen gazon liep af in de richting van het trottoir. Achter dat gazon stond een huis met wit gestucte muren en een dak van rode pannen.

Joe liep de oprit op en belde aan. Mevrouw Ethel Taylor, een vrouw met rood haar en sproeten, deed open. In de betegelde hal achter haar zag Joe twee fietsen, een driewieler, drie honkbalhandschoenen en een honkbalknuppel.

"Meneer?" De stem van mevrouw Taylor was even fris en vrolijk als haar uiterlijk.

"Ik ben sheriff Joe Bain, mevrouw Taylor; mag ik binnenkomen?"

"Als u het risico wilt nemen u een weg te banen tussen de rommel door. Ik ben er nog niet aan toegekomen om op te ruimen."

"Ik heb wel erger gezien," zei Joe.

Mevrouw Taylor ging hem voor naar een huiskamer die meer ingericht was voor gebruiksgemak dan voor het uiterlijk. Joe ging in een stoffen stoel zitten terwijl mevrouw Taylor op de leuning van de sofa neerstreek. "Ik neem aan dat u weet waarom ik hier ben."

Mevrouw Taylor keek plotseling gealarmeerd. "Wat hebben ze nu weer uitgespookt?"

"Ik ben hier vanwege de moord op Ken Mooney."

Mevrouw Taylor ontspande zich. "Ik ken mijn jonge boenders zo goed dat niets me meer zou verbazen. Toen ik u zo zag kijken was mijn eerste gedachte: 'O, hemeltjelief, deze keer hebben ze iets echt ver-schrikkelijks uitgespookt!'"

"Niet dat ik weet," zei Joe. "Was u dinsdagochtend thuis?"

"Jazeker. Mijn man was op zijn werk; hij werkt bij de Valley Spaarbank, zoals u ongetwijfeld weet. Ik kan niet wachten tot de scholen weer opengaan. Mijn kinderen zijn niet echt slecht: het zijn gewoon jongens, en er gebeurt altijd wel iets dat me de haren te berge doet rijzen."

"Kende u Ken Mooney een beetje?"

"Niet echt. Ik weet hoe hij eruitzag, en het leek mij een vriendelijke jongeman."

"Heeft u dinsdagochtend nog iets gezien dat ook maar een beetje ongewoon was?"

"Met vier zoons, sheriff, zie ik nooit iets anders. Maar buiten de gewone cycloon heb ik niets gezien of gehoord."

"Uw man was uiteraard op zijn werk. En hoe zit het met de jongens? Hoe oud zijn ze?"

"Jeffery is 10, Miles 8, Peter 6 en Craig 3. Craig begint nu met de anderen mee te lopen, en dat betekent dat ik ook de hele dag aan het rennen ben. Hoewel ik moet zeggen dat Jeff en Miles zich redelijk ver-antwoordelijk gedragen. Peter is een kleine etterbak als het om Craig gaat; ik denk dat hij in hem een concurrent ziet."

Joe vroeg: "Hebben zij dinsdag misschien iets ongewoons gezien?"

"Ik denk het niet. Ze speelden dinsdag winkeltje en hadden een stand waar ze citroenlimonade verkochten. Ik geloof dat ze vertelden dat de man die vermoord is hen een dubbeltje schuldig was en dat ze daar nu naar konden fluiten; harteloze kleine duivels. Dat is alles waar ze aan konden denken: niet hoe vreselijk het moest zijn voor meneer Mooney of zijn vrouw, maar waar was hun dubbeltje?"

"Ze zijn de zakelijke kant aan het ontwikkelen, dat is alles," zei Joe. "Misschien kan ik toch beter even met ze praten. Zijn ze in de buurt?"

"Ik denk dat ze in de achtertuin iets aan het bouwen zijn..."

Jeff en Miles werden binnengeroepen: stevige knullen met kastanje-bruin haar, gekleed in T-shirts en spijkerbroeken. "Dit is sheriff Bain, jongens. Hij wil jullie een paar dingen vragen; luister goed naar hem en vertel hem precies wat er gebeurd is."

"Gaat het over die kerel die vermoord is?"

"Beantwoord gewoon alle vragen van sheriff Bain."

"Ik begreep," zei Joe, "dat Ken Mooney een schuld naliet."

De beide jongens keken Joe fronsend en onzeker aan. Jeff, de oud-ste, zei uiteindelijk: "We kregen nog een dubbeltje van hem."

Het verhaal kwam eruit als een verbale tweestrijd tussen Jeff en Miles, met mevrouw Taylor als scheidsrechter. Op dinsdagochtend hadden ze een limonadekraampje opgezet tegenover de ingang van de country-club. Ken was Madrone Way opgereden en had zijn bestelbus stilgezet om de post te sorteren, en Jeff had hem van de overkant van de straat een uitnodiging toegeroepen. Na wat geplaag had Ken erin toegestemd om een glas limonade te kopen op krediet. Hij zei dat hij alleen maar een biljet van tien dollar bij zich had, maar dat hij halverwege Madrone Way geld zou krijgen, en dat hij hen zou betalen als hij de straat weer uit kwam. Jeff, die het verhaal vertelde, pauzeerde even voor het dramatisch effect. Miles begon het verhaal af te maken, maar Jeffery draaide zich naar hem om en riep: "Wie vertelt het verhaal nou, jij of ik?"

"Nou jongens, geen ruzie," zei mevrouw Taylor op bevelende toon. "Jeffery, jij hebt je beurt gehad; laat Miles ook een deel van het verhaal vertellen."

Joe keek Miles aan. "Hij betaalde niet toen hij de straat weer uit-kwam?"

"Hij is de straat niet meer uitgekomen!" gilde Jeffery.

"Dat was mijn stuk," brulde Miles.

"Jeffery, dat was niet erg lief van je," zei mevrouw Taylor. "Wat zou jij ervan vinden als Miles dat bij jou deed?"

"Hij doet de hele dag dat soort dingen!"

"Stil nu even," zei Joe. "Ik kan er geen woord tussenkrijgen. Dus jul-lie zeggen dat Ken Mooney Madrone Way niet uitgekomen is? Of dat de bestelbus nooit teruggekomen is? Of allebei?"

"Zowel Ken Mooney als de bus zijn niet teruggekomen!"

"Weten jullie dat zeker?"

"Natuurlijk weten we dat zeker! Hij was ons een dubbeltje schuldig!"

"Tot hoe laat hebben jullie je kraam opengehouden?"

"Tot halfvijf. Dan mogen we televisiekijken."

"En hoe zit het met de lunch? Zijn jullie naar binnen gegaan om te lunchen?"

"En onze limonade laten staan zodat mensen hem zouden kunnen stelen? Huh!"

"Ik heb ze boterhammen en melk gebracht," legde mevrouw Taylor uit. "Ik dacht dat ze misschien wel behoefte hadden aan een beetje aanmoediging."

"Het waren boterhammen met pindakaas," zei Miles terwijl hij een vies gezicht trok. "Ik heb liever tonijn. Of hamburgers. Echt wel!"

"Jullie zijn een stelletje verwende vlegels," zei mevrouw Taylor. "Weten jullie wel wat de kinderen in India te eten hebben? Niet meer dan een beetje rijst elke dag!"

"Ik hou van rijst," zei Jeffery.

"Wat hebben jullie nog meer gezien, jongens?" vroeg Joe.

"Niks. We konden niet om de bocht kijken, dus we zagen de rest van Madrone Way niet. Hij is vast vermoord vlak nadat hij bij ons vandaan ging!"

"Ja, dat denk ik ook. Zat er nog iemand anders in de auto?"

"Nee."

"Leek hij ongerust of opgewonden?"

"Nee. Hij was net als altijd. Hij lachte en maakte grapjes."

Joe werd verder niet wijzer. Maar het was nu zeker. Ken was vermoord door iemand op Madrone Way. En de bestelbus was ergens langs Madrone Way verborgen en toen, in de nacht, naar het eind van de straat gereden en daar achtergelaten.

Wat verder nog interessant was, was dat Joe nu begreep waarom Ken erop gestaan had om die zevenenzestig cent contant te krijgen van Marsh Shortridge — om zijn schuld van tien cent te betalen. Tot zover was alles duidelijk.

Hij maakte aanstalten om te vertrekken, maar toen draaide hij zich weer om. "Heeft u een abonnement op het tijdschrift *Life*, mevrouw Taylor?"

"Jazeker, dat hebben we inderdaad. Het is amusant en bij tijd en wijle leerzaam."

"Mag ik misschien het laatste exemplaar zien dat u ontvangen heeft? De uitgave van afgelopen dinsdag?"

Mevrouw Taylor keek hem verwonderd aan. "Jeffery loop eens even naar de andere kamer en pak de nieuwste *Life*. Hij ligt naast je vaders bureau."

"Ik pak hem wel," zei Miles.

"Nee, dat doe je niet," zei Jeffery, die zijn broer opzij duwde en de kamer uitrende, om even later terug te komen met het tijdschrift.

Joe hield het ondersteboven, bekeek het adreslabel, sloeg een paar bladzijden om en gaf het weer terug. "Hartelijk dank, mevrouw Taylor."

3

De Benjamins woonden in een keurig grijs met wit huis in koloniale stijl, omringd door een tot in de puntjes verzorgde tuin. Mevrouw Benjamin, gekleed in een lichtblauwe positiejurk, een donkerblauw vest en witte handschoenen, stond een recentelijk opnieuw ingezaaid deel van het gazon te besproeien. Ze was een lange vrouw, met een markant gezicht en grijsblond haar dat ze weigerde te kleuren. Joe, die weinig verstand had van dit soort zaken, dacht dat ze ongeveer zes of zeven maanden zwanger moest zijn. Mevrouw Benjamin keek even in zijn richting maar wijdde zich toen weer aan de tuinslang. Dus dit op het oog nogal stekelige specimen had de mooie Alice voortgebracht. Misschien was Grace Benjamin in haar jonge jaren ook wel knap geweest, dacht Joe, maar dan meer in de wat kille stijl van een blanke lelie.

"Mevrouw Benjamin?" vroeg hij op zijn meest zijdeachtige toon.

Nu pas reageerde Grace Benjamin op zijn aanwezigheid. "Jawel?"

"Ik ben sheriff Joe Bain. Ik zou u graag een paar vragen stellen."

"Met betrekking tot wat?"

"De dood van Ken Mooney."

Mrs. Benjamin dacht hierover na, en even dacht Joe dat ze van plan was om nee te zeggen. Ze draaide de kraan dicht en keek op haar horloge. "Ik heb dadelijk afspraak met de dokter, maar ik heb nog wel een paar minuten de tijd."

"Dank u, mevrouw Benjamin." Joe wierp een veelbetekenende blik op het huis, maar mevrouw Benjamin was blijkbaar niet van plan hem binnen te vragen. "Om te beginnen, heeft u Ken Mooney gezien op dinsdagochtend?"

"Nee. Ik was in de achtertuin. Hij heeft de post in de brievenbus gedaan en is verder gegaan. Ik geloof dat ik de bestelbus niet eens heb opgemerkt."

"Ik snap het. In een moordonderzoek, mevrouw Benjamin, ben ik gedwongen om bepaalde vragen te stellen die onder andere omstandigheden als brutaal bestempeld zouden kunnen worden. Dus ik verontschuldig mij alvast bij voorbaat. En tussen haakjes, heeft u zelf enig idee wat er gebeurd zou kunnen zijn?"

"Ik had aangenomen dat het een dief is geweest, of iets van dien aard."

"De aanwijzingen wijzen echter in een andere richting. Ik begrijp dat uw dochter Alice Ken van school kende."

"Ze kende hem, ja."

"Is ze ooit met Ken uit geweest?"

Mevrouw Benjamin wierp hem een kille blik toe. "Nee. Nooit."

"Alice heeft het nooit over hem gehad?"

"Ik geloof het niet."

"Dan is er nog iets vreemds aan de hand: Ken had een aangetekende brief voor u afgelopen dinsdag en heeft deze nooit afgeleverd. Heeft u enig idee wat daarvan de reden zou kunnen zijn?"

Grace Benjamin dacht hierover na. "Misschien dat ik de bel niet heb gehoord in de achtertuin. Meestal klinkt hij hard genoeg. Misschien had de postbode haast. Ik stel voor dat u dit aan mevrouw Wagner van hiernaast vraagt. Zij kende hem beter dan ik." Hier snoof mevrouw Benjamin even lichtjes.

"Mevrouw Wagner was bevriend met Ken?"

"Misschien dat u dat beter aan mevrouw Wagner kunt vragen."

Joe lachte geforceerd. "Dat is niet hoe een ondervraging in zijn werk gaat, mevrouw Benjamin. Ik ben hier om feiten te verzamelen die mij uiteindelijk zullen helpen de dader te arresteren. En als u mij toestaat om even wild te speculeren, stel u dan eens voor dat mevrouw Wagner de schuldige zou zijn. Dan zou ze mij niets vertellen waarmee ze zichzelf verdacht zou maken. Belastend bewijs moet van haar vrienden en haar buren komen."

Er gleed een zuinig glimlachje over het gezicht van Grace Benjamin. "Mevrouw Wagner heeft zo haar eigenaardigheden, maar het is belachelijk om haar van moord te verdenken. En ik hou werkelijk niet van roddelen."

"Ik wil ook geen roddels, ik wil feiten. Hoe goed kenden mevrouw Wagner en Ken Mooney elkaar, afgaande op uw persoonlijke observaties?"

"Ze nodigde hem af en toe uit om binnen te komen voor een kopje koffie of een schaaltje ijs."

"Hoe weet u dat?"

Grace Benjamin glimlachte nogmaals. "Mevrouw Wagner heeft een luide stem. Als ze vraagt: 'melk en suiker?' dan neem ik aan dat ze koffie inschenkt. Vraagt ze daarentegen 'met of zonder chocoladesaus?' dan neem ik aan dat ze ijs serveert."

"Hm. Aha. Heeft ze Ken ooit, voor zover u gehoord heeft, iets anders aangeboden?"

"Niet dat ik gehoord heb."

"Ik begreep dat uw dochter gaat trouwen met Marsh Shortridge."

"Dat klopt, in september."

"En wanneer komt ze terug uit Europa?"

"Tegen eind augustus. Meneer Benjamin heeft hen tweeën uitgenodigd om naar India te komen voor hun huwelijksreis, maar om de een of andere reden wilde Marshall daar niets van weten. Dus heb ik haar in plaats daarvan een zomer in Europa gegeven. Dit zijn de laatste maanden van vrijheid die ze nog heeft." Joe was ietwat verbaasd door het cynisme in mevrouw Benjamins stem. Gehaast ging ze verder: "De Shortridges zijn natuurlijk een hele fijne familie, en Marshall is een goede partij. Ik ben erg blij voor haar."

"Komt meneer Benjamin naar huis voor de trouwerij?"

"Dat lijkt me niet waarschijnlijk. Maar wat heeft dit alles te maken met de dode postbode?"

"Waarschijnlijk niets," zei Joe. "Ik grijp naar strohalmen."

Mevrouw Benjamin wierp een blik op haar horloge.

"En nog een laatste vraag," zei Joe. "Heeft u een abonnement op het tijdschrift *Life*?"

"Jazeker." Mevrouw Benjamin keek hem met koele blik aan. "Waarom vraagt u dat?"

"Mag ik het nieuwste exemplaar even zien?"

Mevrouw Benjamin fronste, maakte aanstalten om iets te zeggen maar haalde toen haar schouders op en draaide zich van hem af. "Hij ligt binnen. Wilt u misschien binnenkomen?"

"Als dat voor u gemakkelijker is."

Mevrouw Benjamin liep langzaam het trapje op. Ze deed de deur open en ze gingen samen het huis binnen. Het was overduidelijk dat mevrouw Benjamin een uiterst zorgvuldige huisvrouw was. Al het meubilair glansde van de boenwas; het zilver glom; de kleden leken kort geleden geborsteld en gestofzuigd. Op de vleugel, in een zilveren lijstje, stond een foto van Alice; blijkbaar de foto die gemaakt was toen ze haar diploma haalde. "Dit moet uw dochter zijn," zei Joe.

"Ja."

"Ik denk dat ik haar weleens in de stad gezien heb. Mijn dochter kent haar van school."

"Werkelijk … Hier is het tijdschrift."

Joe wierp een blik op het inmiddels bekende omslag, las het label, en ook deze keer deed hij weer net alsof hij in het tijdschrift bladerde. Mevrouw Benjamin bestudeerde hem met afstandelijke nieuwsgierigheid. "Mag ik vragen waarnaar u op zoek bent?"

"Dat mag u vragen, mevrouw Benjamin, maar op dit moment vertel ik u dat liever niet. Het is niet meer dan een ideetje van mij."

"Ik begrijp het. Ik heb eerlijk gezegd een klein beetje haast, dus als u mij wilt excuseren…"

"Zeker. Dank u voor uw hulp."

4

Sally Wagner woonde in het modernste huis aan Madrone Way: een vrij eenvoudig gelijkvloers huis, rustiek afgetimmerd met brazielhouten planken, met grote raampartijen die uitzicht boden over de hele omgeving, inclusief het hek waarachter vrijwel het hele huis van de familie Benjamin schuilging — met uitzondering van de ramen van de slaapkamer op de eerste etage. Sally Wagner zelf was een intelligente, levendige vrouw van ongeveer vijfendertig: spraakzaam, vriendelijk, enthousiast zonder enige vorm van tact of terughoudendheid. Het minst aantrekkelijke aan haar was haar stem. Ze sprak nasaal en krassend, alsof haar holtes verstopt waren. Ze had zwart haar met een pony; haar ogen waren omringd door enorme vlekken van blauwgroene oogschaduw; ze droeg een vuurrood jasje, een zwarte tricotbroek, witte sandalen. Al met al, dacht Joe, precies het soort vrouw waar Grace Benjamin absoluut van gruwde.

Sally Wagner gaf dit zelf toe. "Als u mevrouw Benjamin al gesproken heeft, dan heeft u vast al het een en ander over mij gehoord. Ze is ervan overtuigd dat ik na mijn dood op een hete plek terecht ga komen. Ik rook, ik drink, ik loop hand-in-hand, ik geniet van het leven — kortom, ik trek me nergens iets van aan."

"Zo sterk heeft mevrouw Benjamin het niet uitgedrukt," zei Joe tactvol.

"Dat zou ik ook niet van haar verwachten," verklaarde Sally Wagner op minachtende toon. "Ze draait eromheen, schudt haar hoofd, haalt haar neus op. Die arme Guy Benjamin! Hij neemt al die langdurige contracten in het buitenland alleen maar aan zodat hij niet thuis hoeft te zijn. Het verbaast me dat hij haar zwanger gemaakt heeft. Hij was thuis met de Kerst; de tijd klopt wel: maak u maar geen zorgen, ik heb het nageteld."

Joe grinnikte en leunde achterover in zijn stoel. Ondanks het rasperige stemgeluid van Sally Wagner was zij een welkom contrast met de kilte in het huis van de Benjamins. "Laat me een blikje bier voor u opentrekken," bood ze aan. "Het moet dorstig werk zijn om achter elkaar met zo veel vrouwen te moeten praten."

"Nou, laat me eens kijken. Ik heb een, twee, drie, vier, vijf vrouwen gesproken, uzelf meegerekend, een man en twee jongens. Vooral vrouwen, daar heeft u gelijk in."

"Bent u nog iets te weten gekomen. En zo ja, wat dan?"

"Ik weet zeker dat Ken hier op Madrone Way vermoord moet zijn. Had u het nu over bier? Ik zou niet van u moeten bietsen, maar u heeft wel gelijk: ik sterf van de dorst."

Sally Wagner draafde haar keuken in en kwam terug terwijl ze bier in een hoog glas schonk. "Alstublieft. Dat ziet er zo goed uit, dat ik er zelf ook maar eentje neem." Even later kwam ze terug. "Welnu, ik neem aan dat u wilt vragen of ik Ken Mooney vermoord heb. Nee, dat heb ik niet. Arme Ken. Echt een lammetje, zo aardig, zo onschuldig. Niet erg ambitieus, maar als iedereen admiraal zou zijn, wie zou de boot dan roeien?"

"U kende Ken aardig goed?"

De zwarte ogen van Sally Wagner vonkten, of dat uit amusement of ergernis was kon Joe niet opmaken. "Ik wil eerst even iets kwijt — eventuele nare verdachtmakingen van hiernaast slaan nergens op. Ken herinnerde mij aan vroegere tijden. Het was prettig om naar hem te luisteren. Ik vroeg hem soms binnen voor een kopje koffie; soms nam hij dat aan, en soms ook niet."

"En afgelopen dinsdag?"

"Ik heb hem helemaal niet gezien. Hij heeft mijn post in de brievenbus gegooid en is meteen verder gegaan."

"Wat is uw kijk op deze moord?"

"Om heel eerlijk te zijn, sheriff, ben ik verbijsterd. Het lijkt allemaal zo nutteloos en zo belachelijk. Het lijkt — niet echt!"

"Hij heeft nooit laten vallen dat hij vijanden had?"

"Hij wist nauwelijks wat dat woord betekende. Aan de andere kant had hij ook geen echte goede vrienden. Hij kende natuurlijk Bill Whipple die verderop in de straat woont. Zijn leven thuis moet afschuwelijk geweest zijn. U had hem moeten horen over zijn vaders zuinigheid. Een echte vrek! Ik neem aan dat u weet dat Ken afstamde van een hele oude plaatselijke familie?"

"Ja, dat heb ik gehoord. En trouwens, voordat ik het vergeet te vragen, heeft u een abonnement op *Life*?"

"Nee! Absoluut niet!" Met veel animo liet Sally Wagner hem weten hoe ze over Henry Luce dacht. "Waarom vraagt u dat?"

"Het is iets dat wij tijdens ons onderzoek zijn tegengekomen."

Sally Wagner danste op en neer als een klein meisje. "Ik wed dat ik het weet! Lag er geen tijdschrift onder Kens hoofd?"

"Ja, inderdaad. Van wie heeft u dat gehoord?"

"Van Laura Hubman. Zij heeft alle gruwelijke details gehoord van de verpleegster van haar moeder, degene die het lichaam heeft gevonden."

"Welnu, dat is dus de reden van mijn belangstelling. Wat kunt u mij vertellen over de Whipples hiernaast?"

"Ik zie erg weinig van ze. Sheila Whipple is een klein beetje drammerig. Ik weet zeker dat zij Fred Whipple gepusht heeft om naar Madrone hier te verhuizen. Hij is een heel gewone man, een harde werker, die heel veel tijd doorbrengt met jagen en vissen. Ze zijn allebei overduidelijk geen intellectuelen. Ik denk dat u *daar* wel een abonnement op *Life* zult vinden, evenals *Reader's Digest* en *Playboy*. Wat Bill betreft..." Sally Wagner tuitte bedachtzaam haar lippen. "Nou, ik weet het niet. Hij is een gecompliceerde jongeman. Hij kan uitermate charmant zijn als het hem uitkomt. Op de universiteit zijn er wel wat scherpe randjes afgeslepen — maar op andere gebieden is hij juist scherper geworden. Hij heeft een heel slechte reputatie als het om meisjes gaat."

Joe bleef nog een halfuur luisteren naar de doordringende stem van Sally Wagner; toen bedankte hij haar voor het bier en nam afscheid.

5

Joe drukte op de bel van de familie Whipple. Een keer. Twee keer. Drie keer. Er werd niet opengedaan.

Hij liep het huis voorbij van Milo Gentry, het oudste Countyraadslid. Milo en Ernestine Gentry waren op bezoek bij hun kleinkinderen in Montana.

In het volgende huis woonden de heer Caspar Hubman en zijn vrouw. Laura Hubman deed de deur open: een vrouw van ongeveer vijfenveertig met een overdadig, spectaculair uiterlijk. Ze was lang, met een flinke boezem en brede heupen, maar een slank, jeugdig ogend middel. Haar huid was bleek als marmer en ze had lang, dik zwart haar; ondanks haar opvallende vitaliteit had ze de lome, trage manieren van een prerafaëlitische dichteres. Ze droeg een extravagante japon van zwarte zijde die over de grond sleepte, zwarte balletschoenen en een enkele ronde, ivoren schijf in haar rechteroor.

Joe stelde zich voor. "Ik ben sheriff Joe Bain. Volgens mij hebben wij elkaar al eens eerder ontmoet bij een andere gelegenheid."

"Misschien een school-evenement," zei mevrouw Hubman. "Caspar en ik zijn daarnaast natuurlijk ook politiek actief." Ze had een vloeiende, ietwat hese stem "Wel, ik neem aan dat u hier bent vanwege Ken Mooney."

"Ja, ik ben bang van wel."

"Komt u binnen alstublieft." Laura Hubman ging hem voor in een zorgvuldig maar buitenissig ingerichte huiskamer. Ze gebaarde hem plaats te nemen op een extreem lage Koreaanse bank terwijl ze zelf op een anderhalve meter hoge barkruk plaatsnam, zodat Joe gedwongen werd om tussen zijn knieën door naar haar op te kijken.

"Caspar is aan het schrijven," zei Laura Hubman. "Als u wilt kan ik hem halen."

"Nee, hoor, ik praat net zo lief met u."

Laura Hubman lachte. "Hij is de betere spreker, maar hij heeft nogal de neiging om belerend te worden. Nou dan, wat wilt u weten?"

"Nou, als u Ken Mooney heeft vermoord, dan had ik graag dat u nu bekende zodat wij onszelf een heleboel tijd en zorgen kunnen besparen."

"Het spijt me, sheriff."

Joe pakte een exemplaar van *Réalités* van een schitterend ebbenhouten taboeretje, ingelegd met parelmoer. "Heeft u heel misschien een abonnement op het tijdschrift *Life*?"

"Mijn hemel, nee." Laura Hubman slingerde heen en weer op haar hoge kruk alsof de vraag haar zwaar geshockeerd had.

"Heeft u Ken dinsdagochtend nog gesproken?"

"Nee. Ik werkte aan mijn potten — ik maak keramiek weet u — in mijn studio. Caspar was in zijn studeerkamer aan zijn boek aan het werken. Toen we allebei even pauzeerden lag de post al in de brievenbus. Dus we kunnen u niets bijzonders vertellen."

"Kende u Ken?"

"Niet echt. Ik sprak hem zo af en toe. Hij liep vaak bij mijn moeder naar binnen om haar wijn te drinken, en dan nam zij ook een wijntje. Dat was zo slecht voor haar: de dokter had haar specifiek gewaarschuwd alcohol en opwinding te vermijden." Laura Hubmans stem klonk heel even bijna geanimeerd. "Maar dat is verder niet belangrijk. Ik heb Ken gewoon gevraagd om mama niet te veel op te winden, en hij zei dat hij dat niet zou doen. Caspar kende hem natuurlijk van school."

Caspar Hubman keek de kamer in en kwam toen naar binnen: een gezette man, ongeveer even oud als zijn vrouw. Hij was bijna kaal; hij droeg een hoornen bril, een donkerrode korte broek en een poloshirt van gele tricot. Caspar Hubman was de aanvoerder van de intellectuelen van Pleasant Grove — een nogal klein groepje, dat was wel zeker — en hij was een boek aan het schrijven. Joe had Caspar Hubman al enkele malen eerder ontmoet en kon geen hoogte van hem krijgen. Niettemin bestuurde hij de middelbare school op redelijk efficiënte wijze, en de leerlingen leken hem wel te mogen.

"Nou, sheriff, het is geen raadsel waarom u hier bent," zei Hubman. "Heeft u enig idee wat er gebeurd kan zijn?"

"Ik stond op het punt om u dezelfde vraag te stellen."

Hubman grinnikte plichtmatig. "Ik kan u niet helpen. Ik wou dat ik het kon. Ken was een fijne vent."

"Heeft u hem dinsdagochtend nog gezien?"

"Nee. Ik zag de bestelwagen bij de brievenbus stoppen, maar ik besteedde er verder weinig aandacht aan."

"Enig idee waarom iemand Ken iets zou willen aandoen?"

"Geen flauw idee. Op school was hij bij iedereen populair."

Joe dacht na over zijn volgende vraag. Laura zat hem indringend aan te kijken. Caspar had zijn duimen in zijn broekriem gestoken en trommelde op zijn bolle buik. Laura sprong ineens van de kruk. Joe vroeg zich af of ze nerveus werd, en zo ja, waarom dan. Hij vroeg: "Heeft Ken ooit met u over zijn privéleven gesproken? Iets gezegd over zijn vriendinnetjes of iets dergelijks?"

"Nooit." zei Laura. Te snel? Te scherp?

"Daar was geen enkele aanleiding toe," verklaarde Caspar.

Joe kreeg kramp in zijn benen. Hij stond op en keek of hij ergens anders kon zitten. Hij zag alleen de hoge barkruk, de Koreaanse bank en wat modern meubilair waarvan hij niet wist hoe hij erin moest komen. Hij bleef staan. Op een tafel, tussen een aantal andere tijdschriften, zag hij een exemplaar van *Life*. Hij pakte het op, draaide het om zodat hij het adreslabel kon lezen. Laura Hubman zei snel: "Mijn moeder is op heel veel tijdschriften geabonneerd. Soms geeft ze die aan ons door."

Joe stelde elke vraag die relevant leek, en ook een paar die dat niet waren. Caspar en Laura gaven zorgvuldige, voorzichtige antwoorden, alsof ze wilden nadenken of de vraag misschien voor meerdere uitleg vatbaar was. Dat was niet noodzakelijkerwijs een teken van schuld, dacht Joe. Maar weinig mensen voelden zich op hun gemak als ze door de politie werden ondervraagd, vooral niet als het om een moord-onderzoek ging.

Tegen de tijd dat Joe afscheid nam stond Caspar te zweten en onrus-tig te wiebelen terwijl Laura haar vuisten balde en weer ontspande. "Als u nog iets bedenkt dat ik ben vergeten te vragen, laat het mij dan alstublieft weten."

"Dat zullen we zeker doen." verklaarde Caspar Hubman.

6

De woning van de familie Mortimer was leeg. Joe liep de oprit op en inspecteerde het huis. Zoals Rex Kelly al had aangegeven was er geen teken van een inbraak of andere buitengewone activiteiten. De garage was op slot, en dit was de enige pek waar de bestelwagen mogelijker-wijs verborgen had kunnen zijn. Joe bleef even staan denken.

De systematiek van de moord begon wat duidelijker te worden — of liever gezegd, de onbekende gebieden werden kleiner. De getuigenis van Jeff en Miles Taylor gaf aan dat Ken ergens aan Madrone Way vermoord moest zijn, nadat hij de post had bezorgd bij de familie Mortimer. De plaats delict zou zich dan in de buurt moeten bevinden: de oprit van de familie Mortimer? Wat dan? In theorie kon de bestel-wagen dan naast de oprit van de familie Shortridge gereden zijn en daar in de struiken verborgen, maar alleen een dwaas zou dat hebben geprobeerd. De oprit van de Taylors? Absoluut niet, niet met Jeffery, Miles, Peter en Craig die op het terrein rondspookten. En bovendien hadden ze alleen een carport en geen garage. Mevrouw Benjamin had een opgeruimde garage waar de bestelbus in verborgen had kunnen zijn, net als Sally Wagner, de familie Whipple, de familie Hubman en mevrouw Bazzarini. De garage van de familie Gentry zat op slot, net als die van de familie Mortimer.

Joe liep terug en bekeek de oprit van de familie Gentry nogmaals. Aan weerszijden van de oprit bevonden zich bloembedden met petu-nia's, zilverkruiskruid en leeuwenbekjes. Het was overduidelijk dat de bestelbus niet over de bloembedden gereden had, en het slot op de garage van Gentry was intact. Was het mogelijk dat mevrouw Cream, de gekleurde huishoudster, de moordenares was of medeplichtig? Joe keek aandachtig naar het spinnenweb tussen de garagedeur en de bovenkant van de deurpost. Praktisch detectivewerk! Het spinnenweb was meer dan twee dagen oud, wat bewezen werd door een aantal uitgedroogde vliegen. Mevrouw Cream was niet langer een verdachte.

Joe liep terug naar het huis van Mortimer en onderzocht de garagedeur in de hoop dat ook hier een spinnenweb hing. Er was geen web te vinden, maar de wind had bladeren over de oprit geblazen en Joe stelde vast dat daar geen bestelbus overheen gereden was.

Vervolgens liep hij naar het huis van mevrouw Bazzarini: een enorm gebouw met twee etages, bedekt met bruine houten leien. De garage van mevrouw Bazzarini was het dichtst bij de plek waar de bestelbus was aangetroffen. Met een klein zetje had de bus zelfs vanuit de garage zo Madrone Way op kunnen rollen.

Joe liep naar het huis. De gordijnen bewogen even en vielen toen dicht. Mevrouw Bazzarini hield de gebeurtenissen op Madrone Way nauwlettend in de gaten.

Juffrouw Locke, die het lichaam van Ken gevonden had, deed de deur open. Ze maakte cryptische gebaren in de richting van de zitkamer, die Joe opvatte als een gebod om mevrouw Bazzarini niet op te winden. Vervolgens geleidde ze Joe de voorkamer binnen. Mevrouw Bazzarini was een witharige dame van gemiddelde omvang die er niet echt ziek uitzag. In haar ogen, haar neus en de manier waarop ze haar hoofd hield zag Joe een zekere gelijkenis met haar dochter Laura, en er zat zelfs een beetje van Laura Hubmans levendigheid in mevrouw Bazzarini's alertheid. "Hier ben ik weer, mevrouw Bazzarini. Ik heb nog een paar vragen met betrekking tot Ken Mooney."

"Wie heeft het gedaan?" eiste mevrouw Bazzarini. "Ik wil dat hij de elektrische stoel krijgt. Hij heeft een hele lieve jongen vermoord; zo vriendelijk en goedaardig." Ze schudde haar hoofd en snoot haar neus in een papieren zakdoek.

"Ik krijg de schuldige wel te pakken, maakt u zich geen zorgen," zei Joe. "Maar ik heb uw hulp nodig."

"Wat het ook is, u kunt op mij rekenen. Waarom wilde iemand zo'n lieve jongen als Ken nu iets aandoen? De wereld is vol waardeloze rotzakken, en dan moeten ze juist Ken hebben! Hij had altijd een vriendelijk woord voor mij, een zieke oude dame. Als hij tijd had kwam hij binnen voor een praatje. Ik ben vaak zo eenzaam! Hij was echt altijd vriendelijk en goed voor mij — meer dan mijn eigen vlees en bloed, moet ik toegeven!"

"Hij bracht hier dus aardig wat tijd door?" vroeg Joe.

"Dat lag eraan hoeveel werk hij had. Als hij laat was kwam hij soms binnen om hier zijn lunch op te eten, en dan had ik altijd een glaasje wijn voor hem. Meestal kwam hij eerder, om een uur of tien, elf."

"Dus u kende hem behoorlijk goed."

"Dat zou ik wel zeggen. Hij vertelde me van alles over zijn familie — zijn vader was een harde, koppige man, sheriff. Hij vertelde me over zijn restaurant in de bergen en wat hij daar voor plannen mee had."

"En hoe zat het met vriendinnetjes?"

"Hij praatte niet zo veel over meisjes. Hij was een verstandige jongen, al zou je dat niet zeggen tenzij je hem beter leerde kennen. Ik begrijp gewoon niet wie hem op zo'n manier op zijn hoofd zou willen slaan! Het moet een gek geweest zijn! Of misschien had het iets te maken met de post."

Joe knikte ernstig. "Dat zou zomaar kunnen. Maar waarom heeft Ken uw post niet bezorgd op dinsdag? Hij was bij het huis van de familie Mortimer, en dat is het tot het moment dat we hem de volgende ochtend dood aantreffen."

"Nou — weet u, het was Ken niet," zei mevrouw Bazzarini weifelend.

"Wat?"

"Ik zag hem in het voorbijgaan de oprit van de Mortimers oplopen, en het was Ken niet. Ik denk dat het een vervanger moet zijn geweest."

"Is dat zo? Hoe zag hij eruit?"

"Dat zou ik niet kunnen zeggen. Maar hij liep niet zoals Ken. Hij leek haast te hebben, hij holde bijna. Ken liep nooit zo snel, hij slenterde meer."

"Was hij groot? klein? dik? dun?"

"Gemiddeld, zou ik zeggen. Maar ik durf het niet te zweren. Ik heb maar een glimp opgevangen."

"Wel, wel, wel." Joe wreef over zijn voorhoofd. "Weet u het zeker?"

"Ik denk het. Ik keek altijd uit naar Ken, en ik was teleurgesteld toen hij niet kwam. Ik dacht dat hij misschien ziek was of zoiets."

"Tussen haakjes," zei Joe, "Ik begreep dat u een abonnement hebt op *Life*."

"Ja, ik hou van lezen, en ik blijf graag op de hoogte."

"Waar is het nieuwste exemplaar?"

"Weet u, ik heb geen flauw idee. Ik ben zo van streek. Ik geloof niet dat ik het al gezien heb. Barbara!" riep mevrouw Bazzarini naar juffrouw Locke. "Heb jij de nieuwste *Life* ergens gezien?"

Juffrouw Locke keek vaagjes om zich heen. "Ik zie hem niet, mevrouw Bazzarini."

"Dat geeft niet. Ik kan zonder."

"Selma zou hem meegenomen kunnen hebben naar uw dochter. Ze heeft hen gisteren een hele stapel tijdschriften gebracht."

Het hele idee dat Caspar en Laura de gelezen tijdschriften van mevrouw Bazzarini kregen kwam nogal belachelijk over op Joe. "Is mevrouw Hubman uw enige kind, mevrouw Bazzarini?"

"Ja. Ik had een zoon, maar die is omgekomen bij een auto-ongeluk. Lang geleden. Misschien dat ik daarom wel zo dol was op Ken. Hij deed me aan Raymond denken. Ik heb Laura haar huis gegeven, ik heb hen geld gegeven, ik heb die twee een leuke reis naar Europa gegeven, en toch komen ze me nooit opzoeken, al wonen ze zo dichtbij. Ze laten me hier gewoon zitten, al ben ik nog zo ziek, maar Ken nam altijd de tijd om iets vriendelijks te zeggen. Maak u maar geen zorgen, ik had hem in mijn testament gezet. Ik zou hem niet hebben overgeslagen." Het gezicht van mevrouw Bazzarini betrok. "Ik weet niet wat ik nu ga doen."

Juffrouw Locke maakte een veelbetekenend gebaar naar Joe, die zich haastig terugtrok.

7

Joe stond aan het eind van Madrone Way, waar de bestelbus gevonden was. De zaak leek alleen maar ingewikkelder te worden. Ken Mooney was met zijn bestelbus Madrone Way opgereden, had op de pof een glas limonade gekocht, had een rembours-pakket afgeleverd aan Marsh Shortridge. Enige tijd later had mevrouw Bazzarini volgens eigen zeggen een postbode gezien, niet Ken Mooney, die de post bij de familie Mortimer had bezorgd.

Er stopte een auto langs de kant van de weg; Howard Griselda, eigenaar en hoofdredacteur van de *Pleasant Grove Messenger*, stapte uit.

Joe groette hem flauwtjes. "Hallo, Howard."

Griselda knikte. "Hoe ziet het eruit, sheriff?"

"Een zooitje. Dat is niet geschikt voor publicatie. Ik kan er niet achter komen wat er gebeurd is. En ook dat is niet geschikt voor publicatie."

"Wat is dan wel geschikt voor publicatie?" vroeg Griselda, terwijl hij zorgvuldig zijn pijp begon te stoppen.

"Alleen de naakte feiten. Ken Mooney is Madrone Way ingereden. Hij is nooit meer vertrokken. Op de een of andere manier heeft iemand hem van de straat gelokt en vermoord. Dat is alles wat ik zeker weet. Het lijkt erop dat de moordenaar aan Madrone Way woont, als je afgaat op de logistieke feiten van de misdaad. Ik bedoel hiermee dat de bestelbus de hele dag ergens geparkeerd moet hebben gestaan, waarschijnlijk in een garage, en pas laat in de avond naar buiten gereden en achtergelaten, maar niet ver van het huis van de moordenaar vandaan."

Howard Griselda knikte een paar keer plechtstatig. "Dat lijkt allemaal vrij duidelijk. Hoe weet je zo zeker dat Ken Madrone Way nooit verlaten heeft?"

Joe deed verslag van de getuigenis van Jeff en Miles Taylor, terwijl Griselda knikte en aan zijn pijp lurkte.

"Is het dan niet allemaal heel eenvoudig?" vroeg Griselda. "Als je weet tot waar hij de post heeft bezorgd, dan heb je je moordenaar."

Joe schudde zijn hoofd. "Het laatste adres was een leegstaand huis. En mevrouw Bazzarini kan Ken niet vermoord hebben om minstens negen redenen. Ten eerste mocht ze hem graag. Ten tweede zit ze in een rolstoel en heeft ze net genoeg kracht om een kat met een theelepel op zijn kop te meppen. Ten derde zou haar verpleegster haar verbieden om zich in te spannen. Ten vierde is ze zo'n beetje de minst voor de hand liggende verdachte in de straat, met uitzondering van mevrouw Cream. Ik zou jou nog eerder verdenken, Howard."

Griselda nam het grapje met een koele glimlach in ontvangst. "Het lijkt mij dat de belangrijkste vraag is: heeft de moordenaar Ken Mooney vermoord, of de postbode?"

"Dat is wat ik aan het onderzoeken ben." Joe keek Madrone Way in.

"En dat houdt dus in dat ik me moet gaan inmengen in het privéleven van iedereen in deze straat, en ze zullen me dat geen van allen in dank afnemen."

Griselda haalde zijn schouders op. "Jij wou deze baan. Nu hoef je alleen nog maar te bewijzen dat je het ook aankunt."

"Ik kan je één ding beloven, Howard. Als ik ooit zin krijg om op te stappen, dan ben jij de eerste die het hoort."

Howard Griselda pufte onbewogen aan zijn pijp. "Tussen haakjes, sheriff, ik heb vreemde geruchten gehoord over de toestanden in de gevangenis, in verband met een gevangene met de naam Juan Carminez."

"Tja," sprak Joe.

"Jawel. Het lijkt erop dat Carminez even een ommetje is gaan maken om zijn zoontje te bezoeken in het ziekenhuis." Hij keek Joe vragend aan. Joe keek uit over de golfbaan. "Ik heb navraag gedaan bij het ziekenhuis, en blijkbaar kwam het knulletje binnen met een gescheurde appendix en een acute depressie. Iemand met de naam Aguilar had hem lopen pesten met het feit dat zijn vader in de gevangenis zat. Welnu, om een lang verhaal kort te maken, Dokter Berry vertelde me dat het bezoek van Carminez aan het ziekenhuis waarschijnlijk het leven van de jongen gered heeft. Daarna is Carminez op zoek gegaan naar Aguilar en heeft hem in elkaar geslagen." Hij zweeg en keek vragend naar Joe, die kortaf knikte.

"Dat heb ik ook gehoord."

"Dat verhaal is nieuws," zei Griselda. "Ik zou het graag willen publiceren. Want stel nu dat Carminez Aguilar overhoop zou hebben gestoken, net als hij Henry Gutierrez heeft gedaan? Dan zou je in een moeilijke positie verkeren, sheriff."

"Waarschijnlijk wel, Howard."

"Maar het feit is dat ik het verhaal niet kan afdrukken, omdat het publiek geheel voorbij zou gaan aan het feit dat hij nooit losgelaten had mogen worden, omdat iedereen begaan zou zijn met die arme kleine jongen. Dit keer kom je er goed vanaf."

"Ik maakte me ook geen zorgen, Howard. Hoe kom je aan je informatie?"

"Bronnen, sheriff, bronnen."

"Ik weet dat je niets liever wilt dan bewijzen dat ik niet deug, Howard, maar ik ben bang dat het niet mee zal vallen."

"Ik wil helemaal niet bewijzen dat je niet deugt. Ik vind gewoon dat je niet het juiste karakter hebt voor deze baan. San Rodrigo County is geen achterafstadje. Het is een vooruitstrevende, progressieve County in het hart van Californië. We willen up-to-date progressieve wetshandhaving, geen sheriff die zonder nadenken een gevangene loslaat en hem vervolgens vergeet."

"Nou, ik zou wel wat meer hulpsheriffs en een fulltime baliemedewerker kunnen gebruiken. En bovendien word ik jammerlijk onderbetaald: ik heb zo'n beetje het laagste salaris in de staat. Als je een grootse voorstelling wilt, dan heb ik een grootser salaris nodig."

"Dat zul je met de kiezers moeten opnemen."

Joe lachte. "Het probleem is dat we zulke lage misdaadcijfers hebben omdat we zo'n efficiënt sheriffskantoor hebben. Mensen willen geen geld uitgeven om mij op een wit paard te zien in de parade van Onafhankelijkheidsdag, zoals de oude Cooch dat vroeger deed. Waar hij het geld vandaan haalde, wil ik niets eens naar raden."

HOOFDSTUK VII

1

JOE HAD EEN FLINK PESTHUMEUR toen hij naar huis ging om te lunchen. Miranda was bij een vriendin; en nadat zijn moeder diverse keren had geprobeerd een gesprek te beginnen was ze uiteindelijk beledigd naar de huiskamer vertrokken om televisie te kijken. Joe at zijn koude ham en aardappelsalade alleen. Nu had hij twee dingen om zich zorgen over te maken: wie had Ken Mooney vermoord, en wie had Howard Griselda getipt over Juan Carminez?

In het tweede geval kon hij niet zonder meer de schuld op juffrouw Curdy schuiven. Het kon ook zijn dat de Aguilars zo verbijsterd waren over het wonder dat de ene Juan Carminez in de gevangenis zat en dat een identieke Juan Carminez in La Fiesta iemand aanviel, dat zij Howard Griselda hadden ingeseind.

Joe trok een blikje bier open. Vergeet Juan Carminez en de Aguilars! Wie had Ken Mooney vermoord?

Howard Griselda had natuurlijk de hamvraag gesteld: was het doelwit Ken Mooney of de postbode?

Joe ging naar de telefoon en belde Henry Deardorf, het hoofd van het postkantoor. "Met sheriff Joe Bain, mijnheer. Ik vroeg mij af of u nog iets nieuws te melden had met betrekking tot de dood van Mooney."

"Helemaal niets," antwoordde Deardorf op koele toon.

"Ik vroeg me af of er een of ander poststuk aan Madrone Way bezorgd was dat nou ja, onbetamelijk was, of schandaleus."

Deardorf verklaarde dat de post die over het algemeen aan Madrone Way bezorgd werd zo fatsoenlijk was dat het bijna saai was.

"Gebeurt het weleens dat er post is waar mensen zich schuldig over voelen als ze hem krijgen?"

Deardorf antwoordde op overdreven redelijke, geduldige toon: "Maar als ze eerst de postbode vermoorden dan krijgen ze die post niet, dus dat snijdt geen hout."

"Ik dacht meer aan onverwachte brieven — een ansichtkaart van een geheim vriendinnetje, of bijvoorbeeld fanmail van Fidel, dat soort dingen."

"Alles kan," zei Deardorf, "maar als u denkt dat we op het postkantoor warme chocolademelk zitten te drinken en ansichtkaarten lezen, dan hebt u het bij het verkeerde eind."

"Ik bedoelde er niets mee, meneer Deardorf. Ik doe alleen mijn best om deze zaak tot op de bodem uit te zoeken."

"Ik wou dat u dat dan ook deed, en wel zo snel mogelijk. U kunt zich niet voorstellen wat voor vragen wij hier krijgen."

"Ik boek vooruitgang, meneer Deardorf. De eerste stap in ieder onderzoek is het verzamelen van feiten."

Het gesprek liep ten einde. Joe belde het hoofdbureau en kreeg juffrouw Curdy aan de lijn. Alles leek op rolletjes te lopen. Juffrouw Curdy had twee zaken die Joe's aandacht benodigden: "Burt Rank, de voorzitter van het Anti-Muskieten Programma vroeg of u contact met hem zou willen opnemen."

"Ik zal me vanmiddag aan zijn probleem wijden. Verder nog iets?"

"Meneer Griselda belde om vragen te stellen over die toestand met Carminez." De stem van juffrouw Curdy klonk vlak en emotieloos.

"Hm. Ik vraag me af hoe hij erachter gekomen is?"

"Dat heeft hij niet gezegd."

"Ik ga nu een uur of twee naar de familie Mooney. Als er iets gebeurt, laat Ace mij dan bellen."

Joe trok nog een blikje bier open. Hij kon geen touw vastknopen aan de zaak van Mooney. Er moest een reden zijn voor de moord, maar geen van de gebruikelijke motieven leek hier van toepassing. Mevrouw Benjamin had ernaar gehint dat Sally Wagners vrijgevigheid naar Ken toe geen grenzen kende: dat zou kunnen. Maar zou mevrouw Benjamin of mevrouw Wagner om die reden Ken willen vermoorden?

Vergezocht.

Mevrouw Bazzarini mocht Ken ook graag. Ze was van plan geweest om hem iets na te laten in haar testament. Zouden de Hubmans, haar waarschijnlijke erfgenamen, Ken hierom uit de weg willen ruimen?

Onwaarschijnlijk.

Dan had je nog Bill Whipple, Alice Benjamin, Starr Shortridge en Marsh Shortridge die allemaal met Ken op school gezeten hadden. Reed Ken een van hen soms in de wielen?

Moeilijk te geloven.

Maar het feit bleef dat iemand Ken had vermoord, en waarschijnlijk met een hele goede reden. Joe dronk het blikje bier leeg en zette het met een klap op tafel. Meer feiten. Nog meer fysieke inspanning. Eerst maar eens naar de Mooney Ranch aan Oatfarm Road. De twee meisjes, Kens zusjes, wisten misschien meer dan ze hadden laten merken. Misschien dat iemand bij de countryclub iets had gezien. En boven alles wilde Joe Bill Whipple spreken. Hij belde Whipple Chevrolet, maar Bill Whipple was die dag niet aanwezig.

Goed dan, naar Oatfarm Road voor een nieuwe sessie met de Mooneys. En dan was er nog Halfway House. Vijfentwintigduizend leek hem een redelijke prijs. Jammer dat hij niet een paar stapels honderd-dollarbiljetten had om voor Clarence Mooney op de tafel te gooien. En als hij toch in de buurt was, het gedoe rondom 'Luna' en haar muskieten.

2

Joe reed in noordelijke richting over de Aurora snelweg en sloeg rechtsaf Hankinson Road op. Net voorbij de kruising met Oatfarm Road stond het makelaarskantoor dat Joe al eerder had opgemerkt: een schattig klein sprookjeshuisje met een hol dak en ronde ramen. Daarboven hing een bord:

PANDORA MAKELAARDIJ
Huizen • Boerenbedrijven • Bouwkavels
A.U.B. AANBELLEN ALS U IEMAND WILT SPREKEN

Hierachter liep een oprit, met aan weerszijden bloemperken met ridderspoor, die in de richting van een klein wit huisje leidde onder vier gigantische eiken.

Joe draaide de oprit op. Ten oosten van het huis stonden twaalf lage betonnen bakken, twee meter bij zestig centimeter, die in een cirkel waren opgesteld als de spaken van een wiel, elk met een laagje water van een centimeter of vijf. Joe begreep de zorgen van Burt Ranks.

Joe parkeerde onder de eiken, keek links en rechts of er een hond liosliep en stapte toen uit de auto. Het was een aangename plek, met de glooiende heuvels achter het huis en de vallei die zich ver uitstrekte tot hij leek te worden opgeslokt door de zomerse mist.

Hij liep naar de deur die toegang gaf tot een met horrengaas afgezette veranda, en drukte op de bel. In de verte klonk een gerinkel dat iets weg had van een windorgel of een streng glazen belletjes…Weer drukte Joe op de bel, en weer klonken de belletjes. Hij vroeg zich af of 'Luna' thuis was. Er stond een blauwe Dodge stationwagen van een jaar of drie, vier oud aan het eind van de oprit.

Hm, dacht Joe. Hij draaide zich om, reikte opnieuw naar de bel, en merkte toen pas dat Luna al op de veranda stond en hem met grote, glanzende ogen aanstaarde.

Joe, die de deur niet open had horen gaan, sprong achteruit. Luna deed de hordeur open en stapte naar buiten: een vrouw van ongeveer dertig, lang en slank, met lang zwart haar dat bijeengehouden werd door een haarband van gevlochten koperdraad. Ze droeg een lange japon van blauw, gaasachtig materiaal, en Joe haastte zich om zich te verontschuldigen: "Het spijt me, ik wilde u niet wakker maken."

Luna maakte een geruststellend gebaar. "Dit is mijn zomerkleding."

"Het ziet er koel uit," zei Joe. "U bent 'Luna'?"

Luna knikte. "Dat klopt."

"Ik ben sheriff Joe Bain. Meneer Rank vroeg me om langs te komen. Hij heeft het idee dat er een misverstand is over het programma ter voorkoming van muskieten, en hij vroeg mij of ik de zaak aan u kon uitleggen."

"Ja, dat klopt inderdaad. Ik heb geprobeerd hem uit te leggen wat ik hier doe, maar ik weet zeker dat hij verbijsterd vertrok."

"Verbijsterd en ongelukkig," zei Joe. "Hij is van mening dat stilstaand water zoals dit een ideale broedplaats is voor muskieten, die lastig zijn en ook een gevaar voor de volksgezondheid."

Luna glimlachte melancholiek. "Die arme meneer Rank, die denkt de hele dag alleen maar aan muskieten, wat heel vermoeiend moet zijn."

"Ik vermoed van wel. Nou, wat kunnen we doen aan die bakken?"

"Helemaal niets," zei Luna met simpele charme.

Joe liep naar de bakken en keek naar het water. "Kijk! Ziet u die dingen? Wriemelaars!"

Luna boog zich voorover en tuurde naar het water. Ze was slank, maar zeker niet mager, en zag er, zo vond Joe, bijzonder aantrekkelijk uit: heel gracieus en tegelijkertijd opwindend.

" 'Wriemelaars'?"

"Babymuskieten, zogezegd."

Luna keek bedachtzaam omhoog naar de hemel. "Ik vraag me af… Ik kan niet echt goed contact krijgen."

"Hoe kan het ook anders? Als u wilt, dan kan ik u helpen om dat ongedierte te verwijderen."

"Zou u dat willen doen? Hoe dan?"

"Simpel. Ik hou de bakken schuin en laat het water eruit lopen."

Luna maakte zich ernstige zorgen over de precieze configuratie van de bakken, maar Joe wist haar gerust te stellen. Hij slaagde erin elke bak schuin te houden, al het water eruit te laten lopen en de bak daarna weer in precies dezelfde positie terug te zetten.

Luna bestudeerde het vieze, vochtige oppervlak van het cement. "Ik zal ze goed moeten boenen voordat ik ze weer kan vullen."

Joe vroeg voorzichtig of de bakken misschien niet net zo goed zouden werken als ze leeg waren.

Luna lachte en schudde haar hoofd. "Natuurlijk niet."

"Heb je het ooit geprobeerd?" hield Joe vol. "Het zou je nog weleens kunnen verbazen."

"Nee, ik heb het nooit geprobeerd. Ik weet gewoon dat het niet zou werken."

"En je echtgenoot?" vroeg Joe. "Heeft hij het weleens geprobeerd?"

"Die heb ik niet. Niet op Aarde… Maar wat heb je met je hand gedaan?"

"Het is maar een schrammetje. Er stak een spijker uit de laatste bak."

Luna was ontzet en vol medeleven. Ze leek echt een enorm warmhartige vrouw, dacht Joe.

"Kom even binnen. Ik zal proberen je zo goed mogelijk te helpen."

"Het stelt echt niets voor."

Luna hield aan en nam Joe uiteindelijk mee naar binnen, waar ze jodium en een aromatische zalf op zijn wond smeerde.

"Rust nu even uit. Ik zal een pot thee laten trekken."

Joe ging op de bank zitten terwijl Luna de keuken in liep. Hij pakte een tijdschrift, *The Atlantis*, en begon een artikel te lezen over de anti-zwaartekracht-eigenschappen van een materiaal met de naam *zoranium*. Luna kwam weer binnen. Ze duwde een klein theekarretje met daarop de theepot, en weer merkte Joe hoe handig en gracieus ze was, en hoe gemakkelijk ze leek te bewegen.

Luna schonk de thee in, die een scherpe geur verspreidde. Joe nam voorzichtig een slokje, trok zijn hoofd terug en keek met een frons naar het kopje. "Wat is dat in 's hemelsnaam?"

"Thee van diverse gezonde kruiden. En probeer een van deze cakejes. Ik bak ze zelf, met natuurlijke zaden en vezels."

Joe proefde een van de cakejes. "Wat voor zaad zit daarin? Niets waar je van gaat hallucineren, mag ik hopen? Bij nader inzien wil ik het niet weten ook. Ben je bekend met Howard Griselda?"

"Nee. Wie is dat?"

"Een bekende van mij. Hij zou niets liever willen dan mij te kunnen betrappen terwijl ik languit bij iemand op de bank lig en hashcakes eet."

Luna nipte glimlachend van haar thee. "Dat moet een hele vreemde man zijn."

"Mee eens... Mijn hemel, die thee is stevig. Ik heb het gevoel dat ik blij moet zijn dat hij mijn tong uiteindelijk loslaat."

"Ik ken meer dan duizend soorten kruidenthee," zei Luna. "Iedere soort heeft zijn nut." Ze beschreef de samenstelling van verschillende representatieve brouwsels. Joe nam een tweede voorzichtige slok en bedacht dat wanneer Luna een kopje in iedere waterbak zou schenken, er geen sprake meer zou zijn van een muggenprobleem. "Tussen haakjes," vroeg hij, "wat wil je bereiken met die bakken water?"

Luna dacht even na voordat ze antwoord gaf. "Ben je bekend met Transcendentalisme?"

"Ik moet toegeven van niet," zei Joe.

"In dat geval," zei Luna, "is het nogal lastig uit te leggen. En ik weet niet eens zeker of mijn oriëntatie wel goed is."

"Als je DDT in het water doet, of kerosine, of zelfs gewoon bleek-water, dan zou je daarmee iedereen tevredenstellen, en ik denk niet dat de focus daardoor zal verslechteren."

Luna gaf toe dat dit het proberen waard was. "Meneer Rank stelde ook al zoiets voor — maar toen hij het zei klonk het zo absurd. Ik ben heel gevoelig voor de umbra die ieder mens omgeeft. Meneer Rank..." Luna schudde haar hoofd, alsof ze iemand niet zwart wilde maken achter zijn rug.

Joe streek met zijn hand door zijn haar en keek over zijn schouder. "Ik zal je niet naar de mijne vragen. Toen ik hier aankwam voelde ik me behoorlijk duister. De kruidenthee, of wat het ook was, heeft mijn gemoed verlicht. Woon je hier alleen?"

"Ja, ik ben uit Arthemisia hierheen gestuurd op een missie die mij nog niet duidelijk gemaakt is."

"Arthemisia?" Joe dacht na. "Waar ligt dat?"

"Arthemisia is een verre planeet," sprak Luna. "Ik praat er zelden over. De meeste mensen vinden het eng; als ze mij niet begrijpen wor-den ze soms vijandig."

"Dit is wel een heel afgelegen plek voor een mooie vrouw alleen," zei Joe. "Vandaag de dag lopen er allerlei soorten mensen vrij rond. Kijk maar naar ons."

"Ik ben niet bang."

"Ik wou dat ik hetzelfde kon zeggen." Joe stond op en liep naar een gecompliceerd uitziend luit-achtig instrument. Hij raakte de snaren aan en er klonk een geluid als een zingende zaag, maar dan een stuk lieflijker. "Ben je muzikant?"

"Niet echt. Ik zing soms weleens liedjes van mijn thuisplaneet."

"Ik zou er waarschijnlijk niet veel van snappen," zei Joe, "maar toch zou ik je graag eens horen zingen."

Luna was duidelijk gevleid door Joe's interesse. "Dan moet ik eerst wat oefenen, want anders klink ik als een idioot."

"Binnenkort," zei Joe. "Maar nu moet ik verder. Vergeet niet om iets aan die muskieten te doen, zodat ik niet nog meer klachten van Rank hoef aan te horen."

"Kerosine, DDT, of bleekwater. Ik zal het proberen te onthouden."

3

De Mooney Ranch leek op het eerste gezicht verlaten. Het zonlicht weerkaatste van de composiet-singels van het huis; de windmolen kraakte; Clarence Mooney's oude Chevrolet was nergens te bekennen.

Joe stapte de auto uit, de zinderende middagzon in. Een schaduw bewoog achter een van de ramen. Een ogenblik later ging de deur open en het oudste van de twee meisjes keek naar buiten.

"Hallo," zei Joe. "Waar is je vader?"

"Hij is de stad in."

"Is je moeder thuis?"

"Nee. Ze zijn de begrafenis aan het regelen. Stella en ik zijn alleen thuis."

"Wel, eigenlijk wilde ik jou en je zus spreken."

"Ik ga haar wel even halen — tenzij u liever binnenkomt. We zijn de vloer aan het dweilen."

"In dat geval kunnen we beter buiten praten."

Het tweede meisje verscheen; ze gingen samen op de trap zitten en sloegen hun katoenen rokken strak om hun knokige knieën. "Ik geloof niet dat ik jullie namen ken," zei Joe. "Ik ben sheriff Bain; maar dat wisten jullie waarschijnlijk al."

"Dit is Stella. Ik heet Ennis."

"Welnu, meisjes," zei Joe, "zoals jullie weten wil ik erachter zien te komen wie Ken vermoord heeft. Hebben jullie enig idee?" Hij keek van het ene magere gezicht naar het andere.

Ennis en Stella dachten zo hard na dat ze er bijna scheel van zagen, maar schudden toen hun hoofd.

"Sprak Ken weleens over zijn vriendinnetjes?"

"Heel af en toe," zei Ennis.

"Met wie ging hij?"

"Niemand in het bijzonder. Een meisje dat Helen heet, zo af en toe. En er was nog een meisje dat hij kende in Panoche."

"Ging hij weleens uit met Alice Benjamin?"

"Niet vaak," zei Stella.

Ennis fronste en keek haar zus van opzij aan.

"Wanneer was de laatste keer?" vroeg Joe.

Ennis zei op laatdunkende toon: "Hij zag haar bijna nooit. Ik geloof niet dat ze ooit echt samen uit geweest zijn."

Stella, jonger en levendiger dan haar zusje, zei: "Vroeger zei hij vaak tegen ons dat we veel melk moesten drinken en ijs moesten eten, zodat we als we groot waren net zo mooi zouden zijn als Alice."

"Had Ken het vaak over Bill Whipple?"

"Nee, niet zo vaak. Papa mag hem niet zo. Hij heeft hem afgezet toen we onze nieuwe auto kochten."

"O ja? Hoe dan?"

"Bill wilde papa niet betalen wat onze oude auto waard was," verklaarde Stella. "En de nieuwe auto gebruikte heel veel benzine en olie. En hij had nieuwe bougies nodig en dat soort dingen."

"Ik heb zo'n idee dat dat vaker gebeurt," zei Joe. "Kennen jullie ouders nog andere mensen aan Madrone Way?"

"Mama heeft op school gezeten met mevrouw Shortridge," zei Stella. "In Coyote. Het was zo'n heel klein schooltje met maar twee lokalen, en het heette Iron House School. Dat was toen mama nog een klein meisje was. Mevrouw Shortridge is later naar Palo Alto verhuisd."

Ennis wees met haar vinger. "Mama en papa komen eraan."

De grijze Chevrolet kwam ronkend de oprit op, rolde uit en kwam tot stilstand. Clarence Mooney, gekleed in een roodbruin pak, deed de autodeur open en wierp een lange, fronsende blik op Joe en de beide meisjes. Hij draaide zich om, mompelde iets tegen zijn vrouw en hees zichzelf toen uit de auto.

Joe stond op en deed een paar passen naar voren. "Ik was toevallig in de buurt, dus ik dacht dat ik maar eens moest komen kijken of u inmiddels nieuwe ideeën had over Ken."

"Ja, die heb ik," zei Clarence Mooney. "Ik denk dat het een vergissing was! Ik denk dat degene die Ken heeft vermoord de verkeerde te pakken had!"

"Dat is een idee," gaf Joe toe. "Voor zover ik kan zien zijn er drie mogelijkheden die hem zelf betreffen. Het kan iets te maken hebben met Alice Benjamin, met Bill Whipple of met mevrouw Bazzarini."

Clarence Mooney bromde op zure toon: "Ik ken mevrouw Bazzarini en die andere niet, maar ik ken Bill Whipple. Ik zie die knul voor alles aan. Het is een egoïstische jonge kerel, sheriff. Hij behandelde Ken alsof hij een druiloor was — en mij trouwens ook. Zei tegen me dat hij Halfway House van mij zou kopen als ik bereid was om op mijn geld te wachten. Kunt u zich dat voorstellen?"

"Dat is behoorlijk brutaal. Hoeveel bood hij?"

"Niet genoeg. En hij had een slechte invloed op Ken, als u het mij vraagt — stopte Kens hoofd vol met allerlei verkeerde ideeën."

"Zoals wat?"

"Nou, die gemakzuchtige houding ten opzichte van het leven. Gemakkelijk geld verdienen, makkelijke meisjes. De boel bedonderen in plaats van te werken. Een man het vel over de oren trekken in plaats van eerlijk handelen en de volle prijs betalen. Let wel, ik wil niet zeggen dat Ken dat soort dingen ook deed; dat deed hij niet, want zo hebben we hem niet opgevoed. Maar misschien begon Ken toch wat te twijfelen. Je kon zien dat hij zich dingen begon af te vragen en het kan zijn dat hij zijn geld wat meer over de balk smeet dan hij normaal gesproken gedaan zou hebben."

"Kon Ken goed opschieten met de mensen met wie hij werkte?"

"Daar liet hij zich niet echt over uit."

Mevrouw Mooney onderbrak hem en zei timide: "Weet je nog dat Ken ooit zei dat hij meneer Deardorf niet echt mocht?"

"Dat stelde niet veel voor," bromde Clarence Mooney. "Het is niet de moeite van het vermelden waard. Op een dag betrapte Deardorf Ken erop dat hij tijdschriften uit de post zat te lezen terwijl hij zijn lunch at, en hij las hem de les. Ken vond dat niet zo prettig."

"Ik geef hem geen ongelijk," verklaarde mevrouw Mooney. "Wie deed hij daar nou kwaad mee?"

"Het is geen zaak van goed of kwaad," zei Clarence Mooney. "Regels zijn regels. Als je één regel overtreedt, dan volgt er een tweede."

"Daar zit wat in," vond Joe. "Tussen haakjes, ik vertelde mijn moeder toevallig dat Halfway House te koop stond. Ze zou eventueel interesse hebben, voor de juiste prijs. Ik weet wel dat ze niet in de buurt kan komen van veertigduizend dollar."

Clarence Mooney hoorde hem met een zuinig glimlachje aan. Joe zag wel dat hij een echte pro tegenover zich had.

"Ik ben graag vrijgevig," sprak Mooney op spijtige toon. "Als ik een paar miljoen had, dan zou ik geld weggeven. Maar de tijden zijn slecht. Ik heb wat interesse van iemand voor de prijs van vijfenveertigduizend, en ik denk erover om daarop in te gaan. Met veertigduizend maak ik verlies. Als ik daar al iets vanaf zou kunnen doen, dan is het niet veel."

"Het gebouw staat op instorten," zei Joe. "Alles moet vervangen worden, van de waterleiding tot aan het beddengoed. Ik heb mijn moeder daar al op gewezen, maar ze is een sentimentele oude dame; ze herinnert zich nog hoe het er veertig jaar geleden uitzag."

"Veertig jaar geleden was Halfway House beroemd," verklaarde Clarence Mooney. "Van noord tot zuid."

"Inderdaad. Maar nu is het onbekend. En dat alles heb ik mijn moeder ook verteld, maar zij vond dat ik meneer Mooney toch een bod moest doen."

"Een bod, zegt u? Ik luister. Ik kan altijd nog weigeren. Hoeveel?"

"Vierentwintigduizendzevenhonderd. En dat is alles wat ze heeft, haar levensverzekering, haar spaargeld, alles."

"Als ze vierentwintigduizend heeft, dan is dat geen probleem. Ze kan de resterende vijftien, ik bedoel zestien, probleemloos lenen. Ze zou zich er een plezier mee doen. Een grote hotelmagnaat uit San Francisco zou er zo veertigduizend voor neertellen. Ik zei: 'Ik heb liever dat het in plaatselijke handen blijft.'"

"Ik denk niet dat ze zo ver zou willen gaan. Het is een interessante oude ruïne, maar veertigduizend is een heleboel geld."

Clarence Mooney keek Joe van opzij aan, met een mengeling van koppigheid en sluwheid. "Vandaag de dag krijg je niets voor niets. Waarom leent ú haar het geld niet? Een sheriff verdient aardig."

"Zo goed nu ook weer niet," zei Joe. "Ik denk dat we het hele idee maar moeten laten varen... Er is nog iets anders dat ik u wilde vragen over Ken: kent u de meisjes met wie hij zoal omging?"

"Nee. Dat is een onderwerp waarover hij zo gesloten was als een oester."

"En vrienden, behalve dan Bill Whipple?"

"Nou, laat eens zien. Je had Wilson Henderson, Gary Snook, Pete Ravazza, en waarschijnlijk nog een paar. Als u eens met die knapen praat, dan weten zij wel wie u verder nog moet hebben."

Joe schreef de namen en adressen op en nam afscheid.

4

Terug op kantoor maakte Joe een paar aantekeningen.

Golfbaan.
Verhouding met collega's.
Vrienden en vriendinnetjes.
Bankrekening.

Rex Kelly kwam binnen en deed verslag van de activiteiten van die dag. "Ten eerste de hamers. Ik heb alle exemplaren meegenomen die ik kon vinden, en zelfs een paar bijlen. Geen daarvan testte positief voor bloed."

Joe bromde neerslachtig. "De kans was nooit erg groot. Breng ze allemaal maar weer terug."

"Prima. Ik heb ook een lijst gemaakt van alle abonnees van *Life* op de route van Ken, of liever gezegd, alle adressen die deze week het tijdschrift ontvangen hebben. Ik zal deze week met volgende week vergelijken, en misschien dat daar dan iets uitkomt."

Joe bromde. "Misschien, misschien ook niet. Ik heb alle abonnees aan Madrone Way bezocht, en iedereen heeft zijn of haar tijdschrift ontvangen." Hij fronste. Ergens in zijn achterhoofd rinkelde een belletje. Ergens halverwege was hem half iets opgevallen. Maar wat was het geweest? Er was die dag zo veel gebeurd dat hij moeite had om alles op een rijtje te houden.

Hij keek fronsend naar zijn lijstje. "Hier is wat ik wil dat je morgen doet. Ga bij de golfbaan langs en kijk wie er dinsdagochtend heeft gespeeld. Zorg dat je de namen krijgt, en ondervraag ze. Ten tweede: ga naar het postkantoor, praat met de collega's van Ken. Ten derde: ga naar de bank, controleer Kens bankrekening en zijn maandafrekeningen. Dat is denk ik genoeg om je even bezig te houden."

"Het grootste deel van de ochtend, zou ik zo zeggen."

Joe leunde achterover in zijn stoel. "Ik geloof dat je het laatste nieuws nog niet gehoord hebt: mevrouw Bazzarini beweert dat het niet Ken was die de post bij de Mortimers afleverde. Ze kan zich vergissen, maar ze denkt dat het een ander was."

Rex Kelly's mond viel open. "Hoe kan dat dan? Een plaatsvervanger misschien?"

"Nee. Volgens de Taylor jongens is Ken Madrone Way ingereden en er nooit meer uitgekomen. Marsh Shortridge heeft Ken gesproken. Daarna is er niemand die toegeeft Ken gesproken te hebben. Iedereen zegt dat de post gewoon in de bus gegooid is. Mevrouw Benjamin heeft haar aangetekende brief niet gekregen, mevrouw Bazzarini heeft helemaal geen post gekregen. Wat betekent dit?"

"Dat betekent," zei Rex Kelly, "dat iemand Ken de hersens heeft ingeslagen en toen de rest van zijn post heeft bezorgd."

"Dat is precies wat ik ook dacht."

"Dat lijkt mij een risico. Een groot risico."

"Niet als de moordenaar Kens uniform heeft aangetrokken," zei Joe.

De twee mannen dachten zwijgend na.

Toen zei Joe: "De moordenaar moest wel doorgaan met het rondbrengen van de post: anders zou het al te duidelijk zijn dat Ken vermoord moest zijn bij laatste huis dat de post had ontvangen."

"Als we daarvan uitgaan," zei Rex Kelly, "dan moet de moordenaar in het uniform gepast hebben — in ieder geval tot op zekere hoogte. Ken was van gemiddelde lengte, met brede schouders maar verder vrij slank. Dus dan kunnen we Caspar Hubman meteen uitschakelen. Hij zou zijn buik nooit in de broek van Ken hebben kunnen hijsen. En mevrouw Benjamin, die overduidelijk hoogzwanger is, valt dan ook af."

Joe maakte een lijstje met namen:

Sam Shortridge
Miriam Shortridge
Marsh Shortridge
Starr Shortridge
Tom Taylor
Ethel Taylor
Grace Benjamin
Sally Wagner
Fred Whipple
Sheila Whipple

Bill Whipple
Caspar Hubman
Laura Hubman
Mevrouw Cream
Mevrouw Bazzarini
Barbara Locke

"Dit zijn de volwassen bewoners van Madrone Way. De twee oudere Shortridges hebben een alibi, evenals Tom Taylor en Fred Whipple. Mevrouw Taylor zou nooit een bestelbus kunnen verbergen zonder dat haar kinderen het zagen; Caspar Hubman is te dik, mevrouw Benjamin te zwanger. Mevrouw Cream is behoorlijk gezet en niet bepaald lelie-blank, dus haar kunnen we ook buiten beschouwing laten. Mevrouw Bazzarini en juffrouw Locke zijn elkaars alibi. Ik kan me niet voorstellen dat een van beiden Ken met een hamer achterna gezeten heeft om hem op zijn hoofd te slaan." Joe streepte deze namen weg en maakte een nieuw lijstje:

Marsh Shortridge
Starr Shortridge
Sally Wagner
Bill Whipple
Laura Hubman

Hij bekeek de vijf namen geruime tijd. "Al deze personen zouden het gedaan kunnen hebben. Ze zouden ook allemaal in het uniform van Ken passen zonder dat het er al te grotesk uit zou zien. Sally Wagner zou er enige moeite mee hebben. En het achterwerk van Laura Hubman is ook vrij weelderig."

"Het lijkt zo roekeloos!" riep Rex Kelly uit. "Iedereen kent elkaar; één blik de verkeerde kant op en: 'Hé, hallo mevrouw Wagner, wat doet u in vredesnaam in dat uniform?' "

"Degene die de postbode vermoord heeft moest de verdere post bezorgen," zei Joe. "Anders is hij of zij erbij. En wie kijkt er nou naar de postbode? Hij is onderdeel van het straatbeeld, net als bijvoor-beeld de brandkraan. Het grootste risico was het huis van mevrouw

Bazzarini — en zij is de enige die haar post niet gekregen heeft. En mevrouw Benjamin heeft haar aangetekende brief ook niet gekregen."

Rex Kelly knikte weifelend. "Als dat zo is, dan zou de plaats delict ergens voor het huis van mevrouw Benjamin moeten zijn — bij de familie Shortridge, of de familie Taylor."

"Dat is waar. Maar mijn kandidaat is Bill Whipple." Hij stond op. "Ik zou graag willen dat je voordat je naar huis gaat nog even langs het mortuarium gaat om te zien of er iets bijzonders te zien is aan het uniform van Ken, zoals haren of vreemd gekleurde lippenstift of zoiets."

"Prima, sheriff."

5

Joe reed naar Madrone Way en parkeerde zijn auto voor het huis van de familie Whipple. Hij liep naar de deur en belde aan. Er werd niet opengedaan.

Joe liep terug naar zijn auto en bleef even staan. Hij keek Madrone Way af, links, rechts en in de richting van Spanish Hill. Hij bekeek de bewegingen van een groepje van vier late spelers op de golfbaan en vroeg zich af hoelang het nog zou duren voor zijn moeder en Miranda erop stonden dat ze lid werden van de countryclub... Als zijn moeder zou beloven dat ze dan zou leren golfen, dan zou het bijna het geld waard zijn.

Sally Wagner, gekleed in een rode pantalon en een zwarte trui, kwam haar huis uit; blijkbaar om haar tuinsproeiers aan te zetten. Ze maakte een lichte schrikbeweging toen ze Joe opmerkte. "Sheriff Joe Bain! Waarom staat u daar zo stilletjes, met zo'n sinistere uitstraling?"

"U hebt me op heterdaad betrapt op nadenken, mevrouw Wagner."

Mevrouw Wagner boog zich voorover om iets met de kraan te doen, en in gedachten hield Joe de broek van Ken op tegen het enorme rode zitvlak. Hij floot toonloos tussen zijn tanden door en schudde sceptisch zijn hoofd. Sally Wagner kwam naar het trottoir. "Zijn er al nieuwe ontwikkelingen in de moordzaak?"

"We zijn nog altijd bezig met het verzamelen van feiten. Ik probeer Bill Whipple te pakken te krijgen, die blijkbaar een van Kens vrienden was."

Sally Wagner tuitte haar lippen. "Volgens mij is die vriendschap nogal bekoeld — waarschijnlijk omdat ze zo'n verschillende opleiding hebben en dat soort zaken. Naar mijn mening is Bill een bijzonder arrogante jongeman. Tussen haakjes, u zult hem vandaag niet aantreffen. Sheila Whipple vertelde me dat ze met z'n allen naar San Jose zouden gaan vanavond."

"Dan moet het maar tot morgen wachten," zei Joe. "Maar even terug naar Ken. U heeft hem die dag helemaal niet gezien? Ook niet in het voorbijgaan?"

"Nee, helemaal niet. Meestal kwam hij luidruchtig het trapje op, fluitend of zingend; hij was een heel vrolijke knaap. Maar dinsdag — geen geluid. Misschien dat hij ergens over liep te peinzen. Een voorgevoel?"

"Hij was in een opperbeste stemming toen de Taylor jongens hem spraken. Dat was vlak voordat hij bij de familie Shortridge was."

Sally Wagner hapte onmiddellijk. "Misschien heeft hij iets verontrustends opgevangen bij de familie Shortridge. Het zijn aparte mensen, die jongelui daar. Sam en Miriam zijn typische kleinsteedse aristocraten, daar bestaat geen twijfel over, maar hun kinderen zijn absoluut feodaal ingesteld. Marsh kijkt op bijna iedereen neer. Ik weet wel zeker dat hij mentaal niet helemaal normaal is. Hij doet me denken aan die jonge Duitse legeraanvoerders in oorlogsfilms — koudbloedig en formeel. U kent het type wel. Starr is heel anders, maar ze is de hoogmoed zelve. Het zijn allebei pure snobs. Het is nauwelijks nog beleefd te noemen zo koel als ze mij allebei behandelen... Arme kleine Alice Benjamin, om in zo'n familie te trouwen! Het is een zonde!"

"Hoe bedoelt u?"

"Ik zou dit niet moeten zeggen, omdat ik niets kan bewijzen, maar als je het mij vraagt heeft Grace Benjamin Alice enorm gepusht. Grace is een ambitieuze vrouw, ondanks al haar godvruchtigheid. U weet dat ze een fervent Iers katholiek is, en dat houdt dus in dat ze geen voorbehoedmiddelen gebruikt. Ik denk dat ze zich misschien een beetje opgelaten voelt, en dat is misschien ook logisch, maar —" Sally Wagner beschreef haar ruzie met Grace Benjamin in geuren en kleuren. "Daarna is het nooit meer goed gekomen."

"Soms gaan de dingen zo," zei Joe. "Wat is meneer Benjamin voor een man?"

"Hij is een lieverd!" verklaarde Sally Wagner. "Misschien een beetje te gemakkelijk. Alice heeft de aard van haar vader, en ik ben bang dat ze allebei bij Grace onder de plak zitten." Ze draaide zich om en keek een passerende auto na. "Bezoek voor de familie Hubman. Ik weet dat ik een vreselijke roddeltante ben, maar ik vind mensen zo interessant, en ik kan het niet laten om over ze te praten. Maar waarom komt u niet binnen voor een glaasje sherry? Het is er de tijd voor."

Joe keek naar de zon, die de boomtoppen raakte, en keek toen op zijn horloge. "Nee, dank u, ik kan maar beter naar huis gaan."

"Een andere keer misschien."

6

Tijdens het eten stelde Miranda een systeem voor de inrichting van de kamers in Halfway House voor: "Ze zouden allemaal een andere kleur kunnen hebben. Een Rode kamer, een Groene Kamer, een Blauwe Kamer — en alles in die kamers zou dan rood, groen of blauw moeten zijn."

Marian Bain fronste. "Wie zou er dan in de Paarse Kamer willen slapen? Of de Zwarte Kamer? Vergeet niet dat er tien kamers zijn."

Joe zei op zure toon: "Vergeet het maar, dames. Misschien is Halfway House achteraf gezien toch niet zo'n goed idee."

Miranda keek hem teleurgesteld aan. "O pap!"

Joe's moeder riep uit: "Wat? Eerst sleep je ons erheen, maakt ons helemaal enthousiast, en nu beslis je ijskoud dat het niet zo'n goed idee is?"

Joe keek met open mond van zijn dochter naar zijn moeder. "Nou — in de eerste plaats vraagt Clarence Mooney een onmogelijk bedrag."

"Wat is 'onmogelijk'?"

"Zijn oorspronkelijke bedrag — veertigduizend."

"Dat lijkt me inderdaad niet haalbaar," gaf Marian Bain met tegenzin toe. "Denk je dat het zo veel waard is?"

"Misschien, misschien ook niet. Ik heb de moed nog niet opgegeven. Maar op dit moment ben ik volledig in beslag genomen door deze moord, en kan ik nergens anders aan denken."

"Weet je al wie het gedaan heeft, pap?"

"Tja. Het was iemand die aan Madrone Way woont. En verder kom ik niet. Ik heb iedere vraag gesteld die ik maar kon bedenken, maar natuurlijk is de schuldige heel voorzichtig... Nou ja, komt tijd, komt raad."

HOOFDSTUK VIII

VRIJDAGOCHTEND BEGON SLECHT. Er lag een bijzonder grote stapel routineklussen, en juffrouw Curdy leek nog onnozeler dan normaal.

Om tien uur belde wachtmeester William White uit Vogelburg om assistentie te vragen. Drie kilometer ten zuiden van Vogelburg lag de melkveehouderij van Dedrick en daar was die ochtend tijdens het melken een Zwitserse boerenknecht ontspoord. Hij had een bijl gepakt en daarmee negen Jerseys en zes Holsteins de schedel ingeslagen, en had vervolgens mevrouw Dedrick de weg afgejaagd. Hierna was hij teruggegaan naar de slaapbarak, had een .22 geweer gepakt en was bovenop een silo geklommen waar hij nu op wacht stond en schoot op alles en iedereen.

Joe riep zijn hulpsheriffs Ben Boso en Fay Insley, en samen reden ze naar de boerderij van Dedrick. De weg stond vol geparkeerde auto's en er stonden zeker honderd mensen van alle leeftijden en geslachten toe te kijken.

Joe gaf wachtmeester White de opdracht om de weg af te zetten en het verkeer om te leiden en overdacht het probleem. Hoe kon hij die maniak van de silo af krijgen zonder bloedvergieten?

Joe pakte een megafoon en riep omhoog naar de man, die vanuit zijn standplaats niet te zien was, dat hij zijn geweer naar beneden moest gooien en zelf ook naar beneden moest komen. Het antwoord was het harde *krakkk* van een schot waarmee de maniak probeerde de bron van de herrie neer te maaien.

Joe trok zich terug en keek nijdig in de richting van de silo. De stiekeme glimlachjes op de gezichten van een groot aantal toeschouwers ergerden Joe, evenals de diverse suggesties die geroepen werden: "Bel voor een helikopter, blaas hem er gewoon af!" "Gebruik traangas!" "Spoel hem eraf met een brandslang!"

Joe hield zich in. Als hij nu bevelen en waarschuwingen begon te brullen, dan zou dat hem stemmen kosten. Als hij de zaak niet kon oplossen, dan zou dat hem ook stemmen kosten. Wat zou ouwe Cooch in dit geval gedaan hebben? Ouwe Cooch was zelf nooit hierheen gekomen, dacht Joe somber. Hij zou zijn hulpsheriff Joe Bain gestuurd hebben.

Een man in een bruin pak met een strohoed met brede rand kwam naar voor. "Ik ben Les Druper, *Messenger*-correspondent voor Vogelburg. Wat is uw mening over deze toestand, sheriff?"

"Ik denk dat het een hele lastige situatie is, vooral voor die kerel bovenop de silo."

"Wat bent u van plan te doen?"

Joe dacht even na. "Welnu, ik zou naar boven kunnen klimmen. Dan zou hij me doodschieten en daarna naar beneden springen, en dan zijn er twee dode gekken. Ik ben van plan psychologie te gebruiken om hem naar beneden te lokken."

"En hoe gaat dat in zijn werk?"

"Wacht maar af." Joe gebaarde naar hulpsheriffs Boso en Insley. "Ik wil iedereen hier weg hebben. Zorg dat al deze mensen hun auto instappen en naar huis gaan. Ik wil absoluut niemand op de weg zien."

Dat bevel was gemakkelijker gegeven dan opgevolgd, maar een halfuur later was de weg dan toch verlaten. De toeschouwers waren vertrokken, evenals William Dedrick, zijn vrouw, Les Druper, wachtmeester William White, hulpsheriffs Boso en Insley en Joe zelf.

De boerderij en het land eromheen waren verlaten. De silo stond in de brandende zon. De maniak raakte verward. Hij keek om zich heen. Niemand te zien. Hij hief zijn hoofd op en luisterde. Geen enkel geluid behalve de bries in de eucalyptusbomen. Hij schoot twee kippen dood. Het leek niemand iets te kunnen schelen.

Het was heet bovenop de silo. Na een halfuur was hij het spuugzat en klom de ladder af. Hij keek onzeker om zich heen. De boerderij had nog nooit zo stil en verlaten geleken — behalve op zondagochtend, als meneer en mevrouw Dedrick naar de kerk waren, in Vogelburg. Zondagochtend? Was het misschien zondagochtend? Wat deed hij hier buiten in de brandende zon? De maniak ging de slaapbarak binnen.

Joe had hem vanuit een nabijgelegen schuur door een verrekijker gadegeslagen. Boso en Insley hadden een wijde omtrekkende beweging gemaakt en bevonden zich nu achterin een alfalfaveld, liggend in een greppel. Joe nam contact met hen op via zijn walkietalkie. Uit het zicht, achter het woonhuis van Dedrick, renden ze naar voren om ieder op een hoek van het pand post te vatten.

Nu kwam Joe de schuur uit. Hij sloop de weg over tot hij bij de slaapbarak was en gooide een gasgranaat door het raam. De maniak rende naar buiten en werd onmiddellijk door Boso en Insley overmeesterd.

Wachtmeester White verwijderde de wegafzetting; de omwonenden kwamen terug om zich te vergapen aan de silo en hun medeleven te betuigen aan de Dedricks vanwege hun dode koeien.

Boso en Insley namen de gevangene mee naar Pleasant Grove. Joe liep naar zijn auto en nam via de radio contact op met het hoofdbureau. Ace Wardell had niets belangrijks te melden. Er was geen doorbraak in de zaak Mooney. Rex Kelly had een memo achtergelaten waarin hij verslag deed van het feit dat hij Bill Whipple ondervraagd had en niets bijzonders te weten gekomen was; en verder had hij geen nieuwe aanwijzingen gekregen uit het onderzoek van het uniform van Ken Mooney.

Joe reed terug naar Pleasant Grove, en besloot toen dat hij, nu hij toch al in de buurt was, net zo goed eerst langs de Mooney Ranch kon rijden. Wie weet hadden de Mooneys zich tijdens hun onderlinge gesprekken toch nog iets belangrijks herinnerd. En wellicht had Clarence Mooney de prijs van Halfway House opnieuw berekend.

Joe reed naar het zuidwesten, richting Coyote, en nam toen de weg door de heuvels naar Oatfarm Road, waar hij weldra de oprit van de Mooneys opreed.

Er was niemand thuis. Het huis stond te bakken in de middagzon. In de voortuin stonden een paar zielige riddersporen te verwelken. De windmolen kraakte en kreunde als een verloren ziel.

Joe bleef even naar het huis staan kijken en vroeg zich af hoe iemand in een dergelijke dorre en doodse omgeving kon blijven wonen terwijl daar geen enkele noodzaak toe was... Somber en gedeprimeerd reed hij in zuidelijke richting naar Hankinson Road. Hij hield even in bij het bord PANDORA MAKELAARDIJ en keek naar het huis. Hij zag echter alleen de schittering van de gedachtenvangende tanks. De auto was

JACK VANCE

weg; blijkbaar was er niemand thuis. Joe voelde zich nog somberder worden. "Ik had zelfs wel een slok van die thee kunnen gebruiken."

Drie kilometer verderop zag hij een stilstaande auto met een vrouw die worstelde om een lekke band te vervangen. Joe stopte aan de kant van de weg; hier was een stem te winnen, en misschien zelfs die van haar echtgenoot. Het kon nooit kwaad je als een heer te gedragen.

De vrouw stond op; Joe zag dat het Luna van de planeet Arthemisia was. Vandaag droeg ze Aardse kleding: een simpele bruin met witte katoenen jurk, en weer merkte Joe onwillekeurig op hoezeer haar hele voorkomen overeenkwam met het Aardse idee van schoonheid. Joe voelde zich ineens een stuk opgewekter. Hij sprong uit de auto; Luna wreef dankbaar over haar voorhoofd, een aantrekkelijke smerige veeg achterlatend. "Ik ben zo blij om u te zien, sheriff! Ik kan die lekke dingen niet uitstaan."

"Ik ben blij dat ik toevallig langskwam," zei Joe. "Als je even opzij wil gaan en mijn handigheid bewonderen…"

Joe krikte de auto op en verwijderde de band, om tot de ontdekking te komen dat de reserveband ook leeg was.

Luna was verbijsterd. "Ik heb geen idee waar al die lucht naartoe gegaan is. Hij was vol toen ik de auto kocht."

"Dan zit er maar één ding op," zei Joe. "We zullen de banden meenemen naar de stad en ze laten oppompen. Dat kan echter wel even tijd kosten. Had je haast om ergens te komen?"

"Nou, nee. Ik ging boodschappen doen."

Joe legde de banden achterin zijn auto, hielp Luna om voor in te stappen, en reed verder over Hankinson Road.

Bij de kruising met de snelweg ging Joe naar het noorden, richting Aurora, waar hij weinig mensen kende. Net buiten de stad stopte hij bij een garagebedrijf en liet de banden achter om gerepareerd te worden.

"Het kan behoorlijk druk zijn deze tijd van de dag," zei Joe tegen Luna. "Je zult even moeten wachten… Het is nog te vroeg om te gaan eten; laten we even iets drinken."

Luna maakte geen bezwaar, en Joe reed naar de Black Bull, het beste restaurant van Aurora. Voordat hij uitstapte nam hij contact op met het hoofdbureau. "Dit is sheriff Bain. Is er nog iets bijzonders?"

"Het is vrij rustig," antwoordde Ace Wardell.

"Mooi. Ik zou je willen vragen om naar mijn huis te bellen en te zeggen dat ik helaas verhinderd ben, en dat ze niet op mij hoeven te wachten met het eten."

"Prima, sheriff, ik zal het doen."

"Als er iets is, dan ben ik in de Black Bull in Aurora."

Joe begeleidde Luna naar een zitje in de bar van het restaurant, bestelde voor haar een frozen daiquiri en voor hemzelf een highball. "Daar zitten we dan," zei Joe. "Ik kan vervelender dingen bedenken om te doen."

"Ja," zei Luna, op een toon die om de een of andere reden plotseling gereserveerd klonk. "Dit is een leuke gelegenheid. Hoe lang gaat het duren voor die banden gerepareerd zijn?"

Joe trok zijn wenkbrauwen op en vroeg zich af wat hij had gedaan dat haar ineens zo leek te ergeren. "Hemeltjelief, ik heb geen idee. Een paar uur, neem ik aan. Hier, pak je drankje. Lukt het een beetje met de gedachtenvangende bakken?"

"Niet al te best. Ergens is er iets dat een valse vibratie veroorzaakt. Ik ben bang dat het hele systeem niet zo praktisch is."

"Je weet het niet totdat je het probeert," zei Joe. "Ik zou in mijn werk ook wel iets kunnen gebruiken waarmee ik gedachten kan lezen... Maar misschien is het beter van niet. De gevangenis zit nu al overvol."

"De Aarde is een chaotische wereld," zei Luna.

"Hij heeft ook zo z'n goede kanten," zei Joe, "maar je moet een flexibele persoonlijkheid hebben om er je voordeel mee te kunnen doen. Als ik ooit rijk zou worden, dan is dat per ongeluk. En ik neem aan dat je als makelaar ook niet al te veel verdient."

Luna schudde haar hoofd en glimlachte om Joe's naïviteit. "Ik heb me daar nooit druk over hoeven te maken. Ik heb een heleboel rijkdom gekregen van iemand in Texas die ik heb geholpen."

De conversatie kabbelde voort. Luna warmde geleidelijk aan weer wat op, en na haar tweede daiquiri zat ze voorovergeleund, haar grote donkere ogen vol aandacht en enthousiasme. Joe sprak over de zaak Mooney: "Ik vind het niet erg om voor raadsels te staan als ik een eerlijke kans heb om de oplossing te vinden. In deze miserabele zaak kan ik geen kant op. Niemand weet iets; iedereen insinueert dat zijn buurman een kinkel is, maar verder durft niemand te gaan."

Luna tuurde bedachtzaam naar de bodem van haar glas en Joe gebaarde de bediening dat hij een derde ronde wilde bestellen. "Het gebruik van een hamer wijst op een plotseling opgekomen woede," zei Luna. "Woede of paniek. Een misdaad zonder voorbedachten rade. De hamer moet in de buurt gelegen hebben. Was een van je verdachten iets aan het bouwen?"

Joe krabde aan zijn neus. "Daar heb ik niet aan gedacht…Het is een goed punt. Ik zou je moeten aanstellen als buitengewoon detective."

Luna schudde haar hoofd. "Ik zou niet weten hoe ik moest omgaan met haat en hebzucht."

"Beide zijn lastig te vermijden," zei Joe. "Hoe is het je ooit gelukt om een auto aan te schaffen?"

Luna haalde haar schouders op. "Er zijn een heleboel manieren. Ik gebruik een kleine kristallen bol aan een zilveren ketting die ik heen en weer slinger."

"O? En helpt dat?"

"Als het niet helpt, dan ga ik naar een andere autodealer."

Joe nam een slok van zijn highball. "Om terug te komen op Ken Mooney, er is iets anders dat vanuit de mist opdoemt. Ik heb mezelf afgevraagd: werd Ken vermoord omdat hij de postbode was, of omdat hij Ken was? In andere woorden: had het motief te maken met zijn werk of met zijn privéleven? Zoals jij zojuist ook al zei, wijst de hamer erop dat er geen sprake was van voorbedachtheid, en dat zou erop duiden dat het de postbode was die uit de weg geruimd werd. Als Ken vermoord werd om wie hij was, dan zou de moordenaar waarschijnlijk een elegantere manier bedacht hebben."

"Er kan sprake zijn geweest van een plotselinge ruzie," bedacht Luna. "Of het kan zijn dat Ken Mooney elke dag een kleine misstap beging waardoor iemand op een gegeven moment zijn of haar zelfbeheersing verloor."

Joe hief wanhopig zijn handen ten hemel. "Iedere keer dat ik denk dat ik ergens iets van orde heb weten te scheppen in deze verwarring dan trekt er ergens weer iemand aan een touwtje. Tussen haakjes, laat me de smeer even van je gezicht vegen. De mensen kijken naar je."

Luna sprong overeind. "Waarom heb je dat niet eerder gezegd?"

"Ik dacht er niet over na," zei Joe.

Luna beende naar het damestoilet. Toen ze terugkwam begeleidde Joe haar naar het restaurant. "De biefstuk is hier meestal vrij goed. Ik realiseer me ineens dat ik geen lunch gehad heb door die toestand met William Dedrick en zijn gestoorde knecht. Ik ben van plan hier te eten."

Even verviel Luna weer in haar raadselachtige koele, teruggetrokken stemming; niettemin weigerde ze niet het menu aan te pakken dat Joe haar in de handen drukte. En met een bord met biefstuk en uienringen en een Monteverde Pinot Noir ontdooide Luna weer.

Joe gebaarde naar de wijn. "Iedere keer dat we uit die fles schenken maken we mevrouw Bazzarini weer een beetje rijker. Zij zou mijn voornaamste verdachte zijn als ze geen hulpeloze invalide was en van Ken hield als van haar eigen zoon. Bovendien heeft ze een verpleegster die elke beweging van haar in de gaten houdt. Ik neig ernaar om mevrouw Bazzarini buiten beschouwing te laten. Sommige anderen hebben alibi's; sommige zijn te zwanger; sommige zijn te dik. Er zijn niet zo veel verdachten over."

"Men zou de misdaad als een illusie kunnen zien."

"Helaas kan ik dat niet. Koffie?"

"Nee, bedankt."

"De avond is nog jong," zei Joe. "Ik weet niet wat jij normaal gesproken 's avonds doet, maar wat zou je ervan zeggen als we samen je auto naar je huis brachten en een fles whisky zouden opentrekken?"

Luna trok met een expressief gebaar haar wenkbrauwen op. Haar stem klonk ineens weer koel. "Zou je dan niet beter eerst je vrouw kunnen bellen?"

Nu werd alles hem duidelijk. Joe grinnikte. "Dat zou een ondankbare taak zijn. Ze is er zestien jaar geleden vandoor gegaan met een gitarist. Ik beschouw die relatie als verleden tijd. En hoe zit het met jou?"

"Arthemisiaanse gewoontes zijn anders dan die van de Aarde."

"Ik zou daar graag meer over horen," zei Joe. Hij betaalde de rekening en kocht een fles Schotse whisky aan de bar. Bij het garagebedrijf haalden ze de banden op. Daarna reden ze terug over Hankinson Road naar de auto van Luna, waar hij de gerepareerde band terugplaatste en de reserveband in zijn uitsparing in de kofferbak legde.

De zomerdagen waren lang; toen ze bij het huisje van Luna aankwamen kleurde de zonsondergang nog altijd de westelijke hemel.

Luna sleepte een tafel naar de schommelbank en haalde ijs, water en glazen. Toen ging ze weer naar binnen en kwam het huis weer uit in een flinterdunne, loshangende japon. Joe bedacht dat ze er heerlijk koel en fris uitzag.

Joe maakte de fles open en schonk in. "Ik ben blij dat meneer Rank mij vroeg om hier langs te gaan. Weet je ook waarom?"

"Nee," zei Luna quasi-onschuldig. "Waarom?"

"Als hij dat niet had gedaan, en we zouden toch hier zitten, dan zou de lucht hier vergeven zijn van de muskieten."

"Tja. Ik neem aan dat dat waar is."

"Bovendien zou ik hier dan misschien helemaal niet zijn."

"Veel zaken zijn ondoorgrondelijk."

"Ik kan er zo een stuk of tien opnoemen," zei Joe. "Wel twintig. Op dit ogenblik weiger ik om zelfs maar aan Ken Mooney te denken."

"Het is een veel te mooie avond."

De fles werd leger; de schemering ging over in de nacht, de sterren verschenen aan de hemel. Luna wees omhoog. "Kijk daar eens…Nee, daar…In die richting ligt Arthemisia, in het sterrenbeeld Maagd."

"Ik zal maar niet vragen hoe je hier bent gekomen," zei Joe. "In de eerste plaats is het illegaal om het land in te komen zonder paspoort."

Luna keek met een bedachtzame glimlach naar de sterren. Joe liet nog wat whisky over het ijs stromen, voegde water toe en draaide zijn glas rond zodat de ijsblokjes plezierig tinkelden. "Drinken ze daar veel?"

Luna knikte. "Elixers, essences uit fruitbloesems."

"Dat klinkt lekker. Wat doet men daar om zich te vermaken?"

"O — zingen, verhalen declameren, langs het strand wandelen."

"En hoe zit het met de liefde?"

Luna dacht even na. "Ik denk dat het ongeveer hetzelfde is als hier."

"Ze houden bijvoorbeeld op deze manier elkaars hand vast?"

"O, ja."

"En misschien omhelzen ze elkaar op deze manier?"

"Wel, ja. Zo ongeveer."

"En dan…"

"…Nou…"

"En dan…"

"Joe, voorzichtig. Dit is heel fijn kant…"

"…goede hemel, wat is dat nou?"

"Iets dat alle meisjes op Arthemisia dragen."

"…Ja. Nu krijg ik de slag te pakken…"

"…"

"…Luna."

"Ja, Joe?"

"Niets bijzonders." Joe draaide het ijsblokje rond in zijn glas. "Het is zo heerlijk hier buiten… Ik moet er niet aan denken dat ik weer terug moet naar de echte wereld."

Luna keek omhoog naar de Maagd en Spica en de ster Vindemiatrix in het Hol van de Blaffende Hond. "Je hebt te veel plichtsbesef."

"Ik moet toch iets hebben. Intelligentie bezit ik blijkbaar niet. Op dit moment zit er een moordenaar geniepig te lachen. En ik heb het sterke vermoeden dat hij me uitlacht… Kan ik nog iets voor je inschenken?"

"Nee, bedankt."

"Ik neem aan dat je Ken niet gekend hebt? Hij woonde hier maar een paar kilometer verderop."

"Ik ken zijn vader. Ik probeer een bedrijfspand voor hem te verkopen."

"O, ja? Welk bedrijfspand precies?"

"Een oud hotel richting Jordan. Het is een hele vreemde man om zaken mee te doen."

"Dat ben ik met je eens," zei Joe. "Wat is zijn prijs?"

"Dat is wat er zo raar aan is. Het was achtentwintigduizend, en toen zakte hij naar zesentwintigduizendvijfhonderd, en gisteren zei hij dat ik een paar dagen niets moest proberen omdat hij dacht dat hij een serieuze koper aan de haak had."

"Hmmf." Joe ging rechtop zitten op de schommelbank en zette zijn glas op tafel. "Nu ik toch in de buurt ben kan ik maar beter die kant op rijden om Mooney nog even te spreken."

Luna zuchtte. "Het is zo'n mooie avond."

"Dat is het zeker," zei Joe. "Maar zo gaan die dingen nu eenmaal."

Joe reed naar Oatfarm Road en draaide de oprit van Mooney op. Er brandde nu licht in de hoge kast van een huis, en het magere silhouet van Clarence Mooney werd zichtbaar toen hij door de hordeur naar buiten kwam turen.

Joe stapte uit zijn auto. "Hallo meneer Mooney."

"Oh. U bent het, Sheriff."

"Ik was toevallig in de buurt en bedacht dat ik misschien even met u kon komen praten."

"Natuurlijk. Ik vraag u niet om binnen te komen, mijn vrouw en de meisjes kijken televisie."

"Er is u niets meer te binnen geschoten over Ken?"

"Helemaal niets, sheriff. Behalve dan dat ik er vrijwel zeker van ben dat het een verschrikkelijke vergissing was."

"Die kans zit er altijd in. Heeft u nog kans gezien om Kens financiën te bekijken?"

Mooney knikte. "Hij had geen noemenswaardig bedrag. Hij had een verzekering van de overheid, op naam van zijn moeder."

"Heeft u nog brieven gevonden, dagboeken, agenda's — iets waar we misschien een aanwijzing in zouden kunnen vinden?"

"Helemaal niets van dat alles."

"Hmmf... Nou, dan ga ik maar weer verder. Tussen haakjes, wat Halfway House betreft: mijn moeder is van gedachten veranderd. Ze vond dat er toch te veel achterstallig onderhoud was. Ze wil niet veel meer betalen dan vijftienduizend. Ik heb gezegd dat ik er nog duizend bij wil leggen om u niet al te erg te beledigen, maar dat is haar definitieve, niet voor onderhandeling vatbare bod."

Clarence Mooney begon iets te zeggen, maar de woorden bleven in zijn keel steken. Uiteindelijk zei hij: "Ik geloof niet dat we dan zaken kunnen doen."

"Waarschijnlijk is dat voor alle partijen beter," zei Joe. "Nou, goedenavond dan."

Mooney draaide zich abrupt om en beende terug het huis in.

Joe reed terug naar de Pandora Makelaardij. Luna kwam naar de deur.

"Ik ben het weer," riep Joe. "Ik heb een zakelijk voorstel voor je." Hij schreef een cheque voor duizend dollar. "Wacht een paar dagen, en bel meneer Mooney dan op en vertel hem dat je denkt dat je Halfway House voor zesentwintigduizendvijfhonderd kunt verkopen. Als hij instemt, schrijf hem dan je eigen cheque voor duizend dollar als aanbetaling. Zeg hem dat de koop inclusief het gebouw, de inhoud van het

gebouw en alle bijbehorende voorzieningen is, inclusief alle versierin-
gen en ornamenten. En noem onder geen beding mijn naam. Als hij die
hoort, zou het maar zo kunnen dat hij van louter enthousiasme de zaak
niet meer wil verkopen."

HOOFDSTUK IX

1

JOE LAS DE VRIJDAGEDITIE van de *Messenger* bij zijn ontbijt van eieren en spek. Er stond een groot artikel in over de maniak op de silo van William Dedrick. Joe las het hele verhaal vol ongeloof. Nergens werd er melding gemaakt over de bewonderenswaardige, sluwe finesse waarmee sheriff Joe Bain had gehandeld. In plaats daarvan:

> Sheriff Joe Bain verstopte zich in een schuur tot de maniak
> zelf van de silo afklom. De hulpsheriffs Ben Boso en Fay
> Insley slaagden er uiteindelijk in de man aan te houden.

Joe smeet de krant op de grond en kreeg een standje van zijn moeder, die een hekel had aan emotionele uitbarstingen.

Joe pakte de krant weer op en las verder. Er stond ook nog een artikel in over de moord op Mooney, dat hooguit beledigend was omdat het zo accuraat was:

> Sheriff Joe Bain geeft aan dat het onderzoek voortduurt,
> maar dat er tot op heden geen bruikbare aanwijzingen zijn
> gevonden.

De telefoon ging over; Joe nam op. "Met Joe Bain."

"Met Rex Kelly. Ik ben niets te weten gekomen op de golfbaan: niemand van het viertal dat dinsdagochtend speelde is iets vreemds opgevallen. Ik heb ook Bill Whipple gesproken; hij zegt dat hij net zo verbaasd is over de dood van Ken als ieder ander. Hij zegt dat Ken geen vijanden had, geen schulden, en dat hij voor zover hij wist geen zorgen had. Hij beweert dat hij Ken de laatste tijd weinig gesproken heeft. Hij heeft geen alibi en neemt het idee dat hij eventueel een verdachte zou kunnen zijn absoluut niet serieus. Hij gedraagt zich in ieder geval niet als zodanig. Ik moet zelfs zeggen dat hij de meest zelfverzekerde kerel is die ik in lange tijd onder ogen heb gehad."

2

Bill Whipple sprong de trap bij de voordeur af en liep naar Madrone Way waar zijn Corvette geparkeerd stond. Bill was lang, breed-geschouderd, pezig, met slanke heupen en lange benen. Hij hield zijn hoofd hoog, zelfs ietwat naar achteren; zijn ogen schoten rusteloos heen en weer, met de alerte oplettendheid van een havik: een vergelij-king die nog werd versterkt door de benige structuur van zijn gezicht, de scherpe, smalle neus, de dunne, scheve mond. Bill Whipple was verre van knap, maar hij trok de aandacht en fascineerde al wie hem zag. Bill Whipple was te laat geboren. Drieduizend jaar geleden zou hij wellicht een barbaarse held geweest zijn, vijfhonderd jaar geleden een prins van de Renaissance. Maar vandaag de dag verkocht Bill Whipple tweedehandsauto's in het bedrijf van zijn vader.

Terwijl hij in zijn auto stapte zag hij Starr Shortridge haar huis verlaten met een tennisracket in haar hand, blijkbaar op weg naar de countryclub.

Bill liet de Corvette snel optrekken en stond vrijwel direct naast haar. "Hey Starr!"

Starr bekeek Bill met een vragende blik, alsof ze niet zeker wist of ze hem wel of niet kende.

Bill sprong uit de auto en ging voor haar staan. "Waar ga je heen?"
"Tennissen."

"Ik heb een veel beter idee. Ik neem je mee de stad in en trakteer je op een grote dubbele ice cream soda met chocoladesmaak." Hij deed een stap naar achter en bekeek Starr van top tot teen. Starr droeg een donkerbruine korte broek en een blauw-met-wit gestreept poloshirt. "Nu ik erover nadenk," zei Bill, "zie je er zelfs uit als een dubbele ice cream soda. Met slagroom."

Inderdaad zag Starr er beter uit dan ooit. Haar haren hingen los en glansden, haar huid was gebruind en had een gezonde gloed.

"Wat denk je ervan?" vroeg Bill. Nu al klonk zijn stem lichtelijk onzeker, een paar tonen te hoog: een effect dat geen enkel ander meisje ooit op hem gehad had. Starr was echter niet zomaar een meisje. Ze was een abstractie: een doelstelling, een einddoel, iemand die hij evenzeer haatte als verlangde te bezitten. "Stap in. Dit ding kan vliegen. We kunnen onze chocolade ice cream soda's opdrinken zonder dat we er erg in hebben. Ik heb je een heleboel te vertellen. Wel tweehonderd dingen, en allemaal even interessant."

Starr stapte langzaam naar achter terwijl ze Bill vanuit haar ooghoeken in de gaten hield. Hij heeft de ogen van een reptiel, dacht ze: brutaal, zonder angst, helemaal naar buiten gericht. Haar huid tintelde. Die primitieve reactie had ze nog altijd; haar zenuwen stuurden onbegrepen berichten naar haar hersenen. Starr deed nog een stap. "Nee, dank je. Ik heb echt geen zin in ice cream soda." Met een vage halve glimlach draaide ze hem de rug toe.

Bill voelde plotseling de passie in zich opwellen; hij deed een grote stap naar voren, pakte haar bij de elleboog en dwong haar om te draaien zodat ze weer recht tegenover hem stond.

Het gezicht van Starr vertoonde slechts een lichte verrassing, niet eens sterk genoeg om ergernis genoemd te kunnen worden: alsof een hond vanachter een hek naar haar geblaft had. Deze bijna onverstoorde uitdrukking kwam hard aan bij Bill, en hij voelde zijn irritatie groeien. Hij wilde haar provoceren tot ze emotie toonde — wat voor emotie dan ook. "Laat mij je eens wat vertellen. Vanaf het eerste moment dat ik je zag, toen je mijn boomhut wilde slopen —" Hij zweeg weer, van zijn stuk gebracht door het gebrek aan reactie van de kant van Starr.

Starr, op haar beurt, was zich slechts bewust van haar eigen, vrouwelijke oerinstinct: een reactie op een situatie die haar afstootte en vervulde van walging. Ze trok zich los uit Bills greep. "Als je het niet erg vindt —"

"Wacht eens even!" riep Bill uit. "Er is iets dat ik wil weten. Heb je echt een hekel aan mij, of is het een spelletje? Doe je maar alsof?"

Starr vond die opmerking lachwekkend. "Ik ben me niet bewust van spelletjes of 'doen-alsof'. Neem me niet kwalijk, ik wil nu graag verder."

Bill stond met afhangende schouders en zwaaiende armen — dermate verslagen dat hij alleen nog maar kribbig kon reageren. "Wat vind je dan niet leuk aan mij?"

"Ik heb er nooit echt over nagedacht," zei Starr met een koele openheid die volkomen geloofwaardig was. Ze liep weg terwijl ze met het tennisracket zwaaide.

Bill bleef stokstijf staan en staarde het slanke, bijna jongensachtige figuurtje in de bruine korte broek na. "Flirt!" fluisterde hij hees. "Zo'n enorme flirt!" Hij nam twee snelle stappen in haar richting, bedacht zich toen, sprong in zijn Corvette en reed met halsbrekende snelheid Madrone Way uit. Starr nam nauwelijks de moeite hem na te staren, zag Bill, die zijn nek uitstrekte terwijl hij de bocht omging richting McClellan Avenue. Als het Starrs plan was geweest om Bills aandacht op haarzelf te focussen dan had ze zich geen beter resultaat kunnen wensen. Binnensmonds vloekend bedacht Bill het ene plan na het andere om haar terug te pakken. Er moest een manier zijn om haar zover te krijgen dat ze hem zag staan! Hij had al eerder iets dergelijks geprobeerd, maar dat was niet gelukt. Natuurlijk had hij op dat moment niet al zijn macht gebruikt. Macht! Als hij niets kon opbouwen, dan had hij altijd nog de macht om iets te vernietigen! Waarom niet? Waarom ook niet?

3

Joe, rusteloos en nerveus als een winkeldief, reed naar het hoofdbureau. Er waren geen vrouwelijke gevangenen en juffrouw Curdy was niet op kantoor; de sfeer leek daarom ongewoon rustig en kalm.

Joe liep zijn kantoor in, zakte onderuit in zijn stoel en legde zijn voeten op zijn bureau. Voor zover hij kon zien was de zaak Mooney vastgelopen. Oppervlakkig beschouwd leek de moord niet rationeel. Had het misschien iets te maken met Halfway House? Op het moment dat Joe deze mogelijkheid overdacht ging de telefoon. Toen hij opnam hoorde hij de heldere stem van Luna. "Joe? Weet je nog dat we een gesprek hadden over een bepaald pand in de buurt van Jordan?"

"Dat herinner ik mij nog terdege."

"Nou, een halfuur geleden kwam de eigenaar langs en vertelde me dat hij weer actief op zoek was naar een koper. Ik vertelde hem dat ik wellicht iemand wist die het pand voor zesentwintigduizendvijfhonderd zou willen kopen, en hij heeft het bod aangenomen. Ik heb hem duizend dollar handgeld betaald met mijn eigen persoonlijke cheque, en de deal is gesloten."

"Bedoel je dat het definitief is? Ik ben de eigenaar?"

"Mits het resterende bedrag binnen vijfenveertig dagen betaald is."

"Dat is haalbaar, als alles tenminste goed gaat bij de bank. Ik zal alles maandagochtend meteen in gang zetten. Je hebt mijn naam niet aan Mooney genoemd?"

"Nee."

"Verstandig meisje... Ik bel je morgen. Misschien zelfs vanavond."

"Vanavond niet, Joe. Ik ga naar San Jose voor een vergadering van de Pansofistische Beweging."

Toen het gesprek beëindigd was ging Joe achterover zitten in zijn stoel. Nu ook nog Halfway House. Alsof hij nog niet genoeg aan zijn hoofd had.

Hij belde zijn moeder met het nieuws. "Vanaf dit moment zijn we de eigenaars van negen hectare land met daarop een vervallen oud wegrestaurant. De drankvergunning komt op jouw naam te staan." Joe grinnikte toen hij de kreet van protest hoorde. "Het kan niet anders. Het zou niet zo netjes staan als de sheriff een bijbaantje had als barman. Miranda is nog veel te jong. Dus jij blijft over."

"Ik zou nooit, nooit, nooit gedacht hebben dat ik de dag nog zou meemaken dat ik de eigenaresse van een bar zou worden," verklaarde Marian Bain met nadruk. "Ik weet werkelijk niet wat ik mijn vriendinnen moet vertellen!"

"Nodig ze allemaal uit voor de grote opening. Waar is Miranda?"

"Wat denk je? Zich aan het optutten in de badkamer natuurlijk."

"Laten we ons nieuwe bezit meteen inspecteren. De prijs is zo laag dat ik het gevoel krijg dat ik een vreselijke fout heb gemaakt."

"Ik kan niet, niet vandaag. Dora Larkin brengt me naar San Rodrigo om tante Ellen te bezoeken."

"Vraag Miranda of ze zin heeft om mee te gaan."

Marian Bain riep naar Miranda en kreeg antwoord. "Ze zegt ja."

"Zeg haar dat ze zorgt dat ze klaarstaat." Joe hing op en sprong overeind. "Ik kan net zo goed gaan rondzwerven op het platteland; hier krijg ik ook niet veel voor elkaar."

4

Halfway House zag er nog precies hetzelfde uit, met een belangrijk verschil. Het air van stil verval dat eerder zo nostalgisch en romantisch had geleken, betekende nu een berg onkosten. "Goede God!" zei Joe. "Ik had me niet gerealiseerd hoe ver alles heen is! Ik ben bang dat Clarence Mooney me behoorlijk heeft opgelicht."

"O, kom op, pap," zei Miranda. "Zo erg is het helemaal niet. Het is feitelijk het meest pittoreske oude restaurant dat ik ooit gezien heb!"

"Wat je niet ziet is al het werk. Kijk nou naar die leien! Ik moet allereerst zorgen dat er een nieuw dak op komt. En kijk eens hoe de verf van het balkon aan het afbladderen is!"

"Goeie hemel, pap, het lijkt wel of je bang bent voor een beetje werk! Ik zal het balkon wel schilderen. Ik vraag Fred, Emmett en Ronald om te helpen. Die werken als gekken — in ieder geval Fred en Ronald. Emmett is nogal lui."

"Kijk die veranda eens," zei Joe. "Volgens mij is hij ingezakt."

"Dat is zo gefikst. Gewoon opkrikken en een steen onder die houten pilaren leggen."

"Zoals jij het zegt klinkt het simpel."

Wilbur Baker verscheen. "Hallo daar, sheriff."

"Hallo Wilbur. Maak de boel eens open als je wilt? Je hebt de nieuwe eigenaar voor je."

"Wel, wel. Hoe heeft u dat in vredesnaam met Clarence weten te regelen?"

"Hij deed behoorlijk lastig. Hij weet nog steeds niet aan wie hij de boel verkocht heeft."

Wilbur Baker knikte somber. "Ik neem aan dat u mij hier dan niet meer nodig hebt. Ik wil terug naar Missouri en bij mijn zoon intrekken. Ken had iemand nodig om hem te helpen; hij had weinig gezond verstand. Hij had ook verkeerde vrienden. Het enige dat die lui wilden doen is de boel op stelten zetten en met elkaar naar bed gaan. Ik werd er gewoon misselijk van. Ik durf te zweren dat sommige van die meisjes zelfs nog op school zaten."

Joe probeerde nogmaals om hem te verleiden meer details te vertellen, maar Wilbur Baker kon of wilde dat niet. "Het was zijn pand; hij kon doen wat hij wou. Ik bleef uit de buurt als hij een feestje gaf."

"Hoeveel feestjes heeft hij gegeven?"

Wilbur Baker raakte in de war en ontstemd. "Ik zou het niet kunnen zeggen. Een stuk of zes, misschien. Ik snap niet waarom het u zo interesseert. Hij heeft al sinds vorig jaar winter geen feest meer gegeven."

"Het maakt waarschijnlijk geen verschil," zei Joe. "Nou, als u de deuren zou willen openmaken, dan kijk ik eens goed rond."

"Hier," gromde Wilbur Baker. "U bent de eigenaar, neem de sleutels maar. Volgende keer dat u hier komt ben ik waarschijnlijk weg."

"Blijf zo lang u maar wilt," zei Joe. "Van mij hoeft u niet halsoverkop te vertrekken."

Wilbur Baker knikte stuurs en beende terug naar zijn eigen onderkomen. Joe en Miranda maakten de deuren wijd open en doorliepen de oude herberg van de zolder tot aan de keukenkastjes. De vorige eigenaars hadden niets weggegooid; overal vonden ze relikwieën uit het verleden: memento's, trofeeën, curiosa. De spiegel in de bar hing vol met oude foto's; aan de muren hingen geweien, walrustanden, de kop van een beer, Indiaanse manden. Op zolder lag een tiental oude koffers, gepakt voor inmiddels langvergeten reizen. "Het is hier spookachtig," zei Miranda. "Laten we terug naar beneden gaan."

"We moeten die koffers eens goed doorzoeken," zei Joe. "Wie weet vinden we een voorraad oude centen met Indianen erop, of halve Kennedy-dollars."

"Of een Gutenberg Bijbel."

"Waarschijnlijk vinden we niet meer dan een heleboel vieze, oude korsetten," zei Joe. "Ik denk niet dat Clarence Mooney meer dan dat zou hebben achtergelaten."

Ze bekeken de oude slaapkamers, allemaal met lichtbeige linoleum op de vloer en allemaal leeg op wat dode vliegen en her der verspreid liggende kranten na.

"Tien nieuwe bedden, tien nieuwe matrassen," zei Joe. "Tien kleden, tien stoelen, tien po's, twintig blikken verf. Ik denk dat ik jou en je grootmoeder maar de leiding moet geven over de zaken hier. Ik ben daar te zwak voor."

"O, pap! Doe niet zo mal. Zo erg is het niet! We doen de kamers een voor een. Het wordt hartstikke leuk!"

"Ik hoop het," zei Joe. "Ik kan je grootmoeder nu al horen schelden als een van de gasten het waagt kritiek te hebben op haar kookkunst."

"Ik denk dat we gewoon alleen maar pizza moeten serveren."

"Voor ontbijt, lunch en avondeten? Ik denk dat ik jou maar beter een rondreis kan laten maken langs alle goede restaurants van de wereld om te zien wat ze daar allemaal doen. Misschien moeten we allemaal maar gaan... Ik kan ondertussen maar beter Wilbur Baker wat gaan opbeu- ren, om te voorkomen dat hij de boel hier nog in brand steekt bij wijze van afscheidsgebaar."

"Ik begin nu meteen met werken," zei Miranda. "Om te beginnen ga ik de lobby schoonvegen."

"Loop niet te hard van stapel."

Joe liep naar de gecombineerde garage en stallen, vijftig meter naar achteren, waar hij een versleten koetsje aantrof, een oude Marmon roadster die op blokken stond, een aantal uitgedroogde zadels, kratten met flessen en dozen met allerlei troep erin. Wilbur Baker woonde in het vertrek dat vroeger door de staljongens werd gebruikt.

"Hallo, meneer Baker!" riep Joe. "Kan ik u even spreken?"

Wilbur Baker kwam tevoorschijn. "Wat kan ik voor u doen?"

"Ik weet niet precies waar de hoekpunten van het terrein zich bevin- den. Ik vroeg me af of u ze misschien kan aanwijzen. En ik wil ook graag zien hoe het staat met de watervoorraad."

"Er loopt een weg naar de watertank. We kunnen net zo goed uw auto nemen. Het is een behoorlijk eind lopen voor een ouwe man."

Joe en Wilbur Baker reden weg om de watertank en de hoekpalen te bekijken. Ze waren nauwelijks weg of een witte Corvette kwam met hoge snelheid de oprit op, met achter het stuur een jongeman met een haviksneus, een smalle, bleke mond en een bos kort zandkleurig haar. Hij bracht de Corvette schokkend tot stilstand en sprong er in een vloeiende beweging uit. Even stond hij te wankelen, alsof het ritme van de auto hem dronken had gemaakt. Zijn blik ging naar de façade van

Halfway House. Toen hij de open deur zag, rende hij de trap op en ging de lobby binnen.

Miranda, die bezig was vliegenpoepjes van de spiegel achter de receptie te poetsen, draaide zich verrast om. Ze verbaasde zich over hoe intens zijn blik was. Hij zag eruit als iemand die al zijn moed had verzameld voor een wanhoopsdaad.

Bill Whipple bleef stokstijf stil in de deuropening staan. "Wie ben jij?"

"De nieuwe eigenaresse," zei Miranda brutaal. "En wie ben jij?"

Bill gaf niet meteen antwoord. "Dus Mooney heeft de zaak verkocht. Gemene ouwe rotzak." Hij deed een stap naar voren. "Ik ben een vriend van Ken. Ik kom hier een paar dingen ophalen die hij aan mij gegeven heeft."

"O?" Miranda, die zich veilig voelde door de nabijheid van haar vader, de belangrijke sheriff Joe Bain, besloot om deze gevaarlijk uitziende jongeman een beetje te plagen. "Over wat voor 'dingen' heb je het precies?"

"Een paar kleinigheden." Hij keek langs haar heen. "Ben je hier alleen?"

Miranda vroeg zich af wat er had kunnen gebeuren als ze inderdaad alleen geweest was. "Mijn vader is hier ook ergens."

"Waar?"

"Ik weet het niet." Miranda draaide zich om en keek langs Bills schouder naar buiten. "Als zijn auto er niet staat, is hij waarschijnlijk even een paar minuten weg."

"Ik snap het. Is de bar open?"

"Niet voor publiek. Je kunt beter op mijn vader wachten."

"Ik kan niet wachten. Ik heb haast." Bill liep naar de mooie deuren van mahonie en glas tussen de lobby en de eetzaal, duwde ze open en ging naar binnen. Miranda slaakte een protesterende kreet en liep achter hem aan, de eetzaal door en de bar in.

Bill stond midden in de ruimte en keek om zich heen met een blik van sardonisch zelfmedelijden. "Aangezien ik de reputatie toch al heb," zei Bill tegen zichzelf, "kan ik me net zo goed zo gedragen ook."

"Maak alsjeblieft dat je wegkomt!" zei Miranda op ferme toon.

Bill liep om de bar heen en pakte een whiskyfles met nog een centimeter of vijf drank erin. "Zie je deze fles?" Hij hield hem omhoog. "Van mij. Ik heb hem hier mee naartoe genomen."

"Laat die spullen met rust!" zei Miranda verontwaardigd.

"Wat dacht je van een drankje, meisje? Hoe heet je?"

"Miranda Bain. En ik wil niets drinken. Ik wil dat je ophoepelt."

Bill nam kalm een slok van zijn eigen whisky en keek om zich heen naar de muren. Zijn blik bleef rusten op een enkele foto; hij liep de kamer door en begon hem los te maken.

"Waag het niet!" riep Miranda uit. "Die foto's horen bij het decor!"

"Niet allemaal. Sommige zijn van mij."

"Daar zul je het met mijn vader over moeten hebben."

"Ik dacht dat jij de eigenaar was," zei Bill terwijl hij de foto in zijn zak stopte.

"Het maakt niet uit wat ik ben. Geef me die foto."

Bill bekeek Miranda van top tot teen: slanke benen en heupen, een lenig lichaam, smal, levendig gezicht, glanzend donkerbruin haar.

"Weet je wat?" zei Bill verwonderd. "Je bent een knap klein duveltje. Ik mag jou wel."

"Ik mag jou helemaal niet."

"Zo gaat het mijn hele leven al," zei Bill. "Min of meer." Om Miranda te plagen draaide hij zich om en pakte nog een foto. Ze ging voor hem staan, hetgeen een gevaarlijke plek was, want nu raakten hun lichamen elkaar. Bills gespannen zenuwen hadden geen verdere provocatie meer nodig. Hij sloeg zijn armen om haar heen, mikte op haar mond maar kuste haar wang. Miranda rukte zich los; ze was woest. Bill deed grinnikend een stap naar voren. Miranda pakte de fles. "Je kunt maar beter ophouden!" Ze hief de fles op.

Bill lachte. "Jij kleine duvel, ik geloof warempel dat je het meent."

Hij deed een stap naar voor, ontweek de fles met het gemak van een heleboel ervaring; hij pakte de fles af, hetgeen inhield dat hij zijn armen opnieuw om haar heen moest slaan. "Wat dacht je van een kus? Een lieve, deze keer."

Miranda worstelde zich los. Ze was nog nooit in haar leven zo boos geweest. Ze rende naar buiten, ging naar de Corvette, pakte de sleutels uit het contactslot en gooide ze onder de trap. Ze beende terug naar de bar waar Bill de diverse foto's aandachtig bestudeerde.

"Je kunt me maar beter die foto teruggeven," zei Miranda, "anders ben je hier nog een hele tijd."

"O? Hoezo? Waarom?"

"Ik heb je autosleutels gepakt."

"Is dat zo?" Bill keek haar aan. Een beetje aan de jonge kant, maar knap om te zien, en gepassioneerd. En vijandig. En vrouwelijk. En knap. Zijn mond voelde ineens een beetje droog. Hij raakte opgewonden. Als ze zijn sleutels had gepakt en was teruggekomen om het hem te vertellen, dan moest dat wel als een provocatie bedoeld zijn. Welnu, Bill wilde dat spelletje wel meespelen. Het zou weleens leuk kunnen worden. Ze zou niet zo doen als ze verwachtte dat haar vader ieder moment terug kon komen. Bill sprong vooruit en pakte haar vast. "Waar zijn die sleutels?" Hij zocht in de zak van haar rok en stak zijn hand in haar blouse. Miranda schopte hem en probeerde te bijten.

"Geef me mijn sleutels," zei Bill, "anders zal ik je heel zorgvuldig moeten fouilleren."

"Ze liggen onder de veranda," hijgde Miranda. "Als mijn vader terugkomt, dan heb je een probleem!"

" 'Probleem'?" Bill lachte. "Ik heb niks gedaan. Jij bent degene die problemen veroorzaakt. Ik kwam hier om wat persoonlijke eigendommen op te halen. Jij hebt geprobeerd mij de hersens in te slaan met een fles en je hebt mijn autosleutels gestolen. Dat is illegaal."

"Nietwaar!" Miranda, die achterover tegen de bar leunde, probeerde hem in zijn gezicht te slaan. Bill kwam dichter naar haar toe en verloor zijn toch al wankele zelfbeheersing.

"Wat is hier aan de hand?" riep Joe, die op de herrie was afgekomen. Hij sprong naar voren, pakte Bill bij de kraag en trok hem achteruit. Met een vloeiend gebaar draaide Bill zich om, haalde uit en sloeg Joe op de kaak zodat deze struikelend achteruitdeinsde.

"Je hebt me aangeraakt, kerel," zei Bill. "Dat noemen ze aanranding."

"Dit noemt men mishandeling," zei Joe.

"En dit heet een dreun op je neus," zei Bill.

Het was een onoverzichtelijk gevecht; er werd gemept, geschuifeld, gesist. Joe was voorzichtig en koel, veteraan van wel honderd worstelingen met dronkenlappen en tegenstribbelende arrestanten; Bill was snel, pezig, sterk en wild. Hij sloeg Joe in zijn maag; Joe haalde uit naar opzij; Bill raakte Joe op de wang, zodat hij weer tegen de grond smakte. Joe pakte Bills been en gaf een ruk zodat hij op één been achteruit stommelde.

"Mep hem nog een keer, pap!" riep Miranda.

" 'Nog een keer'?" spotte Bill. "Hij kan niet eens in mijn buurt komen."

"Wat dacht je hiervan?" vroeg Joe, en hij sloeg Bill met zijn vuist op zijn oor.

Bill greep Joe met een woest gebaar bij de arm en slingerde hem opzij zodat hij over de dansvloer een hoek in gleed. Toen gooide hij een tafel om over Joe heen, stapelde er nog een tafel bovenop, toen een paar stoelen, en toen nog meer tafels en stoelen tot Joe vastgepind zat in de hoek, brullend en vloekend, achter een grote hoop meubilair.

Bill deed een stap naar achteren, tevreden met het effect van zijn daden. "Als dit de manier is waarop jullie je klanten willen behandelen, dan kom ik niet meer terug." Hij klopte Miranda op haar hoofd. "Tot ziens, schoonheid. Ik kom je nog weleens opzoeken als je ouweheer niet in de buurt is." Hij liep naar buiten, keek onder de trap en vond daar zijn sleutels. Op dat moment zag hij de zwart-witte dienstauto. Hij kromp in elkaar en keek verbijsterd om in de richting van de bar. "Miranda *Bain*? Sheriff Joe Bain? Goeie God! Ik heb mezelf dit keer echt in de nesten gewerkt!" Hij sprong in zijn Corvette en scheurde er met zo'n hoge snelheid vandoor dat de aarde in de rondte vloog.

Joe kroop achter het meubilair vandaan, streek over zijn haar en strompelde naar buiten om de verdwijnende auto na te kijken. "Wie was dat in vredesnaam?"

"Hij zei dat hij een vriend van Ken was," zei Miranda half snikkend. "Hij wilde een paar foto's meenemen, en ik denk dat hij er eentje bij zich heeft gestoken — een kiekje dat achter de bar hing."

"Welke foto's wilde hij hebben?"

Miranda wees naar de foto's die Bill half had losgetrokken.

"Alleen die ouwe auto's?" vroeg Joe verbijsterd. "Al die moeite voor maar een paar foto's? Ik kan het nauwelijks geloven."

"Ik geloof niet dat het hem serieus om die foto's hier te doen was. Hij wilde mij gewoon treiteren omdat ik hem had gezegd alles met rust te laten." Ze keek naar haar spiegelbeeld en huiverde even. "Het is een woesteling."

"Hij heeft zijn naam niet genoemd?"

"Nee. Maar toen ik de sleutels uit zijn auto haalde heb ik naar de registratie gekeken. Zijn naam is William Whipple."

"Bill Whipple!" riep Joe uit. "Ik had het kunnen weten. Ik probeer hem al dagen te pakken te krijgen."

"Dan is dat eindelijk gelukt," zei Miranda.

Joe keek haar wantrouwend aan. Miranda's blik was helder en open. "Ja," zei Joe terwijl hij over zijn gezicht wreef. "We hadden een gezellig onderonsje."

"Ga je hem arresteren?"

Joe zuchtte. "Ik zou mezelf alleen maar belachelijk maken. Onder al die stoelen en toch... Maak je geen zorgen. Ik zal een woordje of twee met hem wisselen. En wel nu meteen."

Joe liep naar buiten, naar zijn auto, en nam contact op met het hoofdbureau. Hij gaf Casey Miggs, de hulpsheriff van dienst, de opdracht om Bill Whipple op te pakken en naar het bureau te brengen. "Hij heeft zojuist Halfway House verlaten in een witte Corvette en rijdt waarschijnlijk richting Pleasant Grove via Contreras Road en Highway 198."

5

Joe zette Miranda thuis af en ging naar het bureau, waar hij afwisselend brieven dicteerde in een dictafoon en piekerde over de zaak Mooney.

De middag verstreek. Casey Miggs kwam terug zonder Bill Whipple. "Hij moet ofwel naar het westen zijn gegaan, de 198 op, of naar het zuiden over Contreras Road."

Joe belde met de familie Whipple en met Whipple Chevrolet, maar kreeg geen informatie over waar Bill Whipple zou kunnen uithangen.

Om vier uur, net toen Joe op het punt stond zijn kantoor af te sluiten en naar huis te gaan, kreeg hij bezoek: Howard Griselda. Joe schoof met een vriendelijk gebaar een stoel naar achter en ging achterover leunen in zijn eigen stoel.

Griselda, die duidelijk geen haast had om ter zake te komen en te zeggen waarvoor hij kwam, stak zijn pijp op terwijl hij Joe onafgebroken bleef aanstaren van onder zijn dikke zwarte wenkbrauwen.

Joe begon zich ongemakkelijk te voelen. "Nou, Howard, waaraan heb ik de eer van je bezoek te danken?"

"Allereerst, sheriff, vraag ik me af of je al iets nieuws te melden hebt over de moord op Mooney."

"Ja, ik denk dat je zou kunnen zeggen dat er voortgang in de zaak zit."

"Heb je een verdachte?"

Joe fronste. "Zo ver zou ik niet durven gaan. Ik heb een aantal mensen kunnen uitsluiten. Ik heb echter geen aanwijzing die definitief in een bepaalde richting wijst."

Griselda knikte plechtstatig en blies een wolk rook uit. Joe ging verder: "Ik denk dat het vrij duidelijk is wat er gebeurd is. Degene die Ken heeft vermoord wist dat hij of zij de post ook in de rest van de straat zou moeten bezorgen, want anders zou het huis dat als laatste de post had ontvangen onmiddellijk verraden wie de moordenaar moest zijn. De dader heeft dus Kens uniform aangetrokken en de post bezorgd, tot aan het huis van mevrouw Bazzarini. Daarna heeft hij de bestelbus een garage in gereden, zich weer omgekleed in normale kleding en gewacht tot het donker werd. En zo is het gegaan. Ook best wel slim."

"Zeker slim. Vanochtend kreeg ik een anoniem telefoontje. Een vrouw, volgens mij met een redelijk goede opleiding. Zij stelde voor dat ik eens moest onderzoeken aan wie mevrouw Bazzarini haar geld wilde nalaten."

Joe fronste. "Ik vraag me af waarom ze mij niet direct gebeld heeft… Misschien was ze bang dat ik haar stem zou herkennen."

"Dat zou best weleens kunnen."

Joe maakte een aantekening. "Bedankt voor de tip. Ik ga er direct achteraan."

Griselda inspecteerde de kop van zijn pijp, klopte het restje tabak eruit en begon hem opnieuw te stoppen. "Ik heb begrepen dat je van plan bent een wegrestaurant te kopen en te gaan exploiteren."

Joe staarde Griselda met opgetrokken wenkbrauwen aan. "Hoe is dat nieuws in vredesnaam bij jou terechtgekomen? Ik heb zelf nog maar nauwelijks de kans gehad om er echt over na te denken."

"Het maakt niet uit hoe ik het te weten gekomen ben. Ik wil alleen weten of het inderdaad waar is." Howard Griselda stak zijn pijp aan en keek Joe aandachtig aan vanachter de rookwolken.

"Wel, dat is niet helemaal waar. Mijn moeder gaat de zaak runnen. Ik zal niet al te veel te maken hebben met de dagelijkse gang van zaken; ik help alleen in de opstartperiode. Waarom vraagt u dat?"

"Om eerlijk te zijn, sheriff, vind ik het helemaal niet gepast dat het hoofd van de wetshandhaving van het county een etablissement met zo'n schimmige reputatie als dit gaat beheren."

Blauwgrijze wolkjes en krullen van rook dreven tussen de beide mannen in. Joe vroeg: "Kan ik u iets man-tot-man vertellen, zonder dat het gepubliceerd wordt?"

"Nee, sheriff, dat denk ik niet. Ga er maar vanuit dat ik hier ben als vertegenwoordiger van de krant."

"Nou, ik praat toch tegen je. Het feit is, dat de reputatie die deze gelegenheid in het verleden had er niet toe doet. Mijn moeder gaat de zaak runnen en ik denk niet dat ze ook maar iets onverkwikkelijks zal toelaten. Die reputatie zal dus gewoon veranderen. En ik ben dan wel sheriff, maar ik ben ook een mens. Ik begrijp dat alle ogen op mij gericht zijn, zeker gezien het feit dat jij je uiterste best doet om mijn reputatie te bewaken. Maar niettemin ben ik van mening dat ik mijn geld moet kunnen investeren op welke legale manier ik maar wil, zonder allerlei innuendo en tamtam in de krant. Dat is niet meer dan eerlijk."

Griselda knikte met zijn enorme hoofd. "Tot op zekere hoogte ben ik het daarmee eens. Maar je moet niet vergeten dat je als sheriff net zoiets bent als de vrouw van Caesar. Een bar runnen lijkt me, nou ja, tactloos en onverstandig. Het getuigt gewoonweg niet van goede smaak."

"Kom nou, Howard. We leven niet meer in 1890. De aanwezigheid van een bar zegt tegenwoordig niets over de reputatie van een gelegenheid. Halfway House is een ouderwets plattelandshotel, of dat zal het in ieder geval worden als ik de boel overneem. Het gebouw staat al maanden te koop, en ik zie niet in hoe ik misbruik maak van wie dan ook als ik het koop."

"Je hebt gehoord dat het te koop stond terwijl je met officiële politiezaken bezig was."

"Ja, ergens om acht uur in de avond. Wat zou dat?"

Griselda hees zichzelf overeind. "Dat mag dan allemaal zo zijn; ik blijf erbij dat het publiek het recht heeft te weten dat de sheriff van plan is een bar te openen en te runnen."

Joe lachte nerveus. "Zoals jij het zegt klinkt het als het begin van moreel verval."

"Dat zijn jouw woorden, niet de mijne."

Griselda nam afscheid. Joe bleef peinzend achter. Casey Miggs belde op om te rapporteren dat Bill Whipple absoluut nergens te vinden was.

"Ik zie hem morgen wel," zei Joe. "Op dit moment ben ik moe en voel ik me ziek. Ik ga naar huis en wikkel een warme handdoek om mijn hoofd."

6

Joe zat op de bank in de huiskamer met zijn voeten op de koffietafel. Miranda, die net de kamer in kwam, zag dat er iets mis moest zijn. Ze plofte naast hem neer en pakte hem bij de elleboog. "Wat is het probleem, pap? Is het die Bill Whipple? Je bent geen wereldkampioen boksen, dus waarom zou je je druk maken?"

Joe ging overeind zitten. "Wie zegt dat ik dat niet ben? Bill Whipple? Ik speelde alleen maar een spelletje met hem."

"Pap, wees nou eens serieus!"

Joe hief zijn handen ten hemel. "Je komt hier zitten om me op te vrolijken, en het eerste dat je tegen me zegt is 'wees serieus'."

Miranda trok geërgerd aan zijn arm. "Ik wil weten wat je dwarszit."

"Het is geen geheim. En na de krant van maandag weet iedereen het. Howard Griselda heeft bezwaar tegen Halfway House."

"Wat belachelijk!"

"Ik weet dat het belachelijk is. Jij weet dat het belachelijk is. Howard Griselda denkt dat het nieuws is. Ik heb geen idee hoe hij het zo snel te weten gekomen is. De makelaar zou nooit iets gezegd hebben. En niemand anders wist het."

Miranda was ineens verontwaardigd. "Het is die roddelaarster van een Gwen Griselda. Die vertelt alles wat ze hoort door aan haar vader!"

"Aha!" zei Joe. "Nu wordt het helder. Jij hebt het aan Gwen Griselda verteld, hè?"

"Nou ja, we hadden het over onze plannen voor de zomer en ik zei iets over Halfway House. Ik snap niet waarom ze dat zonodig moet doorvertellen."

"Ze kon er vast geen woord tussen krijgen. Welke andere familie-geheimen heb je onthuld?"

"Ik wist niet dat dit een familiegeheim was."

"Dat is het ook niet. Maar nu kan Howard Griselda me wel neer-zetten als een of andere misdadiger."

"Dat is belachelijk. We hebben helemaal niets verkeerd gedaan! Kun je hem niet op de een of andere manier terugpakken?"

Joe gromde zuur. "Ten eerste heb ik geen krant. En ten tweede, zelfs al had ik een krant, dan heeft hij nooit iets gedaan dat niet door de beu-gel kan waar ik over zou kunnen schrijven. Howard is het soort kerel dat zijn eigen melk pasteuriseert."

Miranda fronste nadenkend. "Ik hoor een heleboel van Gwen over haar vader — minstens net zo veel als zij van mij hoort."

"O? En wat heeft Howard Griselda allemaal gedaan waarvoor ik hem in de gevangenis kan gooien na de getuigenis van zijn dochter?"

"Laat me even denken…"

7

Op maandagochtend belde Joe de redactie van de *Pleasant Grove Messenger*. "Howard, was je van plan om dat stuk over mij vandaag te publiceren?"

"Dat was ik inderdaad, Sheriff. Het is niet persoonlijk bedoeld, dat snapt u wel. Een krant is de waakhond van de samenleving. Als het stemmend publiek iets dient te weten, dan vertel ik dat."

"Dat is verder prima. Maar het is niet meer dan eerlijk dat je dan ook een klein stukje publiceert met mijn naam eronder waarin ik mijn kant van de situatie uitleg. De stemmers hebben ook recht op die informa-tie."

"Goed dan," zei Griselda zwaarwichtig. "Dat zal ik doen. Wanneer kun je dat stukje van jou hier hebben?"

"Over ongeveer een uur."

Joe schreef:

Voor zover ik kan zien heeft mijnheer Griselda twee verschillende klachten over het feit dat ik mijn geld geïnvesteerd
heb in onroerend goed. Ten eerste: Halfway House heeft
een slechte reputatie opgebouwd in de afgelopen jaren. Ik
heb mijnheer Griselda verteld dat hij inderdaad een legi-
tieme klacht heeft als die reputatie nog altijd bestaat nadat
mijn volkomen onschuldige oude moeder het etablissement
een jaar of twee gerund heeft. Ten tweede: hij beweert dat
ik de kans om dit etablissement aan te schaffen ben tegengekomen terwijl ik mijn officiële plicht uitvoerde. In zekere,
vergezochte, zin is dit inderdaad waar. En wat zou dat? Dit
gebeurt overal. Mijnheer Griselda zelf, bijvoorbeeld, de
hoofdredacteur en uitgever van de *Messenger*, bestudeert
altijd alle advertenties buitengewoon nauwkeurig voordat
hij tot publicatie overgaat. Als hij zaken tegenkomt die hij
zelf kan gebruiken voor zijn eigen huishouden, of goedkoop
aangeboden goederen waarvan hij weet dat hij ze snel en
met winst kan doorverkopen, dan biedt hij op een dergelijke
advertentie nog voor de krant in de kiosk ligt.

Dit is natuurlijk niet illegaal, of zelfs maar oneerlijk,
hoewel de heer Griselda in de loop van het afgelopen
jaar onder meer het volgende heeft aangeschaft van
adverteerders — nog voordat het publiek de advertentie te
zien kreeg:

- Twee auto's tegen extreem lage prijzen, van een
  jongen die werd opgeroepen voor militaire dienst en
  van een weduwe die wanhopig geld nodig had.
- Een zo goed als nieuwe motormaaier voor $10.
- Een nieuwe schommelbank voor $7.50.
- Een hometrainer, een bubbelbad met massage-
  eenheid en een ultraviolette lamp voor $40.
- Een postzegelverzameling die hij schat op $700 voor
  slechts $50.
- Een bontjas voor zijn echtgenote voor $32.

Daarnaast neemt hij ook nog het gebruikelijke bedrag
voor het plaatsen van de advertentie in ontvangst.

Ik vermeld deze zaken niet omdat ik van mening ben dat

mijnheer Griselda een misdadiger is, of zelfs een hypocriet;
het enige dat ik hiermee wil aantonen is dat hij een man
is die zich meer bewust is van de tekortkomingen van zijn
medemens dan die van zichzelf.

Joe stuurde zijn verklaring naar het kantoor van de *Messenger*.
Griselda bevestigde niet dat hij hem had ontvangen. De verklaring verscheen niet in de middagkrant, maar dat gold ook voor het opiniestuk
met kritiek op Joe's aankoop van Halfway House.

8

Joe reed Madrone Way af naar het huis van mevrouw Bazzarini. Het was
een heldere dag, het felle zonlicht werd getemperd door koude lucht
die over de bergen vanuit de Stille Oceaan waaide. Moord, doodslag en
razernij hoorden absoluut niet in deze omgeving thuis. De golfbaan was
groen en rustgevend; Spanish Hill torende hoog boven alles uit: een
donkergroene heuvel met strepen bruin en beige en hier en daar zwarte
schaduwen. Het moest fijn zijn om aan Madrone Way te wonen, bedacht
Joe — vooropgesteld natuurlijk dat hij de zaak Mooney kon oplossen en
er zeker van kon zijn dat zijn buren geen moordenaars waren.

Mevrouw Bazzarini groette hem vriendelijk en vroeg juffrouw Locke
om Joe een kop koffie of een glas wijn te brengen, aan Joe de keuze.

Joe vroeg om koffie, en juffrouw Locke verliet de kamer. Mevrouw
Bazzarini vroeg hoe ver hij inmiddels gevorderd was met de zaak.

"Om u de waarheid te vertellen," zei Joe, "ben ik nog niet veel dich-
terbij dan dinsdagochtend, hoewel ik het aantal verdachten wel heb
weten te verminderen. Tussen haakjes, ik zou u graag een heel persoonlijke vraag stellen."

Op dat moment kwam juffrouw Locke binnen met de koffie. Ze zette
het kopje op een bijzettafeltje waar Joe makkelijk bij kon en schudde
de kussens van mevrouw Bazzarini op. Ze verschoof het gordijn en
maakte aanstalten te gaan zitten. "Mijn excuses, juffrouw Locke," zei
Joe. "Als u het niet erg vindt, zou ik mevrouw Bazzarini graag onder
vier ogen spreken."

Juffrouw Locke snoof en verliet de kamer.

"Ik stel me zo voor dat u een rijke vrouw bent," zei Joe.

"Ja, dat durf ik wel te zeggen. Niet dat ik veel heb aan al dat geld."

"Wat ik graag wilde vragen is dit: wie erft uw bezit na uw dood?"

Mevrouw Bazzarini grimaste ongemakkelijk, alsof het woord 'dood' haar helemaal niet aanstond. "Nou, dat is iets waar ik nooit over had willen praten, omdat het nu toch niet meer mogelijk is."

"Ik vertel het aan niemand," zei Joe. "Tenzij het echt absoluut niet anders kan."

"Welnu, ik had een nieuw testament gemaakt waarin ik Ken een flinke som geld zou nalaten. Hij was zo'n lieve jongen, en hij behandelde mij zoveel beter dan mijn eigen vlees en bloed. Denkt u dat Laura mij ooit komt opzoeken? Of die dikke ezel van een echtgenoot van haar? Nooit. Ze voelen zich te goed voor mij." Het ronde gezicht van mevrouw Bazzarini kleurde roze van boosheid. "Ik had een testament opgemaakt waarin Laura tienduizend kreeg, en Ken de rest: een behoorlijk omvangrijk bezit. Ik weet dat hij ervan genoten zou hebben, er goed gebruik van gemaakt zou hebben en misschien dat hij dan af en toe nog teruggedacht zou hebben aan die oude mevrouw Bazzarini."

"Dat weet ik wel zeker," zei Joe. "En — wat vonden Laura en haar man hiervan?"

"Ik denk niet dat ze mij geloofden."

"U heeft het hen verteld?"

"Ik heb zoiets gezegd als dat ik aardige dingen wilde doen voor mensen die aardig voor mij waren, en dat mensen die de dingen te veel als vanzelfsprekend aannamen een schok zouden krijgen na mijn dood."

"Wat zeiden meneer en mevrouw Hubman ervan toen ze dit hoorden?"

"Ze lachten alleen maar. Ze dachten dat ik een grapje maakte."

"En wie erft uw geld nu?"

"Ik heb nog geen beslissing genomen. Ik denk dan toch Caspar en Laura. Ze is mijn dochter, al gedraagt ze zich niet zo."

Joe nam een slokje koffie en vroeg zich af of juffrouw Locke stond te luistervinken. Niet dat het uitmaakte. Het ging nu om de informatie. Voor de eerste keer was er uit de wirwar van gegevens een motief voor de dood van Ken opgekomen. Het idee van de dikke Caspar in het uniform van Ken was grotesk. Maar Laura Hubman? Vreemd, maar niet

grotesk. Mogelijk, maar onwaarschijnlijk. Maar dat gold voor iedereen die aan Madrone Way woonde. En wie was de vrouw die Howard
Griselda die tip had gegeven? Juffrouw Locke waarschijnlijk.

Joe vroeg: "Wist Ken dat u hem iets wilde nalaten in zijn testament?"

Mevrouw Bazzarini kleurde en keek weg. "Nou, ik heb hem wel te
verstaan gegeven dat ik hem niet zou vergeten. Hij was er verlegen mee.
Hij was zo'n simpele, aardige jongen, dat de gedachte dat iemand iets
goeds voor hem wilde doen hem verlegen maakte."

Joe nam afscheid. Hij stopte bij het huis van de familie Whipple, en
trof Sheila Whipple thuis aan. Joe vroeg waar Bill was, en Sheila gaf aan
dat ze dat niet wist. "Ik weet echt niet waar hij kan zijn. Hij is niet op
zijn werk; ik sprak Fred zojuist en Fred heeft hem niet gezien. Eerlijk
gezegd is hij vannacht helemaal niet thuisgekomen."

"Is het werkelijk?" vroeg Joe nadenkend. "Wanneer heeft u hem
voor het laatst gezien?"

"Gisteren, laat in de middag. Hij had weer eens een van zijn buien, en
als hij zo is dan valt er niet met hem te praten. Ik probeer het niet eens
meer. Hij is die avond vertrokken, en is de hele nacht weggebleven."

"En u hebt geen idee waar hij geweest kan zijn?"

"Nee meneer, absoluut niet. Het kan niet ver weg zijn, want hij
heeft zijn auto laten staan. Dat is niets voor hem. Om u de waarheid te
zeggen, maak ik me zorgen. Hij was niet gekleed alsof hij een avondje
uit ging. Ik heb een paar van zijn vrienden gebeld, maar niemand heeft
hem gezien."

"En niemand heeft hem opgehaald?"

"Ik weet het niet zeker. Hij was erg nors, en hij bleef maar ijsberen.
Toen liep hij naar buiten en daarna heb ik hem niet meer gezien."

"Hm. Doet hij dat wel vaker?"

"Hij is gewoon zo onvoorspelbaar. Ik heb hem nooit goed kunnen
peilen, zelfs niet toen hij nog een kleine jongen was. Ik benijd het
meisje niet dat met hem zal trouwen. Ik maakte me in eerste instantie
geen zorgen, maar het laatste uur begin ik toch ongerust te worden."

"Als hij thuiskomt, zeg hem dan alstublieft dat ik hem wil spreken.
Of liever gezegd, laat hem mij bellen."

Mevrouw Whipple knikte. "Ik hoop dat er niets aan de hand is…

Maar hij zou nooit ergens heen zijn gegaan zonder zijn auto."

9

Een uur later, rond elf uur, ontdekte de tuinman van mevrouw Bazzarini het lijk van Bill Whipple, naast haar gereedschapsschuur. Dokter
Hesketh, de lijkschouwer, was van mening dat Bill Whipple was vermoord met een soortgelijk of hetzelfde wapen als datgene waarmee Ken
Mooney was vermoord — waarschijnlijk een doodgewone klauwhamer.

HOOFDSTUK X

1

HET LICHAAM LAG BREEDUIT en verstijfd, met de armen en benen omhoog als een hond die op zijn rug lag. Misselijkmakend, dacht Joe, hoe moord een man van al zijn waardigheid kon beroven. Hij dacht aan Bill Whipple in de bar van Halfway House: snel, sterk, woest. En kijk hem nu eens. Als de tuinman niet toevallig achter de schuur om was gelopen om te urineren dan had het lijk daar dagenlang onontdekt kunnen liggen.

Er waren wielsporen in de aarde waaruit Joe afleidde dat ze van een kruiwagen waren. De afgelopen nacht moet er op Madrone Way een luguber schouwspel te zien zijn geweest. Na middernacht was er niemand op straat; iedereen lag in bed, en niemand had een duistere figuur over straat zien lopen met een kruiwagen waaruit armen en benen staken.

Eén ding was duidelijk: Bill Whipple kon geschrapt worden als verdachte van de moord op Ken Mooney. "Rex," zei Joe, "loop heel Madrone Way langs en bekijk alle kruiwagens."

Rex Kelly vertrok om aan zijn taak te beginnen.

Joe maakte een gipsafdruk van de wielsporen. Er waren al foto's gemaakt. Het lijk was verwijderd terwijl het bleke, uitdrukkingsloze gezicht van mevrouw Bazzarini vanachter de ramen naar buiten had gekeken.

Joe ging het huis van mevrouw Bazzarini binnen, maar juffrouw Locke raadde hem af om mevrouw Bazzarini zelf te spreken. "Ze wordt hysterisch als je ook maar een woord tegen haar zegt. En ik durf het niet aan om haar kalmeringstabletten te geven."

"Ze heeft niets gehoord vannacht?"

"Nee meneer. Helemaal niets."

"Kunt u mij het telefoonnummer van de nachtzuster geven?"

"Jazeker. Dat is mevrouw Warringer." Ze schreef het nummer op voor Joe. Hij belde en kreeg mevrouw Warringer te spreken, die verklaarde dat ze de vorige nacht niets gehoord had.

Joe ging terug naar de straat, waar hij Rex Kelly tegen het lijf liep. "Ik heb de kruiwagen gevonden," zei Kelly. "Hij stond voor het huis van de familie Benjamin."

"Wat heb je ontdekt?" vroeg Joe.

"Bloed en vezels. Het geval wil dat ik me herinnerde dat ik daar eerder een kruiwagen had gezien. Ik besloot dus om die als eerste te onderzoeken, en ik had gelijk beet. Zomaar."

"Ik neem aan dat we weer met mevrouw Benjamin moeten gaan praten, waar ik weer echt zin in heb." Grace Benjamin nodigde hen niet uit om binnen te komen, maar kwam buiten op de veranda staan. Joe wees naar de kruiwagen op het gravelpad dat voor het huis liep, net boven haar aflopende gazon.

"Ik neem aan dat u het nieuws al gehoord heeft," begon Joe.

"Nee, ik ben bang van niet," zei mevrouw Benjamin. "Wat is het nieuws?"

"Bill Whipple is afgelopen nacht vermoord."

Grace Benjamins gezicht vertrok nauwelijks, hooguit keek ze nog een fractie gestrenger dan eerst. "Weet u al wie het gedaan heeft?"

"Waarschijnlijk dezelfde persoon die ook Ken Mooney vermoord heeft. En blijkbaar heeft de moordenaar deze keer uw kruiwagen gebruikt om het lijk te verplaatsen."

"Wat?" Grace Benjamin was veel verontwaardigder over het nieuws dat haar kruiwagen gebruikt was dan over de mededeling dat Bill Whipple dood was.

"Daar ziet het naar uit," zei Joe. "We zien sporen van bloed en vezels die afkomstig lijken te zijn van de kleding van Bill Whipple, en de aarde op zijn kleding lijkt overeen te komen met de aarde in uw kruiwagen."

"Als u mij maar niet de schuld geeft," zei mevrouw Benjamin op haar meest ijzige toon. "Tot mijn spijt heb ik geen alibi, zoals dat geloof ik genoemd wordt."

"Nee, nee," zei Joe, "wij beschuldigen niemand; we willen alleen graag weten of u gehoord heeft dat de kruiwagen werd gebruikt, of dat er u enig ander gerucht is opgevallen."

"Nee, het spijt me," zei mevrouw Benjamin op ietwat mildere toon. "Ik heb niets gehoord."

"Hoe lang staat die kruiwagen al daar waar hij nu staat?"

"Sinds afgelopen donderdag. De tuinman heeft hem gebruikt om het gazon te bemesten, en heeft verzuimd hem achter het huis te zetten. Ik ga er uiteraard zelf liever niet mee sjouwen. Gaat u de kruiwagen meenemen?"

"Ik denk dat we dat beter kunnen doen."

"Weest u alstublieft voorzichtig met mijn gazon."

Joe en Rex Kelly liepen terug naar de straat.

Joe wreef over zijn kin. "Nou, ik geloof dat ik je nog wat meer loop-werk ga bezorgen. Het gebruikelijke, de hele straat af. Alibi's, als het kan. Wie waar sliep en met wie en hoelang. Of iemand iets gehoord heeft. Of iemand Bill Whipple gisteravond nog gezien heeft. Of iemand enig idee heeft waarom hij vermoord zou kunnen zijn, enzovoort."

"Wat doen we met die kruiwagen?"

"Ik weet het niet. Ik neem aan dat we hem mee zullen moeten nemen, hoewel ik geen idee heb wat we ermee kunnen bewijzen."

Sally Wagner kwam haar huis uit, gehuld in een rood met paars over-schort. "Is er iets gebeurd? Ik zag de ambulance langskomen."

"Er is weer iemand vermoord," zei Joe.

"Goeie hemel!" Sally Wagner balde haar vuisten. "Wie?"

"Bill Whipple."

"En u weet nog steeds niet wie hiervoor verantwoordelijk zou kun-nen zijn?"

"Nog niet."

"Maar dat is doodeng! Het lijkt wel of er een gevaarlijke gek rond-loopt!"

"Ik denk niet dat het een gek is. Ken en Bill werden om een hele goede reden vermoord. Maar die reden kan op zich natuurlijk gestoord zijn."

"Maar hoe kan iemand zich nu nog veilig voelen?" riep Sally Wagner terwijl ze wild naar links en naar rechts keek.

"Welnu, ik hoop de moordenaar binnen afzienbare tijd achter de tralies te hebben," zei Joe. Hij wendde zich tot Rex Kelly. "Je kunt die kruiwagen maar beter naar het lab brengen, Rex. Als we dat niet doen zul je zien dat later blijkt dat hij een onontbeerlijke aanwijzing vormt."

Rex Kelly liep omhoog in de richting van de kruiwagen. Ogenblikkelijk ging er een raam open en mevrouw Benjamin riep naar buiten: "Wilt u *alstublieft* niet over mijn pas ingezaaide gazon lopen?"

"Sorry, mevrouw." Rex Kelly sprong achteruit terug de straat op en liep om het gazon heen naar de kruiwagen. Mevrouw Benjamin keek heel even naar mevrouw Wagner en deed toen het raam dicht. Mevrouw Wagner draaide haar met een opzettelijk gebaar de rug toe en keek hoe Rex Kelly de kruiwagen behoedzaam voortduwde over het gravelpad van mevrouw Benjamin.

"De moordenaar is aan een verschrikkelijk noodlot ontsnapt," verklaarde Joe. "Hij heeft de grootste moeite gedaan om het gazon van mevrouw Benjamin niet plat te trappen."

Sally Wagner schoot luid in de lach, maar slikte die snel weer in. "Ik weet niet waarom ik lach — ik ben namelijk heel erg bang. Ik denk niet dat ik mijn huis uit kom of iemand binnenlaat tot deze hele vreselijke toestand achter de rug is."

"Heeft u geen vrienden die zouden willen komen logeren?"

"En hen ook laten vermoorden? Ik geloof niet dat ze daar blij mee zouden zijn... Misschien dat ik mijn zus in Santa Monica een bezoek breng. Aan de andere kant doe ik dat liever niet. We kunnen niet zo goed met elkaar opschieten — we lijken te veel op elkaar, denk ik. En verder," Sally Wagner grinnikte zuur, "ben ik uitgenodigd op de babyshower voor Grace Benjamin, bij Ethel Taylor thuis. Maar ik zou een vervloekte hypocriet zijn als ik daarheen ging. Misschien moet ik de Whipples maar bezoeken. Die arme mensen!"

"Het is een afschuwelijke zaak," zei Joe, die probeerde om zich van haar los te weken. "Nu, ik —"

"Ik ga eens even heel diep nadenken over deze hele zaak," verklaarde Sally Wagner. "Het zou maar zo kunnen dat ik iets bedenk dat alle anderen gemist hebben."

"Mocht dat zo zijn, vertel het mij dan als eerste," zei Joe. Hij liep verder over Madrone Way, in de richting van de familie Whipple. Sally

Wagner bleef op de stoep staan en staarde nadenkend naar de kruiwagen. Ze staarde zelfs zo intens dat Joe, die op het punt stond de oprit
van de familie Whipple op te lopen, stilstond en haar aanstaarde. En
Sally Wagner keek van de kruiwagen naar het vers-ingezaaide gazon,
waarbij ze het hele veld bestudeerde alsof ze op zoek was naar voet-
afdrukken — iets dat Joe zelf ook al gedaan had, maar zonder succes.
Sally Wagner leek zich echter niet te storen aan de afwezigheid van
afdrukken, en stond alleen maar aandachtiger te staren. "Als zij een
theorie heeft, dan is dat meer dan dat ik kan bedenken," zei Joe tegen
zichzelf. Sally Wagner draaide zich abrupt om en liep snel haar huis
binnen. Joe drukte op de bel van de familie Whipple. Fred Whipple
deed open, zijn gezicht ingevallen en bleek. "Het spijt me dat ik u lastig
moet vallen, meneer Whipple," zei Joe.

Fred Whipple schudde zijn hoofd. "Helemaal niet. Ik ben blij om u
te zien. Ik wil u zoveel mogelijk helpen."

Fred Whipple was minder lang, mager en hoekig dan zijn zoon en zijn
manieren waren minder abrupt; toch was de gelijkenis onmiskenbaar.

Joe ging het huis binnen. Fred Whipple bood hem geen stoel aan,
en de twee mannen bleven staan in een hal met rode tegels, voor de
huiskamer.

"Ik vermoed — al weet ik het niet zeker — dat Bill vermoord is door
dezelfde persoon die Ken Mooney heeft omgebracht," zei Joe. "Kunt u
ook maar enige reden bedenken waarom dit zo zou zijn?"

"Nee, dat kan ik absoluut niet. De hele zaak lijkt — onmogelijk. Ik
begrijp niet hoe dit heeft kunnen gebeuren."

Joe stelde nog een paar vragen over Bill, over zijn werk bij Whipple
Chevrolet, zijn toekomstplannen en vooruitzichten, maar kwam geen
belangrijke dingen te weten. "Bill was een harde werker," zei Fred, "met
een enorme drive en ambitie. Als hij iets aanpakte dan liet hij het niet
meer los. Heel veel mensen mochten hem niet, maar iedereen had res-
pect voor hem."

"Hoe was zijn verstandhouding met de andere bewoners van
Madrone Way?"

Fred vertrok zijn dunne lippen. "Zo ongeveer als je zou kunnen
verwachten. Ze hebben ons hier nooit geaccepteerd, en we wonen hier
al bijna acht jaar. Nou ja, dat is niet helemaal waar. De Taylors zijn hele

fijne mensen; ze hebben Sheila zelfs uitgenodigd voor de een of andere gelegenheid vandaag. Uiteraard gaat ze niet. We konden redelijk goed opschieten met mevrouw Wagner, maar de Shortridges, de Hubmans, de Gentrys, de Mortimers en de Benjamins — die voelen zich allemaal te goed voor ons."

"Hoe was de verstandhouding tussen Bill en Marsh Shortridge?"

"Die haatten elkaar. Jaren geleden was er een confrontatie tussen die twee, toen Bill een hut had gebouwd op hun terrein — of was het Starr? Ik ben de details vergeten. Maar hoe dan ook, ze hebben elkaar nooit gemogen."

"Ik zou Bills persoonlijke eigendommen graag willen doorzoeken," zei Joe. "Het zou maar zo kunnen dat ik iets vind dat ons een aanwijzing kan geven."

Fred Whipple haalde zijn schouders op. "De trap op, de eerste deur aan de rechterkant. Wilt u alstublieft wel stil zijn? Sheila heeft kalmeringstabletten gekregen, maar ik geloof niet dat ze slaapt. Dit is het ergste dat ons ooit overkomen is…"

De kamer van Bill was netjes en ietwat karakterloos. Er stond een bed, een ladekast, een bureau, een boekenkast met studieboeken, een verzameling modelvliegtuigjes, voetbaltrofeeën, een stapel *Mad* en *Playboy* tijdschriften. Aan de muren hingen voorbeelden van wat blijkbaar Bills voornaamste interesse was: meisjes. Foto's in alle maten, allerlei verschillende meisjes, kiekjes, gesigneerde portretten, vergrotingen. Joe herkende niemand. Het leek wel een overzicht van Bills carrière op San Jose State.

Joe doorzocht het bureau van Bill. Hij vond een Polaroidcamera, een schoenendoos vol foto's, ook weer voornamelijk meisjes, en bij een aantal van deze foto's trok Joe zijn wenkbrauwen op.

In een kledingkast hingen Bills kleren: vier of vijf pakken, een stuk of zes jasjes met bijpassende broeken, een groot aantal sportshirts. Joe, die enkel een donkerblauw pak had, was van mening dat Bill overdreven modebewust moest zijn geweest. Joe voelde in alle zakken maar vond niet veel meer dan een pakje condooms.

Op de ladekast lag Bills portefeuille, waar hij hem de vorige avond moest hebben neergegooid. Hierin vond hij de gebruikelijke collectie creditcards en visitekaartjes, tweeëndertig dollar, briefjes en bonnetjes.

Een van deze trok Joe's aandacht: een genummerd afhaalbewijs van Hobbs Camera Shop in Main Street, met de datum van gisteren. Joe stak dit bonnetje in zijn eigen portefeuille.

Hij ging de kamer uit en liep de trap af. Fred Whipple, die in de huiskamer zat, stond langzaam op. "Nou, sheriff, wat denkt u ervan?"

"Eerlijk gezegd, meneer Whipple, sta ik voor een raadsel."

2

Joe reed Main Street af, parkeerde voor Hobbs Camera Shop en ging naar binnen. Achter de toonbank stond mevrouw Hobbs, die hem niet herkende. "Meneer?"

"Is meneer Hobbs aanwezig?"

"Ik zal hem roepen. Wie kan ik zeggen dat er is?"

Op dat moment verscheen Hobbs zelf, gekleed in een grijze laboratoriumjas: een bleke oud-uitziende man van veertig, met een slordig, rood stekeltjeskapsel. Joe haalde het afhaalbewijs uit zijn zak. "Ik ben sheriff Bain, meneer Hobbs. En ik ben hier met een officiële reden."

Er gleed een uitdrukking van vage nervositeit over het gezicht van Hobbs. "Heeft het iets met de winkel te maken?"

"Indirect. Gisteren heeft een jongeman met de naam Bill Whipple werk bij u afgeleverd, en u heeft hem dit afhaalbewijs meegegeven."

Hobbs bekeek het bonnetje. "Bill Whipple? Ja, ik ken hem. Hij had een nogal bijzondere opdracht." Hobbs aarzelde. "Ik weet niet of ik erover kan praten zonder dat hij er zelf bij is. Het is tenslotte iets dat alleen hem aangaat —"

"Bill Whipple is dood," zei Joe. "Moord. Ik onderzoek de zaak."

"O! Dat is niet te geloven! Jeetje, ik sprak hem gisteravond nog!"

"Ik weet het. Heeft hij nog iets bijzonders gezegd?"

"Alleen maar over wat hij wilde dat ik voor hem deed, vergrotingen maken van een Polaroid afdruk."

"Heeft u het origineel nog?"

"Nee. Hij wilde hem niet achterlaten. Ik heb de foto meegenomen naar mijn donkere kamer en gekopieerd — dat wil zeggen, ik heb een negatief gemaakt — en toen heb ik het origineel aan hem teruggegeven. In feite was ik net bezig om de vergrotingen af te drukken toen u binnenkwam."

"Kan ik ze zien?"

"Geen probleem. Ze zijn nog nat, maar dat maakt niet uit. Maar wat is er met Bill Whipple gebeurd?"

"Iemand heeft hem met een hamer op zijn hoofd geslagen."

Hobbs verdween naar achteren. Een moment later kwam hij terug met een uitvergroting van 20 x 25, nog helemaal slap en nat. "Hij is een klein beetje onscherp," zei Hobbs op verontschuldigende toon. "Iedere keer dat je een foto bewerkt gaat de afbeelding er misschien wel tien procent op achteruit, hoe goed je apparatuur ook is. Ik heb een negatief gemaakt, dat was het eerste proces; toen heb ik van dat negatief een afdruk gemaakt, dus dat is het tweede. Deze foto is dus maar ongeveer tachtig procent zo scherp als het origineel."

"Ja," zei Joe. "Laten we die foto eens bekijken."

Hobbs legde hem op de toonbank. De foto was genomen in de bar van Halfway House, met de camera gericht op de spiegel, en toonde vier mensen zittend aan de bar. Het waren Ken Mooney, Bill Whipple, die de camera vasthield, Alice Benjamin en een ander meisje met een grote grove bos donker haar. Op de bar, ietwat naar de zijkant, stond een miniatuur kerstboom.

Joe vroeg: "Waar is het negatief?"

"In de donkere kamer."

"Ik denk dat ik dat ook beter kan meenemen."

Hobbs grimaste droevig toen hij besefte dat hij de $7.50 die hij Bill Whipple in rekening had willen brengen nu zou mislopen. Hij liep de donkere kamer in en kwam terug met een envelop en een zuur gezicht dat Joe interpreteerde als het verlies van minimaal twee stemmen bij de volgende verkiezingen.

"Als u dit geld gaat kosten," zei Joe, "stuur de rekening dan maar naar Fred Whipple aan Madrone Way. Ik zal hem de situatie uitleggen, en ik denk niet dat het een probleem is."

"Dank u wel, sheriff," zei Hobbs, wiens gezicht als bij toverslag opklaarde. "Dat zal ik zeker doen."

Joe liep langzaam terug naar zijn auto. Die foto — een bijna spookachtig beeld van het verleden, toen alles nog anders was, toen Ken en Bill nog leefden en niemand ook maar in de verste verte aan moord had gedacht.

Maar wie was er met wie? Joe bekeek de foto aandachtig. Het was niet duidelijk welk meisje daar nu met welke jongen was, beide combinaties waren mogelijk.

Joe reed terug over Madrone Way en parkeerde zijn auto voor het huis van mevrouw Benjamin. Hij liep het trapje op en drukte op de bel.

Er gebeurde niets. Joe belde nogmaals aan, en de deur ging open. Mevrouw Benjamin stond in de deuropening, hoogzwanger in haar kamerjas, met een klam gezicht en haar haren in een paardenstaart. "Sheriff?"

"Mag ik even binnenkomen? Ik heb nog een of twee vragen."

Mevrouw Benjamin stond hem met tegenzin toe om binnen te komen. "Het is bijna halfdrie. Ik moet zo bij mevrouw Taylor zijn, en ik ben nog niet eens begonnen mij om te kleden."

"Ik zal het kort houden," zei Joe. "Weet u nog dat ik u gevraagd heb of Alice ooit vriendschappelijk is omgegaan met Ken Mooney?"

"Ja, ik kan me herinneren dat u dat vroeg," zei mevrouw Benjamin. "Ik geloof dat ik gezegd heb dat ze elkaar waarschijnlijk van school kenden."

"Hoe zit het met Bill Whipple?"

"Uiteraard kende zij hem."

"Was er ooit sprake van een romance?"

Mevrouw Benjamin snoof afkeurend. "Dat lijkt me niet waarschijnlijk — gezien de reputatie van Bill Whipple."

"Is Alice afgelopen Kerst met Ken of Bill uit geweest?"

"Natuurlijk niet! Alice is verloofd met Marsh Shortridge. Ze is heel erg verliefd."

"Ze was afgelopen Kerst ook al verloofd met hem?"

"Zeker."

"Wat denkt u dan hiervan?" Joe gaf mevrouw Benjamin de foto.

"Hm...hm..." Grace Benjamin fronste, plotseling niet langer sereen of ongeduldig. "Waar is deze foto genomen?"

"In Halfway House, een bar waarvan Ken de eigenaar was."

"Ik moet zeggen dat ik verbaasd ben. Ja, verbaasd. Ik zou zelfs zeggen dat — nou ja..." Haar stem stokte. Ze bekeek de foto nogmaals, en keek toen op. "Heeft Marsh Shortridge deze foto gezien?"

"Dat denk ik niet."

Mevrouw Benjamin probeerde innemend te glimlachen. "Ik stel voor, nee, ik hoop, dat u hem niet aan Marsh zult laten zien. Het zou hem erg van streek maken. Ik weet zeker dat de omstandigheden onschuldig genoeg waren, maar ik betwijfel of Marsh dat zou begrijpen." De glimlach van Grace Benjamin, de moeite die ze deed om zachtaardig en overtuigend over te komen, raakten hem vreemd genoeg. "En eigenlijk — zou ik de foto mogen houden?"

"Ik ben bang van niet, mevrouw Benjamin. Allebei de jongens zijn dood. Wanneer komt Alice weer thuis?"

"Tegen het eind van de zomer. Er is geen exacte datum."

"En hoe zou ik haar eventueel kunnen bereiken?"

"Er is niet echt een eenvoudige manier. U zou een brief kunnen sturen per adres American Express, Parijs. Ik neem aan dat ze daar over niet al te lange tijd haar post zal ophalen."

Grace Benjamin liep naar de schoorsteenmantel en kwam terug met een ansichtkaart met een poststempel van Bilbao, in Spanje, met een datum van ongeveer twee weken eerder. "Dit is de laatste kaart die ik van haar heb gekregen," zei mevrouw Benjamin. "Ze schrijft niet zo vaak."

"Als ik u een persoonlijke vraag mag stellen — waar heeft ze het geld vandaan om deze reis te maken?"

Grace Benjamin nam de vraag kalm op. "Van haar vader. Hij is het niet eens met haar huwelijksplannen en ik denk dat hij hoopte dat Alice van gedachten zou veranderen."

"En hoe denkt u erover?"

"Als ze niet met Marsh wil trouwen, dan kan ze dat beter nu bedenken dan achteraf. Het huwelijk is een permanente verbinding."

Joe las de ansichtkaart nogmaals. Het ging goed met Alice, ze had het naar haar zin en was van plan om binnenkort naar Parijs terug te gaan. Somber zette Joe de kaart terug. Zo op het oog was alles in orde; Alice was in Europa en ver verwijderd van de moorden in Pleasant Grove. Aan de andere kant vlogen er dagelijks straalvliegtuigen tussen Parijs en San Francisco.

Mevrouw Benjamin begon onrustig te bewegen. "Neemt u mij niet kwalijk, sheriff, maar ik denk dat ik me nu beter kan gaan omkleden, anders ben ik te laat voor de babyshower — en uiteindelijk ben ik toch de eregaste."

"Wanneer verwacht u uw echtgenoot weer thuis, mevrouw Benjamin?"

"Dat weet ik niet zeker. Waarom schrijft u hem niet om het hem zelf te vragen?"

"Dat zal ik waarschijnlijk doen." Joe verliet het huis van de Benjamins. Hij bleef een paar tellen ongemakkelijk op het trottoir staan. Toen sprong hij in zijn auto en reed naar het Shortridge Warenhuis.

Marsh Shortridge was niet in zijn kantoor. De receptioniste ging zelfs een tweede keer kijken om er zeker van te zijn. "Hij was hier een paar minuten geleden nog. En ik weet dat hij zo terugkomt, want er staat een verkoopvergadering gepland om drie uur."

"Ik wacht wel," zei Joe. Hij ging het kantoor van Marsh binnen, waar hij een studio-foto van Alice op het bureau van Marsh bestudeerde: een sympathiek gezicht, zonder de grimmige uitdrukking van Grace Benjamin. Als ze eenmaal met Marsh getrouwd was, dacht Joe, dan zou die uitdrukking over een paar jaar wel komen. Aan de andere kant zou het huwelijk een fantastisch succes kunnen zijn. "Ieder van hen heeft iets dat de ander wil hebben," bedacht Joe. "Misschien is dat wel hoe het zou moeten zijn." En hij dacht terug aan zijn eigen luizige huwelijk.

Marsh Shortridge kwam zijn kantoor binnen. Hij stond stil toen hij Joe in de gaten kreeg en liep toen naar hem toe, zonder enige uitdrukking op zijn ronde, bleke gezicht. "Wat kan ik voor u doen, sheriff?"

"Een paar vragen maar, meneer Shortridge. Ik neem aan dat u weet dat Bill Whipple gisterennacht is vermoord?"

"Dat heb ik inderdaad gehoord."

"Heeft u zelf enig idee wat er aan de hand zou kunnen zijn?"

"Ik ben bang van niet. In ieder geval niets waar u iets mee opschiet. Ik stel me zo voor dat Bill en Ken Mooney op de een of andere manier in aanraking zijn gekomen met een paar ruwe klanten."

"Dat dacht ik zelf ook," zei Joe. "En het enige dat ik kan ontdekken over deze ruwe klanten is dat ze aan Madrone Way moeten wonen. Tussen haakjes, kent u toevallig een of meer van Ken Mooney's vriendinnetjes?"

Marsh liet een ongelovige glimlach over zijn gezicht glijden. "Dat lijkt me niet waarschijnlijk."

"Bent u ooit in Halfway House geweest?"

"Ik ben er weleens langsgereden. Ik heb het nooit bezocht. Het is een nogal vervallen oud gebouw."

"Wist u dat Ken de eigenaar was van Halfway House?"

Marsh fronste. "Ik meen me vaag te herinneren dat iemand dat ooit aan mij verteld heeft, maar ik heb er niet veel aandacht aan besteed."

Joe pakte de foto van Alice op. Marsh maakte even een kleine beweging, alsof hij overwoog de foto uit Joe's handen te trekken. "Een heel knap meisje," zei Joe. "Wanneer is de trouwerij?"

"Vroeg in de herfst."

"Waar gaan jullie wonen?"

"Wij hebben nog geen definitieve beslissing genomen. Ik zou graag een huis bouwen op de top van Spanish Hill, en ik denk dat we dat ook zullen doen."

"Dat klinkt goed. Daarvandaan zou u een prachtig uitzicht over de vallei hebben."

Marsh knikte kortaf.

"Tussen haakjes, heeft u gisteren Bill Whipple nog gesproken?"

"Nee."

"Hm, dat is vreemd. Dan had mijn getuige het waarschijnlijk bij het verkeerde eind."

Marsh zei niets.

Joe verborg zijn irritatie en vertrok. Marsh was een koele kikker. Joe vroeg zich af of Alice net zo katholiek was als haar moeder en er dezelfde strenge regels op nahield wat het huwelijk betreft. Ze kon niet echt gek op Marsh Shortridge zijn, gezien die kerstfuif, haar lange verloving en haar reis door Europa.

Joe besloot een eindje te gaan rijden om zijn hoofd leeg te maken, en ontdekte tot zijn eigen verbazing dat hij zonder erbij na te denken de oprit van de Pandora Makelaardij opreed.

Luna zette thee, die Joe voorzichtig aanpakte.

Luna luisterde aandachtig terwijl Joe de hele zaak analyseerde. "In theorie kan iedereen aan Madrone Way Bill Whipple vermoord hebben. Het was een geval van ergens afspreken, hem een klap met een hamer geven en dan het lijk verbergen tot ergens midden in de nacht. Dat is in ieder geval de theorie. In de praktijk kunnen we mevrouw Bazzarini buiten beschouwing laten. Evenals de Whipples. En als we aannemen dat dezelfde persoon zowel Ken als Bill heeft vermoord, dan is het niet waarschijnlijk dat het de Taylors waren. De hoogzwangere Grace Benjamin kan ook nauwelijks verdacht zijn. Sam en Miriam Shortridge zijn te ongeloofwaardig, en bovendien hebben ze een alibi voor de dood van Ken. Caspar Hubman? Laura Hubman? Marsh Shortridge? Starr Shortridge? Sally Wagner? En dat doet me eraan denken dat ik Sally Wagner vanavond nog wil spreken. Ik had durven zweren dat ze een of andere ingeving had."

"Bel haar op als je wilt," stelde Luna voor.

Joe zocht het nummer op, belde, maar er werd niet opgenomen. "Tien tegen een dat ze in een motel is gaan slapen," zei Joe. "En ik kan haar geen ongelijk geven... Ik vraag me af wat zij zag dat ik niet gezien heb. Ze keek naar de kruiwagen en het gazon."

Hij belde naar het hoofdbureau en sprak met Rex Kelly. "Ik heb niet veel," zei Kelly. "Een paar waterdichte alibi's."

"Dat is beter dan niets. Wie?"

"Sam en Miriam Shortridge waren uit eten, in het huis van dokter en mevrouw Luther Norman; Tom en Ethel Taylor en al hun kinderen zaten in de auto, onderweg naar huis van een picknick bij Genesee Slough. En verder: helemaal niets. Blanco."

"Daar was ik al bang voor," zei Joe. "Nou, als er iets gebeurt, dan kun je me op dit nummer bereiken. Ik ben hier nog een uurtje of zo."

Joe hing op. "Wat een zooitje."

"Wil je nog meer thee?" vroeg Luna.

"Nou — twee vingers, meer niet. Kom eens bij me zitten en vertel me alles over Arthemisia zodat ik mijn zorgen even kan vergeten."

"Alle drie tegelijk?" vroeg Luna zedig.

Ze schonk thee in, hetgeen Joe's mentale processen al meteen stimuleerde.

En toen ging de telefoon. Luna nam op. "Pandora Makelaardij... Het is voor jou, Joe."

"Wat nu weer?" zuchtte Joe. "Met Joe Bain."

"Met Ace Wardell, sheriff. Er is iemand vermoord aan Madrone Way: mevrouw Sally Wagner."

"Ongetwijfeld met een hamer."

"Met een hamer."

HOOFDSTUK XI

1

SALLY WAGNER HAD GEWEIGERD naar de babyshower van Grace Benjamin te gaan. Ze had zichzelf opgesloten in haar huis en had zich geconcentreerd op het inhalen van haar huishoudelijke werkzaamheden. Ze had de vaat gedaan, het beddengoed vervangen, de kleden gestofzuigd en rommel verbrand in de allesbrander in haar achtertuin. Rond drie uur liep ze naar haar telefoon, hetzij om iemand te bellen, hetzij omdat ze werd opgebeld. Terwijl ze zat te praten was iemand van achteren op haar afgekomen, had haar met een hamer op het hoofd geslagen en had de telefoon opgehangen. Door onnadenkendheid, haast of hysterie was de hamer achtergebleven en lag op het grijs-violette kleed onder de telefoontafel: een lelijk stuk gereedschap met een zelfgemaakt handvat en gebogen klauwen waarvan er een bij de punt was afgebroken.

Joe onderzocht de plaats delict en ging de activiteiten van Sally Wagner na. De borden stonden te drogen maar waren niet opgeruimd. De stofzuiger was naar de gang gereden, wellicht om hem ergens anders te gebruiken. De prullenbakken stonden nog buiten bij de allesbrander, en nog niet alles was verbrand. Er was geen spoor van inbraak; ofwel de voordeur, of de achterdeur was niet op slot geweest. Of had Sally Wagner haar moordenaar uit vrije wil binnen gelaten? Warrig mens, dacht Joe.

De middag was zwaarbewolkt geweest; Sally Wagner had de lampen in haar huiskamer aan gedaan. Zodra het schemerig werd had Grace Benjamin, die vanuit haar slaapkamer over het hek en de heg kon kijken, door een van de kamerhoge ramen het lichaam zien liggen.

De ambulance reed achteruit de oprit op, aangegaapt door

omwonenden, nieuwsgierigen en journalisten, soms zelfs helemaal uit San Jose. Joe en Rex Kelly liepen de veranda aan de voorkant van het huis op om frisse lucht te happen.

"Wat mij dwars zit," zei Joe chagrijnig, "is *waarom*? Was ze erachter gekomen wat er aan de hand was, wie er verantwoordelijk was? En als dat zo is, zou ze dan idioot genoeg geweest zijn om dat feit bekend te maken?"

"Idioot of niet," zei Rex Kelly somber, "als ze ook maar het kleinste spoortje van een idee had, dan is ze slimmer dan ik."

"Nou, we hebben het moordwapen, en dat is onze eerste meevaller. En dan nog iets: met wie was Sally aan het praten toen ze die mep kreeg? Je kunt het beste maar proberen haar persoonlijke telefoonklapper te vinden. Bel al haar vrienden en zoek uit met wie ze aan de telefoon zat rond drie uur vanmiddag."

"Doe ik." Rex Kelly ging terug naar binnen.

Tom Taylor liep naar Joe toe. "Hoe ziet het eruit, sheriff?"

Joe ging mentaal even alle antwoorden af die hij kon bedenken en zei toen: "We volgen elke aanwijzing die we maar kunnen bedenken."

"Hoe is de moordenaar binnengekomen?"

"Naar mijn idee via de achterdeur," zei Joe. "Ik kan me niet voorstellen dat de moordenaar het risico zou durven nemen om via de voordeur te komen."

"Maar dat is ook riskant, aangezien het huis van de Benjamins uitkijkt over de achtertuin."

"Dat is waar, tenzij Grace Benjamin het gedaan heeft. En aangezien ik niet zie hoe zij in haar huidige toestand over een hek van twee meter zou kunnen springen, moet het wel iemand anders geweest zijn. Dus is de moord gepleegd nadat Grace Benjamin naar haar babyshower vertrok en er geen risico meer was."

"Arme Sally Wagner," zei Tom Taylor. "Ze was een goedhartige ziel, maar ze maakte een heleboel vijanden met haar scherpe tong. Als ze op goede voet was gebleven met Grace Benjamin en naar de babyshower was gegaan, dan zou ze nu nog in leven zijn."

Een andere stem, schor en spottend, de stem van Howard Griselda, reageerde: "Ze zou ook nog in leven zijn als de moordenaar gepakt was. Hoe zit het ermee, sheriff?"

"Geen zorgen," verklaarde Joe energiek: "Ik krijg hem wel."

"Blijkbaar via een proces van eliminatie, als jij en hij de enige twee nog levende mensen in de stad zijn."

Er klonk gegniffel en gegiechel vanuit het publiek.

Joe gromde en liep weg om de achtertuin te onderzoeken.

2

Op de volgende ochtend werd *Life* weer bezorgd bij alle abonnees langs de route die voorheen door Ken Mooney werd gedaan. De adressen van alle tijdschriften werden genoteerd en naast de lijst gelegd die was gemaakt aan de hand van de distributie van een week eerder. Alles klopte, hetgeen Joe ertoe bracht om zijn hoofd in zijn handen te laten zakken. "Alsof ik nog niet genoeg te doen heb. Nu zit ik met een extra tijdschrift!"

"Is dat dan zo belangrijk?" vroeg Casey Miggs, die had geholpen de lijsten te vergelijken.

"Alles wat niet verklaarbaar is moet belangrijk zijn. Waar komt dat extra tijdschrift vandaan?"

"Dat is voor mij net zo goed een raadsel," zei Miggs schouderophalend.

Joe gaf geen antwoord. Hij ging naar het laboratorium, stopte het moordwapen in een cellofaan envelop en reed naar Madrone Way, waar hij bij ieder huis de hamer liet zien en vragen stelde. Tot Joe's grote verbazing kon Fred Whipple de hamer identificeren. Hij verklaarde dat hij hem van zijn vader had geërfd — het was bijna een familie-erfstuk. Zeven of acht jaar eerder was Bill de hamer kwijtgeraakt terwijl hij een boomhut aan het bouwen was.

"En waar was die hut?"

"Bovenop Spanish Hill. De kinderen van Shortridge hebben hem gevonden en afgebroken." Fred Whipple keek in de verte door de rook van zijn sigaretten heen, naar iets dat onmetelijk ver weg leek te zijn. "Ze konden gewoon niet hebben dat iemand plezier had op hun grondgebied. Bill deed niets verkeerd. Ze joegen hem weg alsof hij geld kwam innen. Hij is altijd wrokkig gebleven over die oude boomhut, en ik denk ikzelf ook. Ach ja. Dat is allemaal verleden tijd. Alles is nu anders. Ik denk dat ik de boel verkoop en terugga naar Oregon…"

Starr Shortridge herinnerde zich de boomhut van Bill Whipple nog heel duidelijk. Ze sprak op een opzettelijk koele toon waarachter Joe zowel boosheid als verbijstering voelde. "Ik kan zelfs de precieze boom nog aanwijzen als het u interesseert. Hij had er een geweldige rotzooi van gemaakt — stukken hout, papieren zakken, sinaasappelschillen. Het was alsof hij dat deel van Spanish Hill voor zichzelf had geclaimd."

"En hoe zit het met de hamer?"

"Ik kan me die niet herinneren. Ik bedoel, ik weet niet meer hoe hij eruitzag. Ik weet alleen dat hij er was — een hamer en een zaag."

"Wat is er met het gereedschap gebeurd?"

"Geen idee. Ik heb er nooit meer aan gedacht."

Joe sprak Marsh op zijn kantoor in het warenhuis. Hij leek nog stijver en neerbuigender dan ooit tevoren. Het kostte Joe moeite zijn irritatie te bedwingen. Marsh droeg een stads zwart pak met een wit overhemd en een gestreepte stropdas; hij liet zijn ogen even langs de corduroybroek en het donkere popeline jasje van Joe glijden alsof hij het moeilijk vond te geloven dat iemand zoiets zou kunnen dragen.

"Kunt u zich de boomhut van Bill Whipple herinneren?"

"Uiteraard. Die was gebouwd in een eik aan de noordrand van ons eigendom. Zodra Starr en Alice mij ervan op de hoogte stelden, ben ik erheen gegaan om het ding af te breken."

"Wat had Bill Whipple hiervan te zeggen?"

"Niets. Hij was er niet."

"Hij had wel zijn gereedschap laten liggen?"

"Dat geloof ik wel."

"Wat is daarmee gebeurd?"

"Ik zou het niet weten."

"Bent u later nog teruggegaan naar de plek waar de hut had gestaan?"

"Jazeker. Enige tijd later, om de rommel op te ruimen. Voor zover ik kon zien was er niemand meer op het terrein geweest. Het gereedschap was weg." Marsh begon met diverse voorwerpen op zijn bureau te schuiven, alsof hij belangrijkere zaken te doen had.

Joe zei beleefd: "Ik zal niet veel meer van uw tijd in beslag nemen. Heeft u in de tussentijd iets van Alice gehoord?"

"Niet in de afgelopen week of zo."

"Maar ze zal nu toch zo langzamerhand naar huis komen?"

"Dat geloof ik wel."

"Het is jammer dat jullie niet eerst getrouwd zijn, dan hadden jullie samen op huwelijksreis naar Europa gekund."

Marsh trommelde met zijn vingertoppen op zijn bureau. "Ik ben al eens in Europa geweest. Twee keer zelfs."

"Dus u vond het wel een goed idee dat Alice erheen ging?"

"Uiteraard. Ze heeft het geweldig naar haar zin."

3

De dood van Sally Wagner bracht, net als die van Ken Mooney en Bill Whipple, een groot aantal raadsels met zich mee. Aan de halflege vuilnisbakken te zien leek het erop dat Sally Wagner bezig was om rommel te verbranden kort voor haar dood. De theorie van Joe was dat haar werk onderbroken was door het telefoontje. Ze had de telefoon gehoord en was het huis binnen gerend zonder de deur achter zich op slot te doen, zodat dat moordenaar eenvoudig binnen had kunnen komen. Wat een meevaller voor de dader! En hoe durfde de moordenaar Sally aan te vallen terwijl ze aan de telefoon zat te praten? Als ze toevallig opkeek en schreeuwde, of een naam riep, dan had de moordenaar een probleem.

Rex Kelly had alle vrienden en kennissen van Sally Wagner gesproken; hij had alle nummers gebeld in haar telefoonklapper, alle verkopers met wie Sally Wagner zakendeed — maar zonder resultaat. Niemand gaf toe dat hij of zij met Sally Wagner gesproken had op het moment van haar dood. Was het dan een lange-afstandsgesprek? Een verkeerd nummer?

Henrietta Freycinet, hoofd van de plaatselijke bibliotheek en beste vriendin van Sally Wagner had haar een uur voor haar dood nog gebeld. Volgens Henrietta Freycinet, had Sally Wagner een vreemde, onwereldse indruk gemaakt. "Ze was ergens over aan het malen. Overduidelijk. Dit was meer dan gebruikelijke opwinding. Sally kon zich nogal snel opwinden, maar nu was ze duidelijk verontrust. Ze zei iets over voetstappen op het gazon van mevrouw Benjamin —"

"Voetstappen op het gazon van mevrouw Benjamin? We hebben geen voetstappen gevonden."

"Dat is precies wat ze zei. En toen zei ze zoiets als: 'Ik heb een vreemd gevoel hierover, alsof ik in een droom zit. Ik zie iets, maar ik kan het niet geloven.' Uiteraard vroeg ik haar wat ze dan gezien had, maar ze wilde het niet vertellen. Ik ergerde me een klein beetje aan haar toon, en ik denk dat ze dat kon horen. Ik zei dat als ze iets wist, dat ze dan beter naar de politie kon gaan."

"En hoe reageerde ze daarop?"

"Ze was heel vaag en ontwijkend."

Henrietta Freycinet had verder niets meer toe te voegen, en Joe bleef achter met een heleboel raadsels waar hij geen grip op kon krijgen. Ofwel had Sally Wagner niet geweten wie de moordenaar was, of ze wist het wel. In het eerste geval, waarom was ze dan vermoord? En in het tweede geval, waarom was ze niet met haar kennis naar de politie gestapt?

Paradoxen, tegenstellingen.

De dagen gingen voorbij. Joe had uit de foto die Bill Whipple had genomen vanaf de bar in Halfway House het gezicht van het donkerharige meisje geïsoleerd en vergroot. Hij liet haar foto aan de familie Mooney zien, aan alle bewoners van Madrone Way, aan het personeel van Pleasant Grove High School en Aurora High School. Niemand die hij sprak herkende het meisje.

Ennis Mooney, Kens oudste zus, dacht dat Ken ooit had verteld dat hij naar Gilroy was geweest, in Santa Clara County. Toen Joe zijn speurtocht uitbreidde naar Gilroy vond hij daar eindelijk het meisje. Haar naam was Helen Ferguson, en ze werkte als stenografe in het kantoor van Gilroy Bouwmaterialen.

Toen Joe eindelijk de kans had om Helen Ferguson te spreken was ze geïrriteerd en emotioneel. "Ik heb niets verkeerds gedaan, en ik wil niet met u praten!"

"Ik heb je ook nergens van beschuldigd," zei Joe. "Ik vroeg alleen of je Ken Mooney gekend hebt."

"Wie ik wel of niet ken is mijn eigen zaak!" En Helen Ferguson liet haar gezicht in haar handen zakken en begon luid te snikken.

Joe liet de hele foto zien. "Daar heb je Ken Mooney, dat is Bill Whipple, daar is Alice Benjamin. Beide jongens zijn dood. Je zegt nog steeds dat je ze niet kent? Misschien dat ik dit dan maar beter met je vader kan bespreken."

"Nee!" riep Helen Ferguson uit. "Zeg niets tegen mijn vader. En laat hem die foto niet zien!"

"Goed dan, met wie was jij daar: Ken of Bill?"

"Ken."

"Alice was met Bill?"

Helen knikte nors. "Ik mocht ze geen van beiden. Bill was een vervelende kwast; hij vond zichzelf geweldig. En Alice — nou ja, Alice vond zichzelf ook heel wat. Ze verdienden elkaar. Ik zei tegen Ken dat ik nooit meer met die twee uit wilde gaan. Ze gedroegen zich of ik een of ander boerinnetje was. Zelfs Ken werd kwaad over de manier waarop ze zich gedroegen."

"Je had Bill of Alice nooit eerder ontmoet?"

"Ik had Bill eerder gezien, toen we het feestje planden. Toen was hij heel aardig. Maar zodra hij met Alice samen was, gedroeg hij zich ineens heel anders."

"Anders? Hoe dan?"

"Nou, dat is moeilijk uit te leggen. Het verbaasde me dat hij een meisje als Alice bij zich had. Ze leek nogal preuts en damesachtig, alsof ze eigenlijk dacht dat ze daar niet thuishoorde. En dat was eigenlijk ook gewoon zo. Zodra ze begon te drinken liet ze zich helemaal gaan. Ik ook, denk ik nu. Dat is alles wat jongens willen: een meisje ergens mee naartoe nemen en dan proberen om haar dronken te voeren."

"En dat is dus gelukt?"

"Ja," zei Helen spijtig. "Dat is gelukt. Meer dan gelukt. Ze hadden champagne. Ik ben gek op champagne."

"Ik neem aan dat de zaken uit de hand zijn gelopen."

"Dat zijn ze zeker." Haar lippen krulden zich in een vage glimlach bij de herinnering.

"Jullie gingen ieder naar aparte slaapkamers?"

"Dat zeg ik liever niet. Als mijn vader het te weten komt —"

"Ik was niet van plan om hem ook maar iets te vertellen."

"Vooruit dan — ja, zo is het gegaan. Ik weet niet wat Bill en Alice gedaan hebben, want Ken en ik gingen als eerste. Ik had het idee dat Alice misschien twijfelde." Helen huiverde even. "Niet dat Bill zich daar wat van aangetrokken zou hebben. Hij was vastbesloten. En hij leek het niet eens naar zijn zin te hebben! Hij kwam maar voor één ding. Ik neem aan dat hij zijn zin heeft gekregen. Ken was tenminste nog voorkomend."

"Heb je Bill en Alice later nog gesproken?"

"Nee. Ik ben nog een paar keer met Ken uit geweest, tot mijn vader daar een eind aan maakte."

Joe nam het verhaal nog enkele malen door met Helen. "Gaf Alice de indruk dat ze verliefd was op Bill?"

"Ik weet niet wat ze voelde," zei Helen geïrriteerd. "Ik mocht haar niet, en ze zei nauwelijks een woord tegen mij."

Joe waarschuwde Helen dat ze voortaan geen champagne meer moest drinken als ze niet in de problemen wilde komen, en ging terug naar Pleasant Grove. Wat was hij te weten gekomen? Alice Benjamin en Bill Whipple waren om al dan niet gecompliceerde redenen met elkaar naar bed geweest tijdens de afgelopen kerstvakantie, hoewel Alice toen al verloofd was met Marsh. Misschien dat Alice helemaal niet zoveel zin heeft om met Marsh te trouwen, bedacht Joe. Het leverde haar geld op, een sociale positie, een nieuw huis — maar Marsh Shortridge was onderdeel van de overeenkomst. Geen wonder dat ze champagne dronk en zich liet gaan.

4

Er ging een week voorbij, en toen nog een en nog een en nog een. Het werd niet rustig aan Madrone Way, en dat zou ook niet gebeuren tot de identiteit van de moordenaar bekend werd. Als dit nooit zou gebeuren dan zouden alle bewoners elkaar de komende jaren scheef blijven aankijken in de wetenschap dat er onder hen een was die drie mensen had omgebracht.

Tegen het eind van augustus kwam Joe toevallig Ethel Taylor tegen op Courthouse Avenue. "Heeft u het nieuws al gehoord?" vroeg ze.

"Als het weer een moord is, dan hoor ik het liever niet," zei Joe.

Ethel Taylor reageerde met een onzekere glimlach op zijn grapje. "Het is vrolijker nieuws dan dat. Mevrouw Benjamin heeft haar baby gekregen, een maand te vroeg. Ze heeft haar Beatrice genoemd."

Joe reageerde met een positieve opmerking op dit nieuws. "En heeft u verder nog interessante nieuwtjes te vertellen?"

"De Whipples hebben hun huis te koop gezet. Het huis van Sally Wagner is naar haar zus gegaan, mevrouw Wanda Tobias. En wonder boven wonder zag ik mevrouw Bazzarini een paar dagen geleden een wandelingetje maken. De oude dame lijkt warempel vooruit te gaan."

Joe dacht even na. "Ik kan haar nog steeds niet zien als een mogelijke verdachte."

Ethel Taylor lachte ongemakkelijk. "Ik denk dat we allemaal dat soort dingen gedacht hebben. Maar het zou die arme mevrouw Bazzarini niet kunnen zijn. En ik weet zeker dat het Tom niet was. Hij is de vriendelijkste man ter wereld. En ik was het ook niet, dat verzeker ik u."

"Dan blijven er niet zo veel mensen over," zei Joe. "Welnu, ik moest maar weer eens aan het werk gaan."

5

Na een spottende stilte met betrekking tot het onderwerp van de moorden liet de *Pleasant Grove Messenger* Joe nu niet meer met rust. Iedere dag repte een beleefde paragraaf over het feit dat sheriff Joe Bain nog altijd in het duister tastte, en zo af en toe werd er gespeculeerd wie het volgende slachtoffer zou zijn, aangezien het zo eenvoudig leek om in San Rodrigo County een moord te plegen: "Een veilige en eenvoudige manier om uw agressie te uiten," schreef Howard Griselda. "Wij zouden moord niet aanraden als een manier om uw geestelijke gezondheid te verbeteren, maar als u echt zonodig een moord moet plegen, dan lijkt San Rodrigo County een uitermate geschikte plaats om dit te doen."

Korte tijd werd Griselda afgeleid door het *bracero* programma van het Ministerie van Landbouw. Pas in de eerste week van september begon hij weer over de moorden. Op 10 september vroeg hij Joe om duidelijk aan te kondigen of het oplossen van de moorden boven zijn capaciteiten lag. "Als dat zo is," schreef Howard Griselda, "dan lijkt het dat de nodige hulp dient te worden ingeroepen, of beter gezegd, die hulp had al ingeroepen moeten zijn, vanuit Sacramento. Of minacht sheriff Bain de hulp van experts en is het wachten op een volgende wandaad?"

In de roddelrubriek van dezelfde editie werd aangekondigd dat Alice Benjamin terug was uit Europa en dat haar huwelijk met Marshall

Shortridge zou plaatsvinden op 21 september, over minder dan twee weken.

Joe, die al geërgerd was door het artikel van Howard Griselda, gromde getergd. "Waarom laat men mij dit soort dingen niet van tevoren weten? Weet men dan niet dat er een moordonderzoek loopt?" Hij belde de familie Benjamin. Grace Benjamin nam op.

"Met sheriff Joe Bain, mevrouw Benjamin. Ik begrijp dat Alice thuisgekomen is."

"Jazeker." Grace Benjamin klonk minder scherp dan normaal.

"Ik wil haar een paar vragen stellen. Is ze nu thuis?"

Mevrouw Benjamin leek te aarzelen. "Ik denk dat ze op het punt staat met Marsh naar Pebble Beach te gaan."

"Dan kan ik maar beter een auto sturen om haar op te halen," zei Joe. "Ik wil haar nu spreken."

"Ik weet zeker dat ze liever hier thuis met u zou spreken," antwoordde mevrouw Benjamin op koele toon.

"Prima," zei Joe. "Ik ben er over ongeveer een minuut of tien."

Grace Benjamin stond Joe al bij de voordeur op te wachten en liet hem met tegenzin doorlopen naar de huiskamer. "Alice is nog vermoeid van de reis. Ik hoop dat u niet te lang doorgaat."

"Als ze zo moe is, waarom gaat ze dan naar Pebble Beach? U schijnt niet te beseffen dat dit een moordonderzoek is. Alles moet daarvoor wijken. Het is net zoiets als een brandweerauto in de straat. En waarom heeft u mij niet verteld dat Alice thuis was?"

"Als u het echt weten wilt," zei mevrouw Benjamin, nu ijskoud, "ik had er geen zin in om haar lastig te laten vallen en te laten molesteren."

"Wat u wilt is niet van belang in dit soort zaken, mevrouw Benjamin. En wilt u nu alstublieft zo goed zijn om Alice te vragen hierheen te komen?"

Grace Benjamin liep naar de trap. "Alice? Wil je alsjeblieft even naar beneden komen?"

HOOFDSTUK XII

1

JOE HAD FOTO'S GEZIEN van Alice, hij had de verhalen gehoord over haar opmerkelijke schoonheid, maar toch viel zijn mond wijd open toen ze de kamer binnenkwam. Ze was over de hele linie genomen gewoonweg perfect: meer dan perfect, door haar ondefinieerbare gratie en de fascinerende tegenstellingen in haar voorkomen. Ze zag er teer, maar ook sterk uit, jong maar wijs, slank en fragiel, maar ook soepel en zelfverzekerd. Ze was een engelachtig schepsel, ver verheven boven het gewone volk; haar wezen was vergeleken met gewone mensen als suiker tegenover zand. Haar stijl, een mengeling van argeloosheid, smachtende charme en melancholie was uniek. Ieder mannenhart zou een slag overslaan en op hol slaan in haar aanwezigheid.

Joe zuchtte diep, stelde zich voor en wierp een veelbetekenende blik op mevrouw Benjamin, die onverstoorbaar terugblikte. Uiteindelijk zei Joe: "Ik zou Alice graag onder vier ogen willen spreken als dat kan."

"Ik zou er liever bij blijven," zei mevrouw Benjamin.

"Dat kan zo zijn. Maar als ik haar iets vraag dan heb ik liever niet dat ze u aankijkt voordat ze antwoord geeft."

"Ze kan antwoord geven zonder mij aan te kijken. Maar ik wil erbij blijven."

"Mevrouw Benjamin, laat mij duidelijk zijn. Dit is een moordonderzoek. U kunt kiezen om mee te werken of niet. Maar als u tegenwerkt, dan kan ik niet langer vriendelijk blijven."

Het gezicht van mevrouw Benjamin nam een koppige uitdrukking aan. Ze zocht naar woorden. Voordat ze iets kon zeggen vroeg Joe: "U wil toch zeker dat ze mij de waarheid vertelt?"

"Natuurlijk, maar —"

"Bent u bang dat ze mij niet de waarheid zal vertellen?"

"Nee."

"Waarom zou u dan willen blijven?"

Grace Benjamin maakte rechtsomkeert en verliet de kamer.

"Laten we daar gaan zitten," zei Joe. Alice gehoorzaamde zwijgend. Ze droeg een rookgrijze katoenen jurk met een witte kraag, en Joe vond dat ze eruitzag om op te eten. Maar ze leek weinig op haar gemak, bijna bang.

"Ontspan je maar, hoor" zei Joe. "Ik ben niet zo streng als ik klink. Je moeder is het soort vrouw dat streng moet worden aangepakt."

Alice glimlachte waterig. "Ze is zelf ook behoorlijk streng."

"Je mag blij zijn dat je niet op haar lijkt," zei Joe. "Nou dan. Ik neem aan dat je weet waar ik het met je over wil hebben?"

Alice schudde haar hoofd, en Joe voelde haar spanning.

"De moord op Ken Mooney, Bill Whipple en Sally Wagner — drie mensen met wie je bevriend was."

Alice knikte stijfjes.

"Wat weet jij van die moorden?"

"Alleen wat iedereen ervan vindt. Het is verschrikkelijk."

"Heb jij enig idee waarom ze vermoord kunnen zijn?"

"Nee."

"Je bent de hele zomer in Europa geweest?"

"Jawel," zei Alice aarzelend. Joe keek haar aandachtig aan en zag haar schouders zakken.

"Wanneer ben je teruggekomen?"

"Een paar dagen geleden."

"Misschien kan ik beter je paspoort even bekijken."

"Paspoort?"

"Ja. Dat kleine blauwe boekje met je pasfoto erin."

"Ik weet niet waar dat ligt."

"Wanneer ben je teruggekomen — precies?"

Het gezicht van Alice betrok. Ze keek omlaag naar haar handen en keek toen naar de deur aan de overzijde van de kamer. Joe keek ook, maar mevrouw Benjamin was nergens te bekennen. Op zachte toon zei Alice: "Ik ben ongeveer een maand geleden in San Francisco aangekomen. Op 1 augustus, om precies te zijn. Ik kan u mijn paspoort laten zien als u dat wilt. Het ligt boven in mijn kamer."

"Op 1 augustus." Anderhalve maand na de moord op Ken, meer dan een maand na de dood van Bill Whipple en Sally Wagner. "Waar ben je de afgelopen vijf weken geweest?"

Alice keek weer over haar schouder en schudde toen ongelukkig haar hoofd. "Ik wil dat niet vertellen. Ik wil niet dat iemand dat weet."

"Waarom niet?"

"Gewoon omdat ik dat niet wil."

"Weet je moeder het wel?"

Alice schudde haar hoofd.

"En hoe zit het met Marsh?"

Weer schudde Alice haar hoofd, maar nu heftiger. "Absoluut niet."

"Met andere woorden — je moeder weet het wel."

Alice likte haar lippen. "Ik hoop het niet."

"Nou, je kunt het mij wel vertellen," zei Joe. "Ik kan het navragen, en als het niets te maken heeft met de moord, dan hoeft verder niemand het te weten."

Alice begon te huilen: zacht en uitermate beheerst. Joe wachtte. Uiteindelijk zei Alice: "Over een week ga ik trouwen — met een uiterst respectabele jongeman. Hij is bijna net zo respectabel als mijn moeder."

Joe slaagde erin om even scheef te grijnzen. "Die twee passen goed bij elkaar."

Alice ging op ongelukkige toon verder: "Ik ben helemaal niet respectabel. Eerlijk gezegd — als u het echt wilt weten — trouw ik Marsh om zijn geld. Mijn moeder is het eens met het huwelijk. Ik ook. Ik heb niets tegen zekerheid. Ik wil niet arm zijn."

"Wat is er mis met armoede?" vroeg Joe. "Ik ben mijn hele leven al arm."

"Ik ook," zei Alice. "Laat u niet misleiden door dit huis."

"Welnu — hoe zit het met de ontbrekende maand?"

"Dat vertel ik u liever niet."

"Je was bij een vriend?"

Alice knikte en keek nogmaals over haar schouder naar de deur.

Joe schraapte zijn keel. "Als ik je ongevraagd advies zou mogen geven: trouw niet met die man. Marsh heeft de warmte en het enthousiasme van een oester."

"Ik weet het ... Maar hij is — nou ja, hij is vriendelijk genoeg. En betrouwbaar."

"Het leven met hem is waarschijnlijk niet erg boeiend. Betrouwbaarheid en geld zijn niet alles."

Er klonk een hint van onderdrukte woede in de stem van Alice. "Ik doe het alleen maar omdat het moet! We kunnen anders niet rondkomen! We zijn blut! Vader komt niet terug uit India. Hij stuurt ons geen geld meer."

"Wat? Dat lijkt me vreemd. Weet je het zeker?"

"Mijn moeder zegt het."

"En hoe zit het dan met de baby — Beatrice? Geeft hij dan niets om zijn eigen kind? Hij is verantwoordelijk voor haar levensonderhoud."

Alice zweeg, alsof dit een volledig nieuw aspect van de zaak was. "Dat weet ik niet."

"Gaan je ouders scheiden?"

"Goeie hemel, nee! Mijn moeder is katholiek. Het scheelde niet veel of ze was non geworden."

"Je vader weet dat je gaat trouwen?"

"Ik heb het hem geschreven."

"Heb je antwoord gekregen?"

"Niet recent."

"Waarom ben je niet met Bill Whipple getrouwd? Je leek hem leuk genoeg te vinden."

Alice keek Joe verschrikt aan. "Wat bedoelt u?"

"Je bent met hem naar Halfway House gegaan."

"Hoe weet u daarvan?" vroeg Alice ademloos. "Weet Marsh ervan?"

"Nee." Joe liet haar de foto zien. Alice staarde ernaar alsof de foto het hele geheim van haar leven toonde. "Dat was zo lang geleden ... Ik voelde me toen zo jong."

"Je bent nog altijd jong."

Alice trok een weemoedige grimas. "Ik zei u al dat ik niet respectabel was."

"Jij bent waarschijnlijk even respectabel als de meeste mensen. Ik heb de indruk dat je gewoon reageert op een overdosis respectabiliteit in je omgeving."

Alice zuchtte diep. "Misschien wel."

"Was dat de eerste keer dat je met Bill uitging?"

Alice schudde snel haar hoofd. "De tweede." Ze lachte. "Hij vroeg me ten huwelijk ... Arme Bill."

"Wat heb je gezegd?"

"Nee. Bill hield niet echt van mij. Hij was stapel op Starr. Ze wilde hem niet eens aankijken. Hij vroeg me alleen maar mee uit om haar een hak te zetten. En Marsh en de andere Shortridges. Daarom wilde hij met mij trouwen — uit rancune."

"Je moet jezelf niet zo naar beneden halen."

"Het is de waarheid. En wat mij betreft — nou ja, ik was niet erg gelukkig. Ik wilde niet verloofd zijn met Marsh. Ik heb niet zo veel wilskracht ... Ook niet veel fatsoen, denk ik."

"Wist je moeder van jou en Bill?"

Alice kromp in elkaar. "Ze verachtte Bill. Ze vond hem vulgair en heidens."

"Het lijkt me dat je moeder degene is die hier de touwtjes in handen heeft."

"Nou, niet helemaal. Wat Bill betreft, ik wilde niet met hem trouwen. Ik zette me af tegen mijn moeder en Marsh. Bill zette zich af tegen Starr." Alice lachte — een meelijwekkend geluid. "Het kon Starr niets schelen wat Bill of ik uitvoerden."

Joe wreef over zijn kin. "Vergeet even dat ik de sheriff ben. Doe alsof ik een oude vriend ben."

"Dat is niet zo moeilijk." Alice zond Joe een duizelingwekkende glimlach.

"Ben jij katholiek, net als je moeder?"

"Ik had daar weinig keus in. Ik denk — ja."

"Dus je gelooft niet in scheiden, en dat soort zaken?"

"Ik — denk het niet."

"Nou, dan kun je Marsh beter nu dumpen, voor het te laat is. Anders zit je voor de rest van je leven aan hem vast."

Alice glimlachte droevig. "En als ik dat doe, wie zou ons dan onderhouden? Mij, moeder, en nu is er een kleine baby. Geen van ons weet hoe we geld moeten verdienen. En het wordt moeders dood als ze dit huis moet opgeven."

"Je vader zal ongetwijfeld de baby moeten onderhouden."

Alice maakte plotseling een vermoeid gebaar. "Ik ben zo ziek van deze hele toestand! Ik begrijp nu waarom sommige mensen zichzelf van het leven willen beroven."

"Nou, nou," zei Joe. "De dingen zijn niet zo erg. Mijn hemel, geef me twee cent en ik trouw zelf met je. Behalve dan dat ik een dochter heb die niet veel jonger is dan jij. Het zou een beetje raar overkomen. Howard Griselda zou me in een opiniestuk tot moes malen."

Alice lachte en zag er zo charmant uit dat Joe even een wilde opwelling voelde om haar serieus ten huwelijk te vragen. Alice vroeg op provocerende toon: "Zelfs als u weet hoe slecht ik mij gedragen heb?"

"We zouden allebei een risico nemen."

"U weet nog niet half hoe verdorven ik ben."

"En hoe erg is het dan wel?" vroeg Joe. "Gaat het zo ver dat je Ken, Bill en mevrouw Wagner met een hamer hebt doodgeslagen?"

"O nee. Ik zou nooit iemand pijn kunnen doen. Fysiek..." Haar stem viel weg. Toen zei ze: "U bent welkom op mijn trouwerij."

"Dat is nog niet eens een troostprijs," zei Joe. "Nou ja, daar moeten we het maar mee doen. Ik denk niet dat ik met je moeder zou kunnen opschieten. Ik zou haar zeer zeker niet willen onderhouden."

Alice knikte alsof dit nu precies het punt was dat ze had willen maken. "Op dit moment voel ik me honderd jaar oud. Ik kan alleen nog maar denken aan rust en kalmte."

"Geen wilde haren meer?"

"Nee. Ik ben er klaar mee."

"En wie was je meest recente vriend? En dat is een officiële vraag."

"Het was niet serieus. Vraag me alstublieft niet naar zijn naam, want die zal ik u niet geven."

Joe dacht even na. "Laat me je paspoort zien. Als je inderdaad pas terug in het land was nadat Sally Wagner is overleden, dan denk ik niet dat het iets uitmaakt."

Alice verliet zwijgend de kamer en kwam een ogenblik later terug met haar paspoort. Joe keek naar de douanestempel: SAN FRANCISCO, 1 AUGUSTUS. "Hoe komt het dat je moeder deze datum niet gezien heeft?"

"Ze heeft nooit gekeken. Ze was het niet eens met de reis naar Europa — deed alsof het nooit gebeurd was."

"Ik durf er een dollar onder te verwedden dat ze precies weet wat er in dat paspoort staat."

Alice haalde lusteloos haar schouders op. "Het kan me niet schelen. Ik ben alles gewoon zat. Zorgen, armoede, mijn plicht doen."

"Zeg niet dat ik je niet gewaarschuwd heb," sprak Joe.

2

Joe liep naar zijn auto, duizelig van de vele gedachten in zijn hoofd. Het was onmogelijk om Alice te verdenken van moord. Ze was te droevig, te mooi, te lief. En wat had ze erbij te winnen? En bovendien was ze negenduizend kilometer ver weg toen de moorden plaatsvonden.

Maar stel nu, dacht Joe, stel nu dat Starr Shortridge in werkelijkheid stapel was op Bill Whipple, dat ze al die jaren onverschilligheid geveinsd had. En stel dat het verhaal van de kerstfuif in Halfway House haar ter ore was gekomen — zou het dan mogelijk kunnen zijn dat dit nieuws haar tot waanzinnige woede had gedreven?

Die theorie was zo mogelijk nog minder overtuigend dan de meeste andere. Maar aangezien hij ook niets beters te doen wist, reed Joe toch de oprit van de familie Shortridge op, parkeerde en belde aan. Tot zijn grote opluchting was het Starr zelf die opendeed; Joe voelde zich niet in staat om de koele, starende blik van Miriam Shortridge het hoofd te moeten bieden.

"Hallo, sheriff," zei Starr. Ze liep naar buiten, het terras op.

"Hallo, juffrouw Shortridge," zei Joe. "Vertel mij eens, heb jij misschien drie moorden gepleegd om een onbeantwoorde liefde voor Bill Whipple?"

"Nee."

"Dat had ik ook niet verwacht. Weet je wie het wel gedaan heeft?"

"Niet echt."

"Uiteraard weet je dat Alice terug is uit Europa."

Starr knikte. "Marsh heeft haar meegebracht voor het avondeten — twee keer al. Ze heeft een engelengeduld. Ik zou nog niet voor al het geld van de wereld met Marsh willen trouwen."

Op dat moment kwam Marsh aanrijden in zijn witte Ford sedan. Hij stapte uit, stond even stil en keek naar Joe. Toen knikte hij kortaf en kwam naar hen toe. "Wat is het laatste nieuws, sheriff?"

"Ik heb zojuist juffrouw Benjamin en uw zus gesproken, in de hoop dat ik op die manier misschien nieuwe ideeën over de zaak zou kunnen verkrijgen."

"Het is de hoogste tijd dat er nieuwe ideeën komen, waar dan ook vandaan."

"Ik ontdek steeds weer nieuwe dingen," zei Joe. "En ik heb het vreemde gevoel dat er iets overduidelijk belangrijks zich net buiten mijn blikveld schuilhoudt; alsof ik alleen maar snel mijn hoofd hoef te draaien om het te kunnen zien…ik neem aan dat u ook niets nieuws te binnen geschoten is dat iets met deze zaak te maken zou kunnen hebben?"

"Absoluut niets."

"Ik vermoed dat u inmiddels behoorlijk opgewonden bent, nu de trouwerij zo dichtbij is en zo."

Marsh deed zijn mond open en sloot hem weer. Als hij de opmerking zou beamen zou hij meegaan met de dartele opmerking van Joe. Als hij nee zei dan kwam hij over als een hork. "Dat is iets dat iedereen op een zeker moment zal moeten zien te doorstaan," zei hij stijfjes.

"Uit pure nieuwsgierigheid, was u van plan katholiek te worden?"

Weer kostte het Marsh moeite de juiste woorden te vinden. Starr staarde in de richting van Spanish Hill, met een ernstig en onbewogen gezicht.

"Ik ben opgevoed met de doctrine van de episcopaalse kerk," zei Marsh. "De kerk van Alice heeft mij gevraagd om onderricht te volgen, en daar had ik geen serieuze bezwaren tegen; in essentie zijn de beide stromingen niet heel erg verschillend."

"De katholieken gebruiken meer wierook," merkte Starr op.

Marsh verwaardigde de opmerking niet met een antwoord.

"Waar vindt het huwelijk plaats?" vroeg Joe. "Misschien kom ik ook wel."

"Wij trouwen in besloten kring," zei Marsh. "Het zal hier in huis plaatsvinden."

"O? Niet in de katholieke kerk? Ik dacht dat dat de gewoonte was."

"We hebben besloten tot een burgerlijk huwelijk," zei Marsh kortaf.

Starr lichtte de opmerking verder toe. "Marsh is al eerder getrouwd geweest, met een muzikante. En gescheiden, natuurlijk. Het is geen bigamie."

"Hoe," vroeg Joe, "denkt u over echtscheiding, voorbehoedsmidde-len en dat soort zaken?"

"Ik ben daar conservatief in," zei Marsh. "En het is geen onderwerp waarover ik wil praten."

"Mijn excuses," zei Joe. "Ik begrijp dat u en Bill Whipple een fikse ruzie hadden een week of zo voor zijn dood."

Marsh wierp een nijdige blik op Starr, die terugkeek met een overdreven onschuldige blik. Marsh keek van haar weg en trok zijn mondhoeken nijdig omlaag. "Het was geen week voor zijn dood," mompelde hij. "Het was twee dagen eerder. Hij had Starr lastiggevallen. Hij vond het nodig haar via mij aan te vallen en enkele afschuwelijke aantijgingen te doen."

"Jegens wie precies?"

"Dat is absoluut niet relevant."

"Bij een moordonderzoek is alles relevant."

Marsh deed alsof hij het niet hoorde. "Het was geen 'fikse ruzie', zoals u het stelde. Ik heb hem gewoon de les gelezen. Hij heeft altijd al een vreemde houding gehad jegens Starr en mijzelf, een soort emotio-nele wisselvalligheid: tweeslachtigheid noemt men dat geloof ik."

"Dat is nog geen reden om hem te vermoorden."

Marsh stotterde van verontwaardiging. "Insinueert u nu dat ik hem vermoord zou hebben?"

"Iemand heeft het gedaan."

Marsh draaide zich abrupt om en beende het huis in. Joe schudde treurig zijn hoofd en vertrok.

3

Terug in het hoofdbureau sloot Joe zichzelf op in zijn kantoor en pro-beerde na te denken.

Als het motief voor de moorden te maken had met het geld van mevrouw Bazzarini dan waren Caspar Hubman en/of Laura Hubman de voornaamste verdachten. Als de moorden te maken hadden met de kerstfuif in Halfway House dan waren de meest voor de hand liggende personen, al waren de motieven vaag, onder andere Marsh, de ouders van Alice en de ouders van Helen Ferguson. De Fergusons, die niet aan

Madrone Way woonden, konden worden uitgesloten. Grace Benjamin was te zwanger geweest om in het uniform van Ken te passen, laat staan om Bill Whipple te verslepen met een kruiwagen of over het hek tussen haar eigen huis en dat van Sally Wagner te klimmen. Guy Benjamin was in India.

Joe ging rechtop zitten. Hij pakte de telefoon en belde de Benjamins.

Mevrouw Benjamin nam op. In de achtergrond hoorde hij het klaaglijke huilen van de baby.

"Met sheriff Joe Bain, mevrouw Benjamin. Voor wie werkt uw echtgenoot?"

"Een ingenieursbureau dat een dam aan het bouwen is in India."

"Hoe heeft het bedrijf?"

"De Amonette Construction Company, King James Parade 29, Darjeeling, India."

"Waar is het hoofdkantoor van het bedrijf?"

"In San Francisco."

"Dank u, mevrouw Benjamin."

Joe belde de Amonette Construction Company in San Francisco en werd doorverbonden met personeelszaken. "U spreekt met Joe Bain, sheriff van San Rodrigo County. Ik ben op zoek naar informatie over een van uw employés."

"Het spijt me, mijnheer. Wij geven geen informatie over ons personeel via de telefoon."

"Ik ben alleen op zoek naar zijn adres."

"Sorry, mijnheer. U kunt hem via zijn kantoor aanschrijven."

"Kom op, zeg, ik ben de sheriff van San Rodrigo County, een wetsdienaar. U kunt mij terugbellen als u mij niet gelooft."

"De regels van het bedrijf zijn bijzonder strikt, mijnheer. Ik kan niets voor u doen. Als u uw legitimatie meebrengt naar ons kantoor, of uw vraag via een aangetekende brief op officieel briefpapier naar ons toestuurt, dan helpen wij u zo veel wij kunnen."

Joe hing op en bleef ziedend van woede op de rand van zijn stoel zitten. Een minuut verstreek. Hij sprong op, sprak even kort met Ace Wardell en juffrouw Curdy en vertrok toen, vloekend en mopperend, in noordelijke richting naar San Francisco.

4

Het hoofdkantoor van de Amonette Construction Company besloeg de elfde verdieping van het Golden State Building aan Montgomery Street. Joe liep door een gang die door middel van glazen panelen was afgescheiden van een enorme tekenkamer en liep een deur binnen met het opschrift PERSONEELSZAKEN. Een vlotte jongeman in een wit shirt met een vlinderstrikje kwam naar de balie. "Kan ik u helpen, meneer?"

Joe deed zijn portefeuille open en liet zijn penning zien. "Ik wil het hoofd van de afdeling spreken."

"Dat is de heer Trask, mijnheer. Een ogenblikje."

Joe werd een kantoor binnengeleid dat twee keer zo groot was als het zijne en versierd met foto's van diverse projecten en werklieden. Trask stond op; hij was bijna een kop groter dan Joe en had een mager gezicht, de meest milde bruine ogen die je je maar kon voorstellen en een paar dunne sprietjes haar.

Joe toonde nogmaals zijn penning, die door Trask met vriendelijke interesse bestudeerd werd. "En wat is uw probleem?"

"Ik ben op zoek naar informatie over een van uw ingenieurs, de heer Guy Benjamin. Ik wil bewijs, of in ieder geval de verzekering van bovenaf dat hij in India is en daar sinds het begin van dit jaar al verblijft."

Trask leunde achterover in zijn stoel, vouwde zijn handen op zijn borstkas en schudde zijn grote hoofd. "Daarmee kan ik u niet helpen."

"Hè? Hoe dat zo?"

"Guy Benjamin is al sinds het voorjaar terug op het hoofdkantoor."

"Wat!" riep Joe. "Hier in San Francisco?"

"Ga maar naar het derde kantoor in deze gang," zei Trask. "Misschien dat Benjamin zelf kan bewijzen dat hij in India is. Ik kan dat niet."

Joe streek met zijn vingers door zijn haren. "Het minste dat ik doen kan is het hem zelf vragen."

Op de deur van het derde kantoor in de gang hing een bordje met HOOFD EXPEDITIE.

Joe ging naar binnen. Het stonk naar sigarettenrook. In de ruimte stonden drie bureaus; aan ieder daarvan zat een man in hemdsmouwen ernstige gesprekken te voeren in de telefoon. Geen van hen was Guy Benjamin, niemand deed meer dan even opkijken.

Joe liep de ruimte door, keek het binnenkantoor in. Daar zat Guy Benjamin op een rekenmachine te tikken en vinkjes op een lijst te zetten. Hij keek op: "Ja, meneer?"

Joe bestudeerde hem even voordat hij iets zei: de echtgenoot van de indrukwekkende Grace Benjamin. Joe vroeg zich af hoe dat kon. Guy Benjamin was een slanke man met een vriendelijk, gezapig gezicht, goedverzorgd bronskleurig haar, een nette, bronskleurige snor. Op de een of andere manier zag hij er ouderwets uit, als een vroege foto van John Gilbert. Het was wel duidelijk, dacht Joe, dat Alice zowel haar charme als haar buigzaamheid — 'zwakheid' was te sterk uitgedrukt — van haar vader had. Grace Benjamin was van een heel ander kaliber.

"Mijn naam is Joe Bain, de sheriff van San Rodrigo County." Joe toonde zijn penning.

Guy Benjamin knikte somber. Hij wees naar een stoel. "Gaat u zitten, sheriff."

Joe trok de stoel naar voren. "Het verbaast mij dat ik u hier aantref. Ik had begrepen dat u in India was."

Guy Benjamin maakte een klein gebaar waarmee hij zoveel wilde zeggen als dat hij die indruk inderdaad had willen geven. "Ik kreeg de kans om weer terug te keren; ik heb die aangenomen. Het is hier een stuk comfortabeler. Hoewel Darjeeling ook niet zo kwaad is."

"Bent u in contact geweest met Pleasant Grove?" vroeg Joe voorzichtig.

"Ik ben bang van niet," zei Guy Benjamin met een lichte glimlach.

"U weet wat er op Madrone Way aan de hand is?"

"Dat zou ik niet zo durven zeggen."

"Wanneer was u voor het laatst in Pleasant Grove?"

"De feestdagen vorig jaar. Ik betwijfel of ik er ooit terug zal keren. Mijn vrouw en ik hebben een overeenkomst gesloten. Zij wil niet van me scheiden, ik kan niet van haar scheiden. En dus — leeft zij haar eigen leven; ik leef het mijne. Wat is er allemaal voor opwindends aan de hand?"

"Daar kom ik over een minuut of twee op," zei Joe. "U weet dat uw dochter gaat trouwen?"

Guy Benjamin knikte en bood Joe een sigaret aan. Joe sloeg het aanbod af. Guy Benjamin streek een lucifer op en stak zijn sigaret aan. Hij sprak: "Ik zou zelf niet voor Marsh Shortridge gekozen hebben, maar ik hoef dan ook niet met hem te leven."

"U gaat niet naar de trouwerij?"

Guy Benjamin schudde zijn hoofd. "Dan moet ik beleefd blijven tegen Grace; de kans is groot dat ik dat niet ga redden. Waarom zou ik dat risico nemen?"

"Alice weet niet dat u hier bent?"

"Nee. Ze zou het aan haar moeder doorvertellen, en dat past niet in mijn plannen. Ik ben niet harteloos, sheriff, maar ik ben een lafaard. U kent Grace niet. Die vrouw is de oorsprong van de term 'onstuitbaar'. Ze heeft me helemaal uitgewrongen; ik heb haar het huis gegeven bij wijze van financiële genoegdoening, wat ze aanvaardbaar vond. Ik geef Alice een zakgeld van honderdvijftig in de maand, wat ik uiteraard graag doe. Maar verder sta ik er alleen voor."

"En hoe zit het dan met de baby?" vroeg Joe. "Heeft u geen behoefte om voor uw kind te zorgen?"

"Welke baby?" vroeg Guy. "U bedoelt vast niet Alice. Ze is nu de baby van Marsh."

"Ik bedoel de kleine Beatrice, het kind dat Grace vorige maand gebaard heeft."

Guy Benjamin schoot rechtop in zijn stoel en zijn snorharen stonden overeind. "Grace heeft een baby?"

"Daar kan ik persoonlijk voor instaan."

"Jeminee," mompelde Guy Benjamin, terwijl hij zich achterover in zijn stoel liet zakken en aan zijn snor trok. "Dat is inderdaad een verrassing... Ik zal verder niet in detail treden, maar wie de vader ook is, u kunt mij uitsluiten."

Joe fronste verbijsterd. "U bedoelt dat u toen u vorige winter thuis was dus niet met uw vrouw geslapen heeft?"

"Dat waren de details waar ik niet op in wilde gaan. Nee, dat heb ik niet gedaan. Wel, wel, wel. Dit is fantastisch. Grace. Haar religie. Haar geweten. Haar scrupules. Haar religie. Haar ethiek. Haar religie..."

Joe krabde zich op het hoofd. "Wie is dan in 's hemelsnaam de vader?"

"Als je het mij vraagt," zei Guy Benjamin, "dan is het een onbevlekte ontvangenis. Wilt u nu zo vriendelijk zijn om mij te vertellen wat u hier in vredesnaam doet?"

"Kent u Ken Mooney?"

"Nee."

"En Bill Whipple?"

"De jonge Bill ken ik wel. Een rokkenjager, woont verderop in de straat."

"En Sally Wagner?"

"Sally Wagner, uiteraard."

"Welnu, ze zijn alle drie dood — vermoord." Joe beschreef de misdaden.

Guy Benjamin lachte zwakjes. Hij drukte zijn sigaret uit en leunde achterover in zijn stoel. "Ik heb geen alibi. De hele theorie dat ik deze mensen zou kunnen hebben vermoord is zo vergezocht dat ik me er niet eens druk over kan maken."

"Dat geldt voor al mijn verdachten," zei Joe. "Als u uzelf definitief vrij zou kunnen pleiten dan zou het mij helpen de ware moordenaar te vinden."

"Het spijt me echt verschrikkelijk, sheriff. Ik kan niet bewijzen waar ik twee dagen geleden was, laat staan een hele maand."

Joe leunde achterover en keek somber naar Guy Benjamin. Hij had gehoopt dat zijn aanwezigheid in San Francisco de zaak had kunnen openbreken.

"Tussen haakjes," vroeg Guy Benjamin, "bent u van plan Grace te vertellen waar ik ben?"

"Als ik navraag ga doen over haar baby —"

Guy Benjamin huiverde. "Daar heb je moed voor nodig."

"— dan zal ik uw naam moeten noemen."

Guy Benjamin hief zijn handen ten hemel. "Dan kan ik net zo goed naar de trouwerij gaan. Ik ben dol op Alice." Hij kneep zijn ogen half dicht en keek door het raam naar buiten, waar de zon over het tegenoverliggende gebouw scheen. "Als ik nu terugkijk, o God, het lijkt nu zo lang geleden, ik was een jonge stommeling…"

"Dat is hoe mensen zichzelf gek maken," zei Joe. "Nou, het wordt laat. Ik weet niet of u de zaken nu makkelijker of moeilijker heeft gemaakt."

"Als ik schuldig was zou ik met alle plezier bekennen," zei Guy Benjamin beleefd. "Al was het maar om u verder werk te besparen."

Joe stond op. "Waarom kan niet iedereen zo voorkomend zijn?" Hij haalde zijn notitieblok tevoorschijn. "Ik wil uw adres en telefoonnummer. Belt u mij alstublieft voordat u iets doet, anders zou ik u uit pure hysterie nog weleens kunnen laten arresteren."

5

Joe reed in zuidelijke richting via Highway 101 naar San Jose en sloeg toen schuin af naar Aurora, waar hij Luna opbelde. "Heb je al gegeten?"

"Nee," antwoordde Luna. "Ik heb het zo druk gehad dat ik niet eens aan avondeten heb kunnen denken."

"En als ik nu eens twee grote biefstukken zou komen brengen, een stokbrood en een sixpack, denk je dat we daar iets mee zouden kunnen?"

"Ik zal alvast een paar uien bakken."

Na het eten hielp Joe Luna om haar betonnen bakken in een mogelijk meer gunstige configuratie te zetten. Toen zaten ze samen op de schommelbank op het gazon en bespraken de moorden. "Ik heb het gevoel dat ik heel dicht bij de oplossing ben," zei Joe. "Maar waarom? waarom? waarom? Waarom Ken Mooney vermoorden? Waarom moest Bill Whipple dood? En Sally Wagner? Grace Benjamin kon haar baby op geen enkele manier voor de buitenwereld verbergen. Als Laura of Caspar Hubman hun erfenis veilig wilden stellen hadden ze Ken niet halverwege zijn postronde vermoord, dan zouden ze veel subtieler te werk gaan. Marsh Shortridge is een paljas die niet in staat is wie dan ook te vermoorden. Starr geeft nergens om. Alice Benjamin was in Europa. Guy Benjamin..." Joe schudde zijn hoofd. "Ik blijf in cirkeltjes ronddraaien."

"Wanneer is de trouwerij?"

"Over ongeveer een week."

"Ga je mevrouw Benjamin nog vragen wie de vader van haar baby is?"

"Absoluut niet. Als ik dat doe zegt ze gewoon dat het mij niets aangaat. En dan zeg ik: 'Mevrouw Benjamin, in een moordzaak gaat alles mij aan'. En dan verandert ze van onderwerp. Ik kan haar niet in de gevangenis stoppen omdat ze weigert te zeggen met wie ze naar bed is geweest."

Luna schudde verwonderd haar hoofd. "Zelfs ik vind dit allemaal behoorlijk verwarrend."

HOOFDSTUK XIII

1

ER GING EEN WEEK VOORBIJ. Op de ochtend van 20 september beroofden drie jongens van zestien, zeventien en achttien jaar oud een bank in San Jose, waarna ze San Rodrigo County invluchtten. Joe zette al zijn mannen in en joeg de jongens op in de richting van een blokkade op de snelweg. Ze kwamen aanrijden met een snelheid van zeker honderdtwintig. De bestuurder probeerde te remmen en het stuur om te gooien, maar verloor de macht over het stuur en reed een greppel in om daar vervolgens weer uit te stuiteren en met een hels krakend kabaal over de weg te glijden. Er waren geen overlevenden.

Die middag repeteerde men voor de Shortridge-Benjamin trouwerij; hierna waren de Benjamins bij de Shortridges te gast voor het avondeten.

Joe, peinzend en ontevreden, ijsbeerde door zijn huiskamer tot zijn moeder, die op deze manier haar aandacht niet bij de tv kon houden, zich uiteindelijk geërgerd terugtrok en naar bed ging.

"Zorg dat je nooit tot sheriff gekozen wordt," zei Joe tegen Miranda. "Het is de snelste manier om grijze haren te krijgen … Hoe komt het dat die ouwe Cucchinello nooit dit soort problemen hoefde op te lossen? Hij was gelukkig tot zijn dood."

Miranda probeerde hem te troosten. "Er komt wel iets bovendrijven."

"Maar dat is niet hoe ik het wil!" riep Joe uit. "Ik zou de leiding moeten hebben; ik zou in staat moeten zijn de zaak uit te zoeken. Heeft Howard Griselda dan toch gelijk? Ben ik een stommeling? Ik neig ernaar het met die mening eens te zijn."

"Luister eens, pap, weet je nog wat je altijd tegen mij zei? Als je niet in jezelf gelooft, dan zal ook niemand anders dat doen."

"Dat is waar. Maar ik weet ook wat een miserabel fiasco deze moorden zijn geweest."

"Laten we er samen over nadenken," stelde Miranda voor. "In de eerste plaats weten we dat deze moorden geen zelfmoord waren."

"Klopt," zei Joe. "En we kunnen dood door een zwerm woedende kanaries ook uitsluiten."

"Nu doe je sarcastisch," snoof Miranda. "Ik wilde alleen maar helpen."

"Ik weet het, ik weet het." Joe bleef ijsberen. "Trek eens een blikje bier open. Voor mij, niet voor jou. Het helpt om mijn gedachtenprocessen te smeren."

Na drie blikjes bier waren Joe's gedachtenprocessen dusdanig gesmeerd dat hij naar bed ging.

De volgende ochtend op kantoor bleef hij de zaak overdenken. Deze misdaden zouden door middel van pure logica opgelost moeten kunnen worden. "Sally Wagner hoefde alleen maar naar een kruiwagen te kijken om de oplossing te vinden," zei Joe tegen zichzelf, "en zij wist zoveel als ik weet. Blijkbaar heb ik dus geen flexibele hersenen. Ik zou vrijer moeten speculeren in plaats van alles proberen te bewijzen. Bijvoorbeeld, wat als er al die tijd iemand in het huis van de Mortimers heeft gewoond? Of als Marsh nooit is gescheiden? Wie is de vader van het kind van Grace Benjamin? Marsh? Ken? Bill? Caspar Hubman?"

Joe schoot overeind alsof juffrouw Curdy een ijsblokje in zijn kraag had gestopt.

"Zou het kunnen? Kan het waar zijn?" Hij keek op zijn horloge. Kwart voor tien, de trouwerij was over minder dan een kwartier. "Als ik het mis heb, kan ik net zo goed mijn koffers pakken en emigreren."

2

Madrone Way stond vol geparkeerde auto's; Joe parkeerde zo ver mogelijk op de oprit van de familie Shortridge.

Het oude huis zag er feestelijk uit. De balustrade was versierd met boeketten rode en witte anjers; binnen klonk het geluid van een strijkkwartet.

Joe rende de trap op en baande zich een weg naar de grote huiskamer. De trouwerij was nog niet begonnen. Aan de ene kant van de kamer waren een altaar en een katheder neergezet. Er brandden witte kaarsen in bronzen kandelaars. Overal stonden gasten: belangrijke mensen uit heel San Rodrigo County. Bij het altaar stond Sam Shortridge in een net pak, Milo Gentry, Howard Griselda, meneer en mevrouw Wilfred Mortimer, Laura Hubman, Grace Benjamin en Porter Barrett, de eigenaar van Rancho La Zuñada in de Indian Hills.

Joe liep naar de groep toe, tikte Sam Shortridge op de arm en gebaarde hem om even mee te komen. "Het spijt me dat ik moet binnenvallen op een moment als dit, meneer Shortridge…"

"Helemaal niet, sheriff," zei Sam Shortridge op joviale toon. "Blij dat u erbij kunt zijn. We staan net op het punt om het startschot te lossen."

"Dit is een vervelende situatie," zei Joe op bezorgde toon. "Misschien dat de trouwerij beter even uitgesteld kan worden."

Sam Shortridges mond viel open van verbazing. "Wat zegt u me daar? De trouwerij uitstellen?"

Joe toverde zijn vriendelijkste glimlach tevoorschijn. "Dit is een heel raar moment om bezig te zijn met een moordonderzoek, maar een minuut of tien geleden vielen alle stukjes ineens op hun plaats. Tenminste, dat hoop ik."

Miriam Shortridge, uitbundig in roze gehuld, kwam naar hen toe. "Wat is het probleem, Sam?"

Sam Shortridge zei op verwonderde toon: "De sheriff wil het huwelijk uitstellen."

"Dat is ronduit belachelijk!" riep Miriam Shortridge uit. "Hoe kan hij zoiets zelfs maar bedenken?"

"Wat is er allemaal aan de hand?" vroeg Grace Benjamin, en Sam Shortridge vertelde nogmaals wat Joe had gevraagd. Grace Benjamin zei tegen Joe: "U bent blijkbaar gek geworden."

Joe deed zijn mond open, maar Howard Griselda was hem voor. "Sheriff Bain heeft een betreurenswaardige voorkeur voor spektakel en melodrama."

"Excuseert u mij dat ik het niet met u eens ben, meneer Griselda," zei Joe. "Ik zou het huwelijk zonder meer door kunnen laten gaan, maar dan kan het weleens zo zijn dat we achteraf een heleboel ophef krijgen. En dan zou iedereen mij aanvallen en zeggen: 'Sheriff Bain, jij gevoelloze schurk, waarom heb je de ceremonie niet tegengehouden?'"

Sam Shortridge, die er plotseling vermoeid en opgejaagd uitzag, zei: "Wat had u precies in gedachten?"

Joe wreef nadenkend over zijn kin. Hij keek de kamer rond. Langs de zijlijn stond Guy Benjamin, onbekommerd en zelfverzekerd, te praten met Caspar Hubman. Starr, in een lichtgroene rok, zat met een grimmige blik op de bank naast de jonge Orlando Bennett, de zoon van Basil Bennett, de meest vooraanstaande advocaat van Aurora.

Joe sprak langzaam: "Ik denk dat het het eenvoudigst zal zijn als u de aanwezigen mededeelt dat de huwelijksvoltrekking is uitgesteld."

Grace Benjamin maakte een blatend geluid. "Ik peins er niet over. Ik vind dit ronduit schandalig. Kan dit alles niet wachten tot na de ceremonie?"

"Het spijt me, mevrouw Benjamin. Dit is een heel vervelende situatie. Maar u moet niet vergeten dat er drie mensen vermoord zijn, en dat is een stuk vervelender." Hij ving Howard Griselda's spottende blik op en wendde zich tot Sam Shortridge. "Ik wil een paar vragen stellen. Ik kan dat achter gesloten deuren doen, of hier in het bijzijn van iedereen. Dat laatste is waarschijnlijk sneller gebeurd, maar het is nogal gênant."

"Gênant voor wie precies?" vroeg Miriam Shortridge.

Sam Shortridge maakte een ongeduldig gebaar. "Schiet nou maar op, des te eerder hebben we het gehad. Hoe dan ook, het zal binnen de kortste keren toch wel algemeen bekend zijn."

"Roep alstublieft Marsh en Alice naar binnen."

Miriam Shortridge deed haar mond open om te protesteren, maar Sam onderbrak haar. "Doe wat de sheriff vraagt. Hij maakt geen grapjes."

"Dat hoop ik in ieder geval niet," mompelde Joe. Alice, in haar trouwjurk, Marsh in zijn goede pak en Charles Beasley, zijn getuige, kwamen verwonderd de kamer binnen. Sam Shortridge gebaarde bruusk naar hen alle drie. "Hierheen. Sheriff Bain houdt het huwelijk tegen."

Marsh begon op te zwellen van verontwaardiging. Sam Shortridge sprak met broze stem: "Laten we eerst maar eens horen wat hij te zeggen heeft."

Joe aarzelde. "Weten jullie zeker dat we dit niet beter ergens anders kunnen bespreken? Er zullen een aantal gevoelige onderwerpen aan de orde komen."

"Schiet nou maar gewoon op," zei Sam Shortridge met raspende stem.

Joe haalde zijn schouders op. "Misschien is dat maar het beste. Meneer Benjamin, kunt u alstublieft even hierheen komen?"

Guy Benjamin kwam naar voren.

"Meneer Benjamin, bent u de vader van Beatrice Benjamin?"

"Nee," zei Guy Benjamin goedgehumeurd. "Dat ben ik niet. Absoluut niet."

Miriam Shortridge hapte naar adem en siste tussen haar tanden door.

"Klopt dat, mevrouw Benjamin?" vroeg Joe.

Grace Benjamin werd zo rood als een biet. "Wat een brutale vraag!"

"Maar nu ik de vraag gesteld heb, mag ik dan ook een antwoord?"

"Ik weiger om dit onderwerp verder te bespreken."

"Kunnen we het geboortebewijs van de baby zien?"

"U krijgt helemaal niets te zien."

"In welk ziekenhuis is de baby geboren? Wie was de arts die u geholpen heeft?"

"Dat gaat niemand iets aan."

"Kom nu, mevrouw Benjamin. Dit is een heel gewone, onschuldige vraag. Niemand zal u aan de schandpaal nagelen om een kleine misstap; vertel ons nu gewoon waar de baby geboren is en wat de naam van de dokter was."

"Ik weiger om mijn persoonlijke zaken *en public* te bespreken."

"En wilt u het wel onder vier ogen tegen mij zeggen?"

"Ik zeg absoluut niets. Het gaat u niets aan."

"Dit is uw laatste kans om nog antwoord te geven, mevrouw Benjamin. Waar is de baby geboren? Wie was de arts?"

Howard Griselda zei ongeduldig: "Het heeft geen zin om de informatie niet te geven, mevrouw Benjamin."

"Nee. Ik doe het niet. Ik weiger om hierop in te gaan."

Joe keerde zich naar Starr, die met een strak gezicht op de bank zat, en keek toen naar Marsh en Alice. "Zeven of acht jaar geleden hebben jullie met z'n drietjes een boomhut gesloopt die Bill Whipple gebouwd had. Klopt dat?"

"Dat klopt," zei Marsh, op een nerveuze, hoge pieptoon.

"Wat is er met het gereedschap gebeurd?" Hij keek iedereen een voor een aan.

Alice sprak aarzelend: "Ik heb het meegenomen. Ik heb het aan mijn vader gegeven."

Guy Benjamin knikte. "Ja, ik kan het me herinneren. Ik zie ze zo voor me: een hamer en een zaag."

"Met die hamer zijn drie mensen vermoord." Joe wendde zich tot Alice. "Weet jij waar Beatrice Benjamin geboren is?"

Alice keek naar haar moeder. Joe deed een stap naar voren. "Geef gewoon antwoord op mijn vraag."

Alice sprak met trillende stem: "Ik weet niet zeker…"

"Weet je het nu wel of niet?"

"Jawel."

Grace Benjamin zei: "Hij heeft het recht niet om zich met mijn privé-aangelegenheden te bemoeien. Vertel hem niets."

Alice keek Joe smekend aan. "Ik geef liever geen antwoord."

"Het spijt me, juffrouw Benjamin, maar alles zal nu toch naar buiten moeten komen. Alles. Het hele verhaal. Je bent op 1 augustus uit Europa teruggekomen. Klopt dat?"

"Wat?" riep Marsh uit.

Alice slaakte een diepe, trillende zucht. "Ja."

"Heb jij geprobeerd Bill Whipple te bellen om hem te vertellen dat je zwanger was van zijn kind, om vervolgens tot de ontdekking te komen dat hij gestorven was?"

"Alice!" snauwde Grace Benjamin. "Waag het niet om ook maar een woord te zeggen!"

"Ja!" riep Alice uit. "Ik ben doodziek van deze hele toestand. Ik ben blij dat ik nu eindelijk de waarheid kan vertellen. Dat is zo! Dat is zo!"

Marsh slaakte een schorre kreet van afgrijzen. Sam Shortridge stond met stomheid geslagen en keek van de een naar de ander. Guy Benjamin inspecteerde zijn nagels. Starr Shortridge schoot in de lach: een luide, vrolijke schaterlach.

"Ken Mooney werd vermoord op een snikhete dag," zei Joe. "De jongens van Taylor verkochten citroenlimonade langs de weg. Ken had een glas gekocht, op de pof. Hij had wat contact geld gekregen toen hij Marsh een pakketje onder rembours had geleverd, maar hij had de Taylor jongens niet betaald. Ken had Madrone Way niet verlaten. Hij had een aangetekende brief voor mevrouw Benjamin die nooit is bezorgd. Oppervlakkig gezien leek het erop dat Ken ergens rond dat adres vermoord moest zijn. De moordenaar kon dus een Shortridge, een Taylor of een Benjamin zijn, die dan vervolgens het uniform van Ken had aangetrokken om de rest van de post in de straat te bezorgen.

"Het was geen Taylor. Mevrouw Benjamin was ogenschijnlijk zwanger. In werkelijkheid was ze dat niet. Ze had zichzelf in deze situatie gemanœuvreerd door de meest belachelijke blunder die men zich maar kan voorstellen. Het is geen wonder dat ze Sally Wagner haatte. Het is zo tragisch dat het bijna komisch is. Sally Wagner betrapte haar toen ze op het punt stond om tabletten te kopen voor zwangere vrouwen, een of andere vitaminepreparaat of iets dergelijks, en Grace Benjamin was zo van haar stuk gebracht dat ze toegaf dat zij een kind verwachtte. Op dat moment leek het de enige uitweg, maar wat een ellende veroorzaakte dit! In werkelijkheid kocht mevrouw Benjamin pillen voor Alice.

"Mevrouw Benjamins godsdienst staat abortus absoluut niet toe. Ze had dus bedacht dat Alice ergens achteraf in stilte haar kind zou baren, de baby op zou geven voor adoptie en het huwelijk zou laten doorgaan als gepland. Grace Benjamin heeft dit huwelijk hard nodig. Ze is blut. Als Marsh niet met Alice trouwt en haar onderhoudt, dan zal ze moeten gaan werken. Maar helaas: Sally Wagner verraste haar. En het enige dat Grace Benjamin kon bedenken was te zeggen dat ze inderdaad zelf zwanger was. Dat was de grootste pech die haar ooit is overkomen. Omdat ze daarna dus verplicht was om net te doen alsof ze zwanger was. En het betekende ook dat ze de baby zou moeten houden.

"Op een hete zomerdag — achttien juni om precies te zijn — komt Ken Mooney langs met een aangetekende brief. En nu moet ik raden hoe het gegaan is. Ik vermoed dat hij heeft aangebeld, geen gehoor kreeg en besloot achterom te lopen — en wie schetst zijn verbazing! daar stond Grace Benjamin, klimrekjes ophangend of stokjes bij haar chrysanten aan het zetten, in zomerse kleding gehuld, misschien? In ieder geval zonder haar vulling. Ze was zo dun en recht als een potlood!

Ken stond waarschijnlijk stokstijf en zei iets als: 'Maar mevrouw Benjamin! Ik dacht dat u zwanger was!' Of misschien zei hij niets maar staarde hij haar verbijsterd aan.

"Mevrouw Benjamin ziet haar hele wereld instorten. Kens volgende adres is Sally Wagner. Het hele verhaal zal vast en zeker naar buiten komen. Grace kan Sally Wagner al bijna horen lachen. Helaas voor Ken ligt daar de hamer die Alice vanaf de heuvel meegebracht heeft. In een vlaag van plotselinge woede slaat ze Ken de hersens in. De rest weten we. Wat zegt u daarop, mevrouw Benjamin?"

Het was doodstil in de kamer.

Howard Griselda schraapte zijn keel. "Mevrouw Benjamin, is deze beschuldiging waar of niet?"

Grace Benjamin zei: "Natuurlijk niet! Er is geen enkel bewijs voor dit hele verhaal. Het is smaad, laster."

"Dat zou het zeker zijn," zei Joe, "als ik ongelijk heb. Er is een kleine aanwijzing: het exemplaar van *Life*. Toen u Ken die klap op zijn hoofd gaf heeft u het tijdschrift gepakt dat hij u zojuist had gebracht en het onder zijn hoofd geschoven. Later toen u wat helderder kon nadenken heeft u uw naam van de omslag getrokken. Nadat het lichaam was gevonden bedacht u dat de politie waarschijnlijk zou willen weten waar die *Life* vandaan gekomen kon zijn. Dus kocht u een exemplaar van *Life* bij de drogist, weekte een oud adreslabel los en plakte dit op de omslag. U had er waarschijnlijk geen erg in dat er op deze manier een *Life* te veel was. Ik zal uw *Life* ophalen om in de rechtbank te laten zien."

Alice hing onderuit, in elkaar gezakt, en keek Joe met een glazige blik aan. Marsh, die er plotseling belachelijk uitzag in zijn nette pak, hing ook slap achterover.

Joe ging verder. "Alice heeft niet echt veel zin om met Marsh te trouwen. Ze wil eigenlijk helemaal niet trouwen. Waarschijnlijk was ze half verliefd op Bill Whipple; hij wist in ieder geval de vrouw in haar te beroeren. Misschien dat ze hem in het voorjaar heeft opgebeld, toen ze er voor het eerst achter kwam dat ze zwanger was."

"Hij zei nee!" riep Alice uit. "Hij wilde niet trouwen!"

"Ik zou zeggen dat hij een slechte smaak had," verklaarde Joe galant. "Hoe dan ook, om de een of andere geheimzinnige reden veranderde hij van gedachten."

Starr sprak met heldere stem: "De reden is niet zo geheimzinnig. Hij was nijdig op mij, en dacht dat hij op deze manier wraak zou kunnen nemen."

"Misschien wel. Hoe dan ook, hij ging naar Halfway House om een foto op te halen, omdat hij zich herinnerde dat hij deze daar op de muur had geplakt. Daarna is hij naar mevrouw Benjamin gegaan, misschien om het adres van Alice te vragen, misschien om mevrouw Benjamin mede te delen wat hij van plan was te doen. Ik stel me de conversatie ongeveer zo voor. Bill begint met: 'Mevrouw Benjamin, Alice en ik gaan trouwen. Ik wil doen wat juist is en ik zal goed voor haar en ons kind zorgen'. 'Welk kind? Waar heb je het over?' vraagt Grace Benjamin, die al meteen de hamer grijpt. 'Ik bedoel de baby die ik afgelopen kerst in Halfway House verwekt heb. Ziet u deze foto?' 'Maar Alice is verloofd met de rijke jonge Marsh Shortridge,' reageert Grace Benjamin. 'Kun jij ons in dezelfde stijl onderhouden als Marsh Shortridge dat kan?' 'Nee, dat kan ik niet. En ik ben ook helemaal niet van plan om dat te proberen. Dus geef me haar adres, want anders ga ik van hieruit rechtstreeks naar Marsh Shortridge.' 'Prima, als je dat dan zo graag wilt. Geef mijn potlood even, ik heb het op de grond laten vallen.' En terwijl Bill zich bukt om het potlood op te rapen: *knal!* met de hamer.

"De kruiwagen komt goed van pas. Laat in de nacht rijdt Grace Benjamin met het lijk van Bill Whipple de straat over en dumpt hem achter de schuur van mevrouw Bazzarini."

Howard Griselda keek nogmaals naar Grace Benjamin. "Is dit waar, mevrouw Benjamin?"

"Er is geen greintje bewijs," zei Grace Benjamin. "Niet het kleinste spoortje."

"Er zijn een heleboel aanwijzingen," zei Joe. "Als we ons eenmaal realiseren dat uw zwangerschap niet echt was, zien we ineens overal aanwijzingen. Neem nu de kruiwagen. Die bracht Sally Wagner aan het denken. Ik had er geen flauw idee van wat haar dwars zat, hoewel u ons zelf een keer of tien had gemaand om voorzichtig te zijn met uw nieuwe gazon. De moordenaar was heel zorgvuldig in een grote bocht om het nieuwe gras heengereden, zeker dertig meter om, zowel op de heenweg als op de terugweg. De moordenaar was net zo voorzichtig met het nieuwe gras als u, zelfs met een lijk in een kruiwagen. Heel vreemd! Het viel Sally Wagner meteen op. Maar omdat we er allemaal van uitgingen dat u zeven maanden zwanger was, leek het onmogelijk. Maar u zag haar, en u wist wat ze dacht. U wist dat ze de zaak niet zou laten rusten. Misschien dat ze naar u toe stelliger was, misschien dat ze haar vermoedens onmiskenbaar duidelijk wist te maken. Ik kan mij absoluut niet voorstellen wat daar gebeurd zou kunnen zijn. Maar u wist dat Sally Wagner op het punt stond de hele zaak door te krijgen. Hoe kon u haar het zwijgen opleggen? Ze sloot haar deuren zorgvuldig af. En aangezien ze u verdacht zou ze u zeker nooit binnenlaten in haar huis. Ik heb een theorie hoe u dit probleem heeft opgelost. Waarschijnlijk kwam de gedachte in u op toen u boven uit het raam stond te kijken hoe Sally Wagner afval verbrandde in haar allesbrander. Ik moet hier nog even mededelen dat wij er niet in geslaagd zijn om te ontdekken met wie Sally Wagner in gesprek was op het moment dat ze vermoord werd. Waarom niet? Omdat u het was. Sally Wagners telefoon gaat over; ze rent het huis in en neemt niet de moeite de achterdeur op slot te draaien. U zegt, met verdraaide stem, iets als: 'Mevrouw Sally Wagner? Ik heb een gesprek voor u uit Washington D.C. Blijft u alstublieft aan de lijn.' Daarna klimt u snel met het trapje over het hek en gaat u het huis binnen. Sally Wagner zit met haar oor tegen de telefoon gedrukt. *Knal!* met de hamer. En u gaat naar de babyshower bij mevrouw Taylor. Alleen bent u nadat u de telefoon had opgehangen vergeten de hamer weer mee te nemen. Niet zo'n grote fout, dacht u. Niemand zal dat ouwe ding herkennen.

"Het blijkt nu echter dat deze hamer een jaar of acht geleden de hoofdrol speelde in een heel ander drama. Heel veel mensen herinnerden zich die hamer." Joe zuchtte. "En zo zit het, mevrouw Benjamin. Dat is het verhaal. U hoeft niets te zeggen voordat u een advocaat heeft gesproken."

Grace Benjamin leek niet onder de indruk; ze was nauwelijks van streek. Ze stond na te denken, waarbij ze haar mond heen en weer bewoog alsof ze probeerde een touwtje op te kauwen. Howard Griselda keek er gefascineerd naar. Guy Benjamin wendde zich af en bestudeerde een boeket rode en witte anjers. Ineens begon Alice te gillen. Ze slaakte de ene kreet na de andere, waarbij ze haar vuisten gebald hield ter hoogte van haar schouders. Toen rende ze ineens de kamer uit, de trap af, de oprit af. Met haar trouwjurk wapperend om haar benen rende ze Madrone Way af. Marsh aarzelde even, alsof hij het niet met zichzelf eens was, mompelde toen iets binnensmonds en rende haar achterna.

Grace Benjamin besteedde geen aandacht aan hen. Ze vroeg aan Joe: "Sta ik onder arrest?"

"Jazeker, mevrouw Benjamin."

"Er is geen bewijs tegen mij."

"Daar mag de jury over oordelen."

3

Toen Joe en Rex Kelly het huis van mevrouw Benjamin doorzochten vonden ze het exemplaar van *Life* van 21 juni dat zogenaamd door Ken Mooney bezorgd was op de laatste dag van zijn leven.

Joe hield het adreslabel tegen het licht. "Kijk eens naar die vlek. Dat is een of andere hobbylijm. We hebben haar."

HOOFDSTUK XIV

1

TIJDENS DE RECHTSZAAK stelde de advocaat van Grace Benjamin dat de zaak van de aanklager helemaal gebaseerd was op indirecte aanwijzingen en aannames; dat er geen enkel direct verband gelegd kon worden tussen mevrouw Benjamin en de moorden. Hij verklaarde dat het exemplaar van *Life*, de hamer en de verzonnen zwangerschap niets met de zaak te maken hadden.

De rechter deelde de jury mede dat ook indirecte aanwijzingen in aanmerking moesten worden genomen, dat niemand van hen zou vragen om onwaarschijnlijke of fantasievolle alternatieven te bedenken om het geheel te verklaren. De jury verklaarde de beklaagde schuldig en niemand kwam met verzachtende omstandigheden. Mevrouw Benjamin hoorde de uitspraak in ijzige stilte aan en werd tot levenslang veroordeeld.

2

Guy Benjamin vroeg, en kreeg, een overplaatsing terug naar India. Alice en de baby gingen met hem mee. Marsh Shortridge werd nog stuurser, nog geslotener, nog bitterder dan ooit tevoren. Starr besloot plotseling dat het tijd werd dat ze ging reizen, en liet zich niet tegenhouden. Haar omzwervingen brachten haar uiteindelijk in Londen, alwaar ze een baan aannam als receptioniste en uiteindelijk trouwde met een waterbouwkundig architect.

Aan Madrone Way werden de drie huizen waar ooit de Benjamins, de Whipples en Sally Wagner gewoond hadden te koop gezet en weldra verkocht. Er kwamen drie nieuwe families aan Madrone Way te wonen en het leven ging door zoals altijd.

3

In de kranten van San Francisco verscheen de volgende advertentie:

⚞ HALFWAY HOUSE ⚟

Deze historische postkoetshalte
op de weg van Monterey naar Vallejo
is nu een ouderwets plattelandshotel.
Huiselijke maaltijden. Geen TV, geen jukebox.

— MARIAN BAIN, MANAGER —

Contreras Road, tien kilometer ten zuiden van Jordan
San Rodrigo County

Miranda besloot dat ze absoluut een auto nodig had. Joe zei voor de grap dat ze kon proberen de 1926 Marmon roadster in de schuur achter Halfway House aan de praat te krijgen. Tot grote schrik van Joe en afschuw van Marian Bain nam ze die uitdaging met beide handen aan. Vijf jonge kerels kwamen langs met hun gereedschap; de Marmon werd geheel gereviseerd, het chroom werd vernieuwd, de auto werd overgespoten en helemaal opnieuw aangekleed en was binnen de kortste keren de rage van Pleasant Grove High School.

Iedereen vond dat Miranda maar bofte met zo'n geweldige vader.

4

Luna werd weggeroepen naar een nieuwe bestemming.

"Arthemisia?" vroeg Joe.

"Nee, nog niet," antwoordde Luna. "Ik ben weer nodig in Texas. En daarna, wie weet waar ik dan heen zal gaan?"

"Stuur me een kaartje, waar je ook bent," zei Joe.

"Ik zal eraan denken ... het spijt me dat ik moet gaan."

"Ik vind het ook jammer dat je moet gaan. Het wordt hier een stuk saaier zonder jou. Ik zal nooit meer richting Hankinson Road willen rijden. Ik ben dol op dit kleine huisje hier onder deze bomen. Vooral bij zonsondergang als de wind uit de vallei komt."

"Niet doen. Je maakt me nog aan het huilen. Ik moet echt afscheid nemen."

"Vaarwel, Luna."

"Vaarwel, Joe."

Jack Vance werd in 1916 geboren in een welgesteld Californisch gezin dat tegen het einde van zijn kindertijd moeilijke tijden doormaakte. Als jonge man probeerde hij een aantal onbevredigende baantjes uit alvorens aan de Universiteit van Californië in Berkeley mijnbouwkunde, natuurkunde, journalistiek en Engels te gaan studeren. Hij ging van school toen de oorlog uitbrak en werd matroos op de koopvaardij. Later werkte hij als rolbrugmachinist, landmeter, keramist en timmerman, voordat hij zich door het produceren van een gestage stroom aan SF, mysterieromans en korte verhalen als voltijds schrijver vestigde.

Hij was meer dan zestig jaar actief als schrijver, en voor zijn werk ontving hij onder andere drie *Hugo Awards*, een *Nebula Award*, een *World Fantasy Award* œuvreprijs, en een *Edgar* van de *Mystery Writers of America*. De *Science Fiction & Fantasy Writers of America* kroonden hem tot Grootmeester, en hij werd opgenomen in de roemruchte *Science Fiction Hall of Fame*.

In zijn werk overschreed Jack Vance vaak de grenzen van het genre: van weemoedige fantastiek (de zeer invloedrijke *Stervende Aarde* verhalen) tot interstellaire space opera (de vijfdelige *Duivelsprinsen* reeks), van heldhaftige fantasy (de *Lyonesse* trilogie) tot de mysterieuze moorden die een sheriff in landelijk Californië moet oplossen (de *Joe Bain* boeken).

Toen hij reeds op leeftijd was, vormde zich een internationale groep van Vance-fans die zich tot doel stelde om het complete œuvre van Vance in de oorspronkelijke staat te herstellen, daarbij tientallen jaren van redactionele ingrepen en ongewenste wijzigingen ongedaan makend. Dit resulteerde in de toonaangevende Engelse *Vance Integral Edition* die als 44 hardcover delen in een beperkte oplage verscheen.

In 2013, kort nadat hij zijn eerste jazz-album had opgenomen, overleed Jack Vance op 96-jarige leeftijd in het huis dat hij eigenhandig had gebouwd in de beboste heuvels buiten Oakland. In het jaar van zijn honderdste geboortedag begint Spatterlight met het uitgeven van een nieuwe Nederlandse editie. In 62 paperbacks verschijnen zowel alle Vance verhalen die al eerder zijn uitgegeven, alsook alle titels die nog niet eerder in het Nederlands verkrijgbaar waren.

Colofon

Dit boek is gezet uit 11,5 pt Adobe Arno Pro.

De tekst van deze uitgave is ontleend aan het digitale archief van de *Vance Integral Edition*, een reeks van 44 boeken die onder auspiciën van de schrijver geproduceerd werden door een wereldwijde groep van zijn lezers. Onze dank gaat uit naar Norma Vance voor haar onschatbare redactionele hulp, en naar het *Department of Special Collections* van de Boston University die ons met hun *John Holbrook Vance* collectie geweldig hebben geholpen.

Deze uitgave kwam tot stand met de hulp van Arjen Broeze.

Omslagontwerp: Howard Kistler
Typografisch ontwerp: Joel Anderson
Kaarten: Christopher Wood
Zetwerk: Joel Anderson
Management: John Vance, Koen Vyverman

www.ingramcontent.com/pod-product-compliance
Lightning Source LLC
Chambersburg PA
CBHW020658030726
47498CB00002B/555